Berlin im Jahre 1376: Der Tuchhändler Randulf van Törsel hat feinstes flandrisches Tuch in Berlin einfärben lassen, das der Berliner Kaufmann Hovemann nun nach Hamburg bringen soll. Alle stehen zur Abreise bereit. Da macht man einen grausigen Fund: Die Tochter van Törsels wird zwischen den Tuchballen gefunden – ermordet, mit abgeschnittenen Haaren. Auch Hovemann ist verzweifelt; beim Würfelspiel mit dem zwielichtigen Heinrich von Erp, einem der reichsten Kaufleute Berlins, hat er all sein Hab und Gut verloren. Wie soll er nur seine Schulden begleichen? Von Erp macht ihm ein abstoßendes Angebot: Er verlangt Friedelinde, die junge Tochter Hovemanns, für eine Nacht. Der Vater ist entsetzt und greift in seiner Verzweiflung zu einer tragischen Lösung. Wenige Wochen später brennt Berlin …

ANDREAS WEBER

Der Schuldschein

Ein Hansekrimi

Die Hanse

Bibliografische Information der Deutschen Bibliothek

Die Deutsche Bibliothek verzeichnet diese Publikation in
der Deutschen Nationalbibliografie; detaillierte bibliografische
Daten sind im Internet über http://dnb.ddb.de abrufbar.

© Die Hanse | Sabine Groenewold Verlage, Hamburg 2004
Umschlaggestaltung: Susanne Reizlein, Hamburg
Motiv: Detail aus Bernaert van Orley,
»Portrait von Joris van Zelle médecin« (1519) –
Musées Royaux des Beaux-Arts de Belgique, Bruxelles
Herstellung: Das Herstellungsbüro, Hamburg
Satz: Greiner & Reichel, Köln
Druck und Bindung: Clausen & Bosse, Leck
Printed in Germany
Alle Rechte vorbehalten
ISBN 3-434-52812-1

Informationen zu unserem Verlagsprogramm finden Sie
im Internet unter www.die-hanse.de

PERSONENVERZEICHNIS

Christian Hovemann, Berlin-Cöllnischer Kaufmann, der mit Roggen
  handelt
Walburga Hovemann, seine Frau
Thomas Hovemann, sein Sohn
Friedelinde Hovemann, seine Tochter
Marta, eine Waise, die in einer stillgelegten Mühle wohnt
Knickohr, ihr Hund
Heinrich von Erp, reicher Kaufmann aus Berlin-Cölln
*Hubertus Sauertai*g, Berlin-Cöllnischer Kaufmann, der mit Tuchen und
  Bauholz handelt
Sieglinde Sauertaig, seine Tochter
Bruder Jacobus, Mönch aus dem Franziskanerkloster Berlin
Randulf van Törsel, Kaufmann, der seine Tuche in Berlin einfärben
  lässt
Michael und Caspar, zwei Gesellen auf einem Prahm
Der Langnasige, der Einohrige und der Kleinwüchsige, drei Räuber

Prolog

Der Junge drückt die Hände fest an den Kopf. So fest, dass es schmerzt und er spüren kann, wie das Blut in den Adern fließt.

Aber einmal wird er die Hände von den Ohren nehmen müssen.

Dann wird er es wieder hören:

Das Quieken von Schweinen ist den Todesschreien der Menschen gleich.

Berlin brennt!

1

Weil die Zeiten besser wurden, ging es der alten Frau schlecht.

Nach vorn gebeugt, das Gesicht unter einem Schleier verborgen, huschte sie flink wie ein Wiesel über den Markt von Cölln. Im Handel für eine milde Gabe bot sie ihren finsteren Blick in die Zukunft an. Aber die Menschen waren zu erschöpft, um sich länger für schlechte Nachrichten zu interessieren. Sie sehnten sich nach Spiel und bunten Kleidern, als wäre es ein Mittel gegen den schwarzen Tod, ihn einfach nicht zur Kenntnis zu nehmen. Wer überlebt hatte, fühlte sich entweder vom Herrgott beschützt oder vom Teufel verschont. Ob es nun Trotz oder die Gebete zu Gott waren, die die Bürger der Doppelstadt Berlin-Cölln seit wenigen Jahren vor der Pest bewahrten – die Märkte glichen Festlichkeiten und boten wenig Raum für düstere Vorhersagen.

Amüsiert beobachtete der Kaufmann Randulf van Törsel, wie das Weib dennoch die Arme beschwörend hob und sich in beängstigende Prophezeiungen steigerte.

»Es wird Euch alle treffen. Nichts kann Euch mehr retten.«

Das Interesse des Kaufmannes nährte ihre Hoffnung, ein Almosen zu bekommen.

»Es wird furchtbar sein«, setzte sie nach.

Tatsächlich machte das »Es« den Kaufmann neugierig. Er wusste, dass Handel erfolgreich nur betrieben wird, wenn es gelingt, alte Ware mit Neuigkeiten zu kandieren. Van Törsel winkte die Frau heran.

»Mütterchen, Eure Mühe, mich die Furcht zu lehren, soll sich lohnen. Fahrt fort mit Euren Gräuelgeschichten.«

Sie nickte, baute sich vor dem Kaufmann auf, sah ihm tief in die Augen und zog ein hölzernes Kästchen aus ihrem Umhang. Es war bemalt mit verschiedenen Zeichen, etwas zu bunt, als dass es geeignet gewesen wäre, den Kaufmann zu erschrecken.

»Erzähl mir von dem ›Es‹!«

Die müden Hände fingerten an dem Deckel. Der Kaufmann wollte ihr behilflich sein, aber die alte Frau riss das Kästchen ungeschickt an sich und ließ es fallen. Durch den Aufschlag sprang der Deckel ab und klapperte über die Steine. Verschiedene Kräuter und kleine Knochen verteilten sich auf dem Boden.

Zeternd stürzte die alte Frau darüber.

»Ihr werdet Unglück erleiden, so großes, dass Ihr an nichts mehr werdet glauben können.«

Eilig sammelte sie die Reste ein, wobei sie ängstlich hinter sich schaute. Der Kaufmann kniete sich zu ihr.

»Was sind das für Kräuter?«

»Es ist das Leben.«

Der Kaufmann lachte. »Das Leben …?« Mit der Faust schlug er gegen das Herz. »Das Leben ist die Kraft, und die Kraft wohnt hier, Mütterchen.«

Was der Wind nicht auseinander gefegt hatte, verstaute sie wieder in der Schachtel. Sorgsam untersuchte sie den Boden, ob ihr ein Krümelchen entgangen war. Ihre Blicke sprangen hin und her und fingen sich in dem arglos lächelnden Gesicht des Kaufmannes.

»Ich bin zu spät gekommen.«

Als wäre sie gerufen worden, drehte sie sich um und ging fort.

»Mütterchen«, rief der Kaufmann hinterher, »wollt Ihr denn keinen Lohn für Euren Auftritt?«

Einen Haken schlagend, kehrte sie zurück, gerade so weit, dass er ein Geldstück in ihre ausgestreckte Hand legen konnte, und verschwand, ohne ein weiteres Wort zu verlieren.

Randulf van Törsel glaubte nicht daran, dass sein Schicksal durch Kräuter oder Knochen in einem bunten Behältnis vorbestimmt werden konnte. Und so beschäftigte ihn der Zwischenfall nicht länger. Seine Aufmerksamkeit galt der geplanten Reise nach Hamburg.

Er hatte vier Fuhrwerke feinsten Tuches aus Flandern in die Hansestadt Berlin gebracht, um sie hier einfärben zu lassen. Die

Färberei an der Spree war dafür bekannt, dass sie preiswert und gut arbeitete. Die Farben waren von ihm selbst aus verschiedenen Teilen der Welt bezogen worden. Das Ergebnis konnte sich sehen lassen. Weit über die Spree, bis hin zum Markt, waren die Stoffe zu bewundern, die zum Trocknen auf Rahmen gespannt waren. Die ersten beiden Wagen waren für die Weiterreise beladen. Zwei weitere sollten von den Gehilfen der Färberei gebracht werden. In Hamburg wurden die Tuche bereits sehnsüchtig von reichen Krämern und eitlen Frauen erwartet.

Ein Knecht mühte sich, die Ladung mit Seilen zu vertäuen. Die schmutzigen Füße bohrten sich in die frisch gefärbten Tuchballen.

»Sieh dich doch vor!« Behutsam streichelte van Törsel über die Stoffe.

Der Knecht legte das Gewicht seines Körpers in die Seile, um die Ladung festzuzurren.

»Wenn du zu stramm ziehst, zerreißt du den Stoff und ruinierst die Farbe. Obwohl trocken, ist sie dennoch frisch.«

»Ja«, maulte der Knecht vom Wagen herunter. »Aber irgendwie muss ich die Ladung festbekommen, sonst haben wir bis Hamburg die Hälfte verloren.«

Ein Zöllner in Staatskleidern, der die Liste des abgehenden Handels führte, unterbrach den Streit.

»Wie viele Wagen sind es, mit denen Ihr reist?«

»Fünf insgesamt – davon vier mit Stoff beladen.«

Der Zöllner zupfte die Amtskette zurecht, richtete sich auf und zog die Stirn in Falten. »Ich sehe nur drei.«

»Drei seht Ihr hier, und zwei weitere werden von den Tuchmachern gebracht«, antwortete Randulf van Törsel.

Noch ehe der Zöllner ungehalten darauf verweisen konnte, dass er seiner Aufgabe erst nachgehen würde, wenn die Ladung beisammen sei, rumpelten die beiden erwarteten Wagen über den Marktplatz, angeführt vom Meister der Färberei.

Der Zöllner dokumentierte mit bedeutsamer Miene die Ausfuhr in einem großen Buch und wünschte gute Fahrt.

Die Reise hätte beginnen können, aber van Törsel wartete auf seine Tochter. Sie hatte es zur Regel werden lassen, jeweils am Tag der Abreise ein paar Blumen zu pflücken, die sie geschickt in ihr langes Haar flocht. Auf Reisen soll man sich von seiner angenehmsten Seite zeigen, zitierte sie gern den Vater. Stets verwies er mahnend darauf, dass man die Menschen erst für sich gewinnen müsse, um ihnen etwas verkaufen zu können.

Van Törsel war stolz auf die Anmut seiner Tochter und auch darauf, dass offensichtlich in ihren Adern sein Blut – das Blut des Kaufmannes – floss.

Nur heute ließ sie sich über Gebühr Zeit. Die Pferde tänzelten im Geschirr. Sie schienen die Ungeduld des Vaters zu spüren, der inzwischen den Groll auf seine Tochter kaum mehr unterdrücken konnte.

»Ich verstehe es nicht …«, raunte er dem Färbermeister zu. »Sie weiß, wie wichtig die pünktliche Abfahrt ist, wenn wir vor Einbruch der Dunkelheit Lehnin erreichen wollen. Zudem wartet Hovemann auf mich.«

»Hovemann, der mit Roggen handelt?«, fragte der Färbermeister.

»Ja, wir sind verabredet im Rathaus von Berlin. Weil es zu viel Gelichter auf den Straßen und den Flüssen gibt, wollen wir zum Schutz gemeinsam reisen. Die fünf Wagen werden auf dem Landweg Hamburg erreichen. Und ein Prahm, beladen mit seinem Roggen und meinen Tuchen, wird auf dem Wasserwege folgen. Wenn doch nur die Tochter endlich kommen würde.«

Der Färbermeister versuchte zu beruhigen. »Seid nicht zu streng mit ihr. Sie wird im Marktgedränge die Zeit vergessen haben.« Und er fügte spöttelnd an: »Was wäre unser Handwerk wert, wenn wir es nicht verstünden, durch den Zauber unserer Waren die Zeit vergessen zu lassen?«

»Mag sein, dass Ihr Recht habt, aber so kenne ich sie nicht.« Van Törsel rief seine Gehilfen und trug ihnen auf, den Markt nach dem verschwundenen Mädchen abzusuchen.

Dem Färber war es nicht angenehm, dass die Sorge um die trödelnde Tochter den Abschied dominierte. Lieber wäre ihm gewesen, wenn nochmals seine gute Arbeit zur Sprache gekommen wäre.

»Wo bekommt Ihr nur immer diese herrlichen Farben her?«, versuchte er das Gespräch auf die Stoffe zu bringen. Van Törsel lächelte.

»Wenn ich Euch das verrate, bin ich mein Geschäft im Nu los, weil Ihr es übernommen habt.«

Der Färbermeister lachte.

»Da mögt Ihr vielleicht sogar Recht haben. So bleibt Ihr allein der Hüter des Geheimnisses über dieses leuchtende Grün und das tiefe Rot. Es erinnert an einen guten Wein, so kräftig ist es.«

Van Törsel schaute in das Gesicht des Mannes, der mehr war als nur ein Handwerker und dessen Hand zärtlich die Oberfläche des Stoffes prüfte. Als sie die Mitte des Ballens erreicht hatte, hielt er inne. Sein Gesicht verdüsterte sich.

»Was ist mit Euch?«, fragte van Törsel.

Ohne die Frage zu beantworten, rief der Färbermeister seinen Gesellen herbei.

»Der Ballen ist noch feucht!«

»Das kann nicht sein«, rechtfertigte der sich. »Ich habe selbst alle Ladungen überprüft.«

Auch van Törsel griff nach dem Stoff. Er guckte unter den Wagen. Was er sah, erzürnte ihn. Rote Farbe tropfte dickflüssig auf den Boden. Laut schimpfend schob van Törsel die Ballen auseinander.

Dabei geriet er so in Rage, dass er, ohne seine schmutzigen Schuhe abzustreifen, auf das Fuhrwerk kletterte, die Verschnürung aufriss und auf dem Stoff herumtrampelte.

»Die Stümperei kostet mich ein Vermögen. Muss ich Euch erst erklären, dass bis Hamburg die Ware verfault ist, wenn sie nicht sorgfältig getrocknet ist?«

Er warf die Stoffe hinunter. Der Färbermeister versuchte, die Ballen aufzufangen, bevor sie in den Schmutz fielen.

»Es tut mir so Leid … mein lieber van Törsel. Ich komme selbstverständlich für den Schaden auf.«

11

Aber van Törsel reagierte nicht. Er stierte auf die Ladung. Starr und still.

»Van Törsel!«

Auf dem bleichen Gesicht sammelten sich Schweißtropfen. Der Färbermeister kletterte zu dem Kaufmann und sah, warum der kein Wort hervorbrachte.

»Gott, steh mir bei.«

Zwischen den Ballen schaute der schmale Arm eines Menschen hervor, mit Reifen und Ringen geschmückt, die der Kaufmann kannte.

Der Färbermeister sah ihn an, als ob er Zustimmung erwünschte dafür, dass er den Körper freilegen dürfe. Van Törsel kniete nieder. Zaghaft schob er die Ballen beiseite, bis zu erkennen war, dass es sich um ein junges Mädchen handelte. Am Hals klaffte eine Wunde, aus der Blut lief. Das Gesicht des Mädchens war blass und wirkte angestrengt. Die Kleider waren zerrissen und bedeckten den Körper nur spärlich. Die Haare waren auf Fingerbreite abgeschnitten.

Behutsam hob er das zierliche Mädchen auf und drückte es an sich, als könne er ihm dadurch das Leben zurückgeben. Das Blut floss ihm über die Hand.

Dem Färbermeister und seinen Gesellen war klar, dass der geschundene Körper die vermisste Tochter war. Van Törsel umklammerte das Mädchen und lächelte in die Runde. Sein Gesicht glänzte. Zwischen das Blut mischten sich Tränen. Kaum hörbar hauchte er dem Kind etwas zu, neigte sein Ohr an die blassen Lippen, nickte mit dem Kopf und begann leise zu singen.

»Wenn Gott dich auf die Reise schickt / nach Tages Müh und Pein, dann wehr dich nicht und folge ihm / und lass dich in den Himmel fall'n. / Du bist doch noch ein kleines Kind. / Schließ sorglos deine Äuglein zu. / Dann siehst du mehr, als wenn du wachst. / Der Traum, der kommt im Nu.«

Als müsse er ihren Schlaf bewachen, wiegte er den leblosen Körper hin und her. Der Schmuck klapperte an dem herabhängenden Arm.

12

Auf dem Markt hatte sich schnell herumgesprochen, was geschehen war. Kaufleute und Bürger versammelten sich um das Fuhrwerk und flüsterten sich ihre Vermutungen über das Verbrechen zu. Ein Raunen überzog den Platz. Erst der Schrei einer Marktfrau unterbrach das bizarre Szenario. Van Törsel hielt den Zeigefinger vor den Mund und schaute vorwurfsvoll in die Runde. Die Stille kehrte zurück. Nur von Ferne war die alte Frau zu hören:

»Es ist zu spät. Es ist zu spät.«

2

Das Grün brach an den Ufern der Spree hervor. Durch das Tauwetter führte der Fluss gestiegenes Wasser und riss die letzten Schneekronen mit sich. Das Leben meldete sich zurück. Die Arbeiter an den Hafenanlagen füllten die Prahme mit Fässern, Säcken und allem, was in Hamburg verkauft werden sollte. Sie scherzten und freuten sich auf die Reise.

Morgen würde die Fahrt auf der Spree beginnen, über die Havel und die Elbe führen, vorbei an Wittenberge und Lauenburg nach Hamburg. Sie würde anstrengend sein, doch eine willkommene Abwechslung. Die Depression des Winters wich der Euphorie eifriger Kaufleute, die sich von ihren Waren hohen Gewinn erhofften. Christian Hovemann hielt sein Gesicht der Sonne entgegen. Aber er konnte sich nicht an ihr erfreuen. Auf ihm lag die Last schlechter Geschäfte. Seine Einträge im Hamburger Schuldbuch von 1376 füllten bereits drei Seiten. Besserung war nicht in Sicht. Der Berliner Roggen, der auf den Prahm verladen wurde, war verkauft – der zu erwartende Gewinn bereits aufgezehrt. Ein Rest von Getreide lagerte in seiner Cöllner Scheune, war aber noch nicht bezahlt. Dass Hovemann überhaupt beim Beladen seiner Waren zuschaute, war ungewöhnlich. Stefan Wolk, ein treuer Knecht, war damit beauftragt, und auf ihn war Verlass. Aber der Kaufmann war getrieben von dem Gefühl, etwas

13

zu versäumen, denn es war für ihn unerträglich, erkennen zu müssen, dass es nichts mehr zu handeln gab. Ein Mann, gewohnt, Auge in Auge zu kämpfen, und gerade deshalb hilflos, denn der Feind war nicht auszumachen. Sein Feind war das Glück, das sich ihm so hartnäckig verweigerte.

Dadurch, dass er die Reise gemeinsam mit van Törsel antreten wollte, versprach er sich zwar Ersparnis, aber auch die war bereits verplant.

»Was ist mit Euch, Hovemann? Für diesen Frühlingstag schaut Ihr recht trübe drein«, rief ihm Wolk zu.

»Es ist nichts.« Hovemann ging einen Schritt auf den Prahm zu, lehnte sich an das Gerüst des Lastkranes und atmete tief.

»Ihr habt Recht. Man kann den Frühling schon riechen.«

Mit Getöse ließ Wolk ein Fass Roggen in den Prahm poltern.

»Hoffentlich bleibt es so windig. Wenn wir die Segel setzen, sind wir flink in Hamburg. Treidler werden wir kaum brauchen, weil es stromabwärts geht. Werdet Ihr mitfahren, oder schickt Ihr Euren Sohn Thomas, die Geschäfte zu erledigen?«

Der Kaufmann schaute zum Ufer. Thomas Hovemann saß am Ende der drei Kähne und kratzte mit einem Zweig Zeichen und Buchstaben in den Sand. Seit einiger Zeit beobachtete der Vater die Entwicklung seines Sprösslings mit allergrößtem Argwohn. Wie die meisten Väter hätte auch er sich gewünscht, dass sein Sohn mehr nach ihm gerate. Er wurde schon in frühen Jahren von seinem Vater mit Verantwortung betraut, den Handel mit Pelzen, Trockenfisch und Berliner Roggen im Auge zu behalten, und der Vater wäre erleichtert gewesen, wenn sich auch das Herz seines Sohnes für das Kaufmannshandwerk hätte erwärmen können. Stattdessen beschäftigte sich der Junge mit Latein und gefiel sich in allzu unzüchtig-modischem Gewand.

»Seht ihn Euch an. Er ist so wie alle jungen Leute. Es scheint mir, als wären die Menschen, die der schwarze Tod nicht hinweggerafft hat, außer Rand und Band und stünden mit dem Herrgott im Wettbewerb, ihm seinen Rang abzulaufen.«

Über die Grenzen der Hansestadt hinaus fand er seine Sorge bestätigt. Auch in der Mainzer Chronik war zu lesen, »dass die jüngeren Männer so kurze Röcke trugen, dass sie weder die Schamteile noch den Hintern bedeckten. Musste sich jemand bücken, so sah man ihm in den Hintern. O, welch unglaubliche Schande!«

Wolk war zu lebenslustig, um seine Zeit mit solchen Problemen zu verschwenden. Ohne auf den Kummer Hovemanns einzugehen, wiederholte er lachend seine Frage:

»Fahrt Ihr oder Euer Sohn?«

»Nein, ich fahre«, entgegnete Hovemann resigniert. »Ich traue es ihm noch nicht zu.«

»Hovemann, Ihr seid sehr streng mit ihm. Aber vielleicht tut Ihr Recht. Nur die Zucht macht den wilden Hengst zum helfenden Begleiter.«

Die Fässer und Säcke waren verstaut. Wolk rieb die Hände aneinander.

»Fertig. Wann kommt van Törsels restliche Ladung?«

Hovemann schaute über das Ufer. »Geduld noch. Van Törsel nimmt sie auf dem Markt von den Färbern in Empfang. Dann wird sie hierher gebracht.«

Wolk zuckte mit den Schultern. »Ich meine ja nur, weil wir uns eilen sollten, wenn wir heute noch ablegen wollen.«

»Ihr habt ja Recht. Lasst uns den Prahm abdecken.«

Wolk wuchtete die Plane vom Ufer auf den Kahn. Noch ehe Hovemann seinen Sohn auffordern konnte, rief Wolk bereits:

»Thomas, pack an! Die Ladung muss gesichert werden.«

Der Junge warf das Stöckchen weg, mit dem er im Sand lateinische Wörter dekliniert hatte, durchpflügte mit seinen Schuhen das Geschriebene und eilte zum Kahn. Das Ölzeug war schwer, steif und schmutzig. Thomas griff beherzt zu und zog an dem riesigen Tuch, aber so sehr er sich auch mühte, es wollte nicht über den Kahn passen. Wolk hielt inne und beobachtete amüsiert die Schaffenskraft des Jünglings.

»Du siehst aus wie ein junger Hund, der sich weigert, Herrchens geraubte Strümpfe herzugeben. Wenn du gemeinsam mit uns ziehst, kann es vielleicht gehen.«

15

Thomas bemühte sich, sein Tempo anzugleichen. »Hau ruck! Hau ruck!«

Mit gemeinsamer Kraft hatten sie es bald geschafft, die Säcke vor dem Wetter zu schützen. Der alte Hovemann war zufrieden. Wolk lobte Thomas mit einem freundschaftlich derben Schlag auf den Hinterkopf: »Er wird ein strammer Bursche und wird Euch bald gut zur Hand gehen.«

3

Fürsorgliche Menschen hatten sich eingefunden, die versuchten, van Törsel von dem toten Kind zu trennen. Mit sanfter Gewalt lösten sie die Arme, die fest um den leblosen Körper geschlungen waren. Sie legten das Mädchen auf den Boden und halfen van Törsel vom Wagen, der sich sofort wieder an seine Tochter klammerte. Um ihn herum wurde es lauter. Schnell hatten ein paar Voreilige die Schuldigen an diesem Verbrechen ausgemacht. Die Logik war zwingend. Nur die, die den Wagen beladen hatten, konnten es gewesen sein. Noch ehe die Färbergesellen begriffen hatten, dass sie sich in Gefahr befanden, packten ein paar handfeste Burschen die beiden und banden sie mit Seilen an eine Karre. Der rasenden Menge hilflos ausgeliefert, landeten die Schläge wahllos auf ihren Köpfen. Der Färbermeister stellte sich schützend vor seine Gesellen.

»Es kann nicht sein, dass sie es gewesen sind.«

Für einen Moment hielt die Menge inne.

»Wer war es dann?«

»Warst vielleicht du es selbst?«

»Woher kannst du es sonst wissen?«

»Mörder!«

»Bindet ihn, soll er doch gemeinsam mit seinen Gesellen gerichtet werden!«

»Nein, nein!«, wehrte sich der Färbermeister, aber da wurde er schon mit Prügeln überzogen. Van Törsel, noch immer nicht in der

Lage, zu erfassen, was geschehen war, saß auf dem Boden und wiegte das tote Kind.

Die alte Frau beobachtete das Treiben. Ihre Hände gruben sich in den Boden und füllten sich mit Erde. Langsam ging sie zu dem toten Kind und streute sie darüber.

Van Törsel hob den Kopf. Seine Stirn legte sich in Falten. Dann erhob er sich und zeigte auf die alte Frau.

»Sie ist schuld! Sie hat es gewusst.«

Der Färbermeister befreite sich und rief: »Ja, die zaubernde Alte ist schuld. Nur sie kann es gewesen sein. Greift sie euch.«

Hektisch blickte die Angeschuldigte um sich und suchte nach einem Fluchtweg. Sie warf die Schuhe von sich, raffte ihr Kleid, schlug ein paar Haken, und noch ehe die Menge auf sie einstürzen konnte, war sie in einer Gasse verschwunden. Durch die Flucht brauchte es keinen weiteren Beweis ihrer Schuld. Zwei Männer, die zuvor kräftig mit Eichenknüppeln auf die Färbergesellen eingeschlagen hatten, folgten ihrem neuen Opfer.

4

Die zwei Kastanien, die von Erp durch seine Finger gleiten ließ, waren glänzend von dem Spiel, das er mit ihnen trieb. Seit einem Jahr führte er sie in seinem Pelz mit. Sie waren Erinnerung an erfolgreiche Tage, in denen es ihm gelungen war, den Hamburgern geröstete Kastanien als Köstlichkeit zu verkaufen. Wenn er sich langweilte oder nachdenken wollte, nahm er sie heraus und ließ sie in der Handfläche kreisen. Das Leben langweilte ihn häufig, und so entwickelte er ein außergewöhnliches Geschick.

Selbst andienen musste er seine Waren schon lange nicht mehr. Inzwischen ließ er sie von kleineren Kaufleuten vertreiben und beschränkte sich darauf, die Gewinne zu verwalten. Von Erp hatte Zeit; sehr viel Zeit. Der Überdruss nagte an ihm und die Furcht, sein Leben liefe, weil zu glatt, eben auch zu schnell an ihm vorüber. Allein beim Würfelspiel vermochte er noch Spannung zu spüren – die Spannung zwischen Schwarz und Weiß, Gewinn und Verlust, Leidenschaft und Untergang. Seit einer Stunde wartete er auf ein Opfer zu seinem Zeitvertreib. Von Erp schüttelte den Becher und ließ ihn auf den Tisch knallen. Drei Sechser. Das zweite Mal hintereinander.

»Was für eine Verschwendung von Glück«, seufzte er.

Nervös ließ er die Würfel durch die Finger gleiten. Entwischte ihm einer, drehte von Erp sich um und schaute durch das Fenster auf den Markt. Die anderen Kaufleute schienen sich übertreffen zu wollen in ihrer Geschäftigkeit. Laut hallte das Marktgeschrei herüber.

»Noch mehr Wein!«, rief er nach dem Wirt. Als der nicht in der erwarteten Eile reagierte, schrie er: »Nichtsnutziger Tölpel! Willst du mich verdursten lassen?«

Der Wirt hatte Gründe, seinen Gast zu vernachlässigen. Die Planung und Ausführung eines Mordes forderte seine ungeteilte Aufmerksamkeit. Das Tier wollte und wollte sich nicht freiwillig dem Beil ergeben. So sehr sich der Wirt auch bemühte, das Huhn war schneller als er. Es flatterte über die Feuerstelle und riss Pfannen und Kessel mit. Die Federn verteilten sich im Raum. Kaum war die Beute auszumachen in dieser Unordnung, und es schien fast so, als hielte sie den Angreifer zum Narren. Zudem war der Jäger in leidender Verfassung. Sehr früh am Morgen hatte er sich auf dem Markt ein paar Holzpantinen gekauft, an die sich seine Füße nur schwer gewöhnen wollten. Die ersten Blasen schmerzten bereits. Erschöpft ließ er sich auf der Küchenbank nieder. Misstrauisch beäugte das Tier den Schlächter, die nächste Attacke bereits erwartend.

»Wein, verdammt noch mal«, pöbelte von Erp. Das Geschrei aus der Gaststube erinnerte den Wirt an seine Pflichten. Laut klappernd schlurfte er zu dem Gast, eine gefüllte Karaffe vor dem Bauch, und murmelte entschuldigend: »Ach Gott, ach Gott, ach Gott.«

»Warum dauert das so lange? Soll ich verdursten? Und überhaupt, was macht Ihr für einen Lärm?«, erregte sich von Erp.

Nachdem der Wirt den Becher gefüllt hatte, brach es aus ihm heraus. Er stellte die Karaffe mit Wucht auf den Tisch, sodass der Wein überschwappte, und begann sein Wehklagen:

»Nun, was soll ich tun? Herr, es ist ein Jammer. Das Mittagessen – es hängt sehr an seinem erbärmlichen Leben. Hinzu kommen diese zwar neuen, aber verwunschenen Pantinen – schaut nur her –, die mir bis jetzt nichts eingebracht haben als schmerzende Blasen, sodass ich Euch um Nachsicht bitten muss, wenn es mir heute nicht gelingen will, die gewohnte Eile an den Tag zu legen.«

»Und? Hast du dein Mahl bändigen können?«

»Das ist es ja. Was nutzt ein scharfes Messer, wenn die Klinge nur ins Leere führt?«

Von Erp war ungehalten und dennoch amüsiert, denn das Missgeschick unterbrach die Eintönigkeit auf vergnügliche Art und stimmte ihn deshalb milder.

»So lass den Wein hier, und widme dich hernach dem Jagdhandwerk.«

»Ach Gott, ach Gott.« Der Wirt schlurfte mit den Armen rudernd in die Küche zurück, seinem Feind, dem Vieh, entgegen.

Von Erp lehnte sich zurück und nahm einen kräftigen Schluck. Von draußen hörte er Stimmen und Lärm, der ihn neugierig machte. Er sah eine alte Frau, die an den Händlern vorbeirannte, einen Haken schlug, den Stand eines Gurkenverkäufers umwarf und vor dem Rathaus stehen blieb. Ihr Gesicht war tiefrot. Sie schnappte nach Luft. Von Erp guckte durch das Fenster direkt in ihre Augen, die ziellos flackerten. Ihre Blicke trafen sich. Er riss die Augen auf und schreckte zurück. Die alte Frau blickte ihm ins Gesicht, als habe sie ihren Ankerplatz gefunden. Von Erp sprang auf, rannte zur Tür und zog die Frau herein. Um sich vor den Verfolgern zu verbergen, duckte sie sich. Der Mob rannte laut grölend am Rathaus vorbei und wurde sich nicht einig, welche Richtung die alte Frau eingeschlagen haben könnte.

Sie schaute hinaus. Ein Mann mit einem Knüppel kam zurück und näherte sich. Sie warf sich auf den Boden und klammerte sich an von Erps rechtes Bein.

»Gott schütze Euch.«

»Setz dich!«, bot er ihr einen Platz an, um sein Bein freizubekommen. »Erzähle! Was ist geschehen?«

Die Frau rang nach Luft. »Die Tochter eines Kaufmannes, der mit farbigen Stoffen handelt, ist tot aufgefunden worden. Man sucht den Schuldigen.«

»Und? War man erfolgreich?«

»Es sollen die Gesellen gewesen sein, die seine Ware färbten.«

»Und warum hat man dich verfolgt?«

»Weil ich das Unglück voraussagen konnte.«

Von Erp goss der Frau Wein ein.

»Also hast du die Fähigkeit, in die Zukunft zu sehen?«

»Und in die Vergangenheit«, konterte sie.

»Du weißt, wer die Tat begangen hat?«, forschte von Erp nach.

Die Frau probierte von dem Wein, schaute über das Glas und nickte.

»Gebt mir einen von Euren Ringen als Lohn, und ich will kein Detail auslassen.«

Das Schmuckstück ließ sich nur schwer von dem feisten Finger abstreifen. Am Mittelknochen blieb es stecken. Die alte Frau griff nach der Hand, zog sie zu sich, schaute von Erp ins Gesicht und steckte den Finger hastig samt Schmuckstück in ihren Mund.

Von Erp erschrak und kniff angewidert das Gesicht zusammen. So, mit Spucke befeuchtet, gelang es der Alten, den Ring abzudrehen. Eilig entriss von Erp ihn der Frau und legte ihn auf den Tisch.

»Es reizt mich zu sehen, ob du übertreibst.«

Draußen lauerten noch immer die Häscher, auf der Suche nach ihrem Opfer. Die Frau blickte ihrem Gegenüber tief in die Augen und zog die Kiste hervor. Sie schüttelte den Inhalt durcheinander, öffnete sie und schaute hinein.

»Was siehst du?«

Die Frau rutschte näher zu von Erp.

»Es war ein Mann, der gewohnt ist, sich alles zu nehmen, was sein Herz begehrt. Er tötete das Mädchen, weil er es so geliebt hat, dass er es mit niemandem teilen konnte.«

Ihr Blick traf ihn mitten in die Augen. »Nein, wollte.«

Von Erp drückte den Deckel zu.

»Das reicht. Auch ich kann in die Zukunft sehen, aber ich schwatze nicht so viel herum.«

Zaghaft fingerte die Frau nach ihrem Lohn. Bevor sie sich den Ring angeln konnte, ergriff von Erp ihren Arm. Der Schmuck rollte über den Tisch. Die Frau mühte sich, die Freiheit zurückzuerlangen, aber von Erp drückte ihre Hand auf die Tischplatte.

»Deine Zukunft beispielsweise sehe ich sehr genau voraus.«

Er schaute aus dem Fenster. Die suchende Meute lief kreuz und quer. Er winkte sie herbei und gab den Arm der Frau frei. Eilig zog sie ihn zurück. Die Tür flog auf. Zwei Männer stürmten herein. Die Becher kippten um. Von Erp rettete die Karaffe vor dem Fall und lachte:

»Ich glaube, mein Blick in die Zukunft ist an Zuverlässigkeit deinem sogar voraus.«

Die Frau setzte zur Flucht an. Stühle fielen um. Der Wirt kam aus der Küche, erkannte die Situation, drehte sich, ohne das Tempo zu verringern, wieder um und verschwand in die Richtung, aus der er gekommen war. Kaum war die Alte vor das Haus geworfen, gelang es ihr, sich loszureißen. Die Menge tobte der flüchtenden Frau hinterher. Kreischend stürzte sie auf das Pflaster. Ziellos prasselten die Schläge auf sie ein. Die Angst, der Hass, die Sehnsucht, der Gerechtigkeit Genüge zu tun, entluden sich. Einige besonders Eifrige taten sich hervor. Unter ihnen auch ein stadtbekannter Dieb, der es genoss, erstmals auf der Seite der Richter stehen zu können. Er nahm einen Knüppel aus Holz, versetzte der alten Frau einen Schlag ins Gesicht. Der Schrei erstarb zum Röcheln. Er warf den Knüppel neben die Frau und sagte:

»Schleift sie zum Kaufmann, damit er weitererzählt, dass in unserer Stadt auf Verbrechen stets auch Sühne folgt.«

5

Wolk richtete sich unter dem kleinen Runddach über dem Achterdeck des Prahms sein Lager ein.

»Wann werden wir abreisen können?«

»Es hängt davon ab, wie viel Stoffe trocken werden. Den freien Laderaum nutzen wir für den Roggen, der noch in der Scheune liegt«, gab Hovemann zur Antwort.

Dann wandte er sich an seinen Sohn: »Thomas, geh bitte zur Scheune und zähle, wie viele Fässer und Säcke noch eingelagert sind.«

Thomas murrte. »Warum soll ich mich in dieser staubigen Scheune herumtreiben und zählen, was ohnehin beim Verladen kontrolliert wird?«

Der Vater glaubte, sich verhört zu haben. Es war das erste Mal, dass ihm sein Sohn in aller Öffentlichkeit Widerworte gab. Thomas sah, wie sich im Gesicht des Vaters der Zorn ausbreitete. Dann war mit ihm noch weniger zu reden als ohnehin. Thomas trottete davon, der ungeliebten Aufgabe entgegen. Aus einiger Entfernung machte er seinem Ärger Luft: »Warum habt Ihr die Ware nicht gezählt, als sie eingelagert wurde?«

Der Vater hatte inzwischen einen Knüppel gefunden und warf ihn in die Richtung des frechen Kerls. Thomas sprang beiseite. Der Vater atmete tief.

»Sieh ihn dir an, Wolk. Daraus soll ein Kaufmann werden, der im Leben steht?«

Wolk beruhigte ihn: »Gebt der Zeit eine Chance. Sie wird es richten.« Vom Heck des Schiffes wurden sie durch einen Streit unterbrochen. Zwei Jungs, die als Gehilfen mitfahren sollten, konnten sich nicht einig werden, wer welche Arbeit zu erledigen hatte. »Seht, Hovemann, da könnt Ihr ein wahres Trauerspiel erleben. Aber die rechte Zucht vorausgesetzt, werden auch sie zu braven Leuten.«

Hovemann winkte ab und machte sich auf den Weg zu seiner Verabredung im Rathaus. Er lief die Heiliggeiststraße entlang und überquerte den neuen Markt. Den kleinen Umweg ging er, um sicher zu sein, dass er van Törsel nicht verpasste, wenn der noch nicht im Rathaus auf ihn wartete. Der Markt war bereits geschlossen. Hovemann fiel zwar auf, dass es seltsam still war, maß dem aber keine Bedeutung bei.

Er freute sich auf van Törsel, den er wartend und Bier trinkend in der Schänke vermutete, und darauf, dass die Reise bald beginnen konnte.

Da die Sonne schien, gewöhnten sich seine Augen nur allmählich an das schummrige Licht in der Schänke. Er konnte van Törsel nicht entdecken, wurde aber sogleich von van Erp begrüßt.

»Aaah, mein lieber Hovemann. Setzt Euch zu mir.«

Mit rasselndem Würfelbecher unterstützte von Erp das Angebot. Hovemann zögerte. Er war zu ungeduldig für ein Würfelspiel und schaute sich um.

»Habt Ihr den Kaufmann van Törsel gesehen? Ich bin mit ihm verabredet.«

Von Erp drehte ebenfalls den Kopf. »Ich sehe ihn nicht, aber wenn Ihr verabredet seid, wird er doch sicherlich gleich kommen. Lasst uns die Zeit mit einem Spiel vertreiben.«

Was über das Spielglück von Erps weit über die Stadtgrenzen von Berlin und Cölln erzählt wurde, mahnte zur Vorsicht.

»Ihr seid doch wohl kein Hasenfuß?«, drängte der Herausforderer. »Der Wein ist französisch und Ihr mein Gast.«

Hovemann lief beim Anblick der Karaffe das Wasser im Mund zusammen, aber was konnte er dem erfolgreichen von Erp als Einsatz bieten?

Es war die besondere Gabe von Erps, seine Opfer mit Geduld zu beobachten und die Jagd erst zu eröffnen, wenn die Beute müde wurde. Er stellte den Becher beiseite und deutete auf den Tisch. »Hovemann, es scheint mir, als habt Ihr eine Stärkung nötig. Wirt! Bring einen zweiten Becher für meinen Freund.«

Zu verlockend war das Angebot, als dass Hovemann es hätte ausschlagen wollen.

»Nun gut … ein kleines Becherchen … wem soll mein schlechtes Leben nützen?« Hovemann ließ sich auf den harten Stuhl fallen.

6

Wenn auch die Märzsonne bereits die Kraft hatte, sich durch das stumpfe Glas des Fensters zu kämpfen, so gelang es ihr dennoch nicht, das Dunkel des Speichers aufzubrechen.

Es roch nach Roggen. Staub durchschwebte die Luft und erschwerte das Atmen. Das schöne Wetter machte die Arbeit noch unerträglicher. Lieber wäre Thomas über die Felder vor Cölln gelaufen. Aber es half nichts. Sich dem Vater zu widersetzen, war kaum möglich.

Also begann der 16-Jährige zu zählen und ritzte jeweils nach zehn Säcken einen Strich in die Holztür. Die Säcke waren schwer. Jeder einzelne musste in die Hand genommen, gewendet und registriert werden. Die Hände schmerzten, und der Rücken beugte sich unter der Last. Der kleinste, durch Flüchtigkeit begangene Fehler hatte den erneuten Anfang der Arbeit zur Folge.

Wenn er sich zur groben Schätzung hinreißen ließe, dachte er, vielleicht würde es der Vater nicht einmal bemerken. Aber wenn doch? Nichts verärgerte ihn mehr als mangelnde Zuverlässigkeit.

»Eins, zwei, drei …«

Thomas zählte laut. Durch das Hören der eigenen Stimme wurde das Ergebnis der ständigen Überprüfung unterzogen.

»354, 355.«

Zwei Meter des Berges waren bereits erklommen. Gut ein Drittel des Bestandes dürfte registriert worden sein. Jetzt nur keinen Fehler machen, sonst war alle Arbeit umsonst.

»Thomas?«

»357, 358.«

»Thooomaaas!«

»361, 362.«

Die Stimme ließ sich nicht ignorieren. Er wollte es auch nicht, denn sie war ihm bekannt. Mit ihr kündigte sich eine willkommene Unterbrechung an. Die Tür schlug auf. Licht durchflutete den Raum. Ein Hund, der Knickohr gerufen wurde, schnüffelte durch die Scheune, und schließlich kam sie. Marta.

»Ach, hier bist du. Ich habe dich überall gesucht.«

Schnell kritzelte Thomas zwei weitere Striche an den Deckenpfosten.

»Der Vater hat mich in die Scheune geschickt, nachzuzählen, was ihm eigentlich bekannt sein müsste.«

»Bist du allein?«, flüsterte sie.

»Ja.«

Marta sah sich zweifelnd um. »Wo ist dein Vater?«

»In der Schänke.«

»Dann haben wir Zeit?«

Die Frage war zugleich die Antwort.

Erwartungsvoll öffnete er beide Arme. So stand er vor ihr, hoch oben auf den Säcken, bereit und doch nicht erreichbar. Die Säcke lagen so eng aneinander, dass es Marta nicht gelang, zwischen ihnen eine Lücke zu finden, um ihren Fuß hineinzustecken. Sie sackte ab, auch wenn sie versuchte, sich festzuhalten. Thomas lachte. Es bereitete ihm Vergnügen, zu beobachten, wie sie erfolglos versuchte, die Wand aus Getreidesäcken zu erklimmen. Und es macht ihn stolz, denn er war das Ziel.

»Hilf mir, oder du wirst es bereuen«, forderte sie.

»Wenn deine Liebe zu schwach ist, den Weg zu mir zu finden«, spielte Thomas den Beleidigten, »will ich dir nicht helfen.«

»Oh, du Bastard.«

Marta nahm alle Kraft zusammen, aber so sehr sie sich auch mühte, sie rutschte immer wieder ab.

»Hilf mir doch«, verlegte sie sich auf's Bitten.

So sehr ihn die Situation auch amüsierte, die Liebe gestattete es ihm nicht länger, seine Macht auszukosten. Mit gespielter Großzügigkeit wies er ihr den Weg um die Säcke herum. Am Ende der Scheune waren sie einer Treppe gleich aufgeschichtet.

»Na warte!«

Auf allen vieren kraxelte sie zu Thomas hinauf. Die Wucht, mit der Marta in seine ausgebreiteten Arme sprang, ließ beide das Gleichgewicht verlieren. Unter lautem Kichern von Marta rollten sie Arm in Arm den Berg hinab.

In letzter Sekunde vertagten zwei Ratten den Streit um etwas Essbares und retteten sich vor der Lawine.

Ein Sonnenstrahl spielte mit Martas Gesicht. Seine Finger folgten dem Licht.

»Ich liebe dich. Ich will dich nie mehr hergeben.«

Marta war niedergedrückt. An der Liebe von Thomas zweifelte sie nicht, aber sie versuchte, das Hindernis nicht zu leugnen, das zwischen ihnen stand. Sie war ein Findelkind, aufgezogen von einem Müller und seiner Frau.

Vor fünfzehn Jahren war ihnen ein Korb vor die Mühle gelegt worden, mit einem Baby darin. Sie nannten es Marta und gaben ihm an Herz und Wissen, was sie vermochten. Als sie ein junges Mädchen wurde, lehrten sie es, ihre Träume groß zu halten, die Erwartungen aber klein.

Die Müllerin war vor zwei Wintern gestorben und wenig später auch ihr Mann. Geblieben war dem Mädchen nur das Häuschen, die Mühle, die stillgelegt war, und der Hund, der auf den Namen Knickohr gehorchte.

»Mit mir ist kein Staat zu machen. Was willst du gegen deinen Vater ausrichten, wenn er nicht will, dass wir zusammen sind?«

»Ich werde ihn schon überzeugen.«

Noch ehe Marta antworten konnte, hörten sie Tumult, der sie aufschrecken ließ. Sie kroch von den Säcken und schaute aus dem Fenster. Am anderen Ufer der Spree zog laut grölend ein Dutzend Leute vorüber. Vor sich her trieben sie die drei Tuchfärber, die sie aneinander gefesselt hatten. Wenn sie zu langsam liefen, wurden sie gestoßen, dass sie in den Dreck fielen. Versuchten sie sich aufzurichten, trafen sie Fußtritte aus der lachenden Menge. Thomas erkannte die Gefangenen, aber er konnte sich nicht erklären, was der Grund für diese Rohheit war. Er nahm Marta an die Hand und lief den johlenden Schlägern hinterher. Knickohr blieb dicht bei ihnen. Als sie bei der Färberei angekommen waren, wurden die Gefangenen an den Fußgelenken gefesselt.

»Hängt sie auf!«, rief einer, und ein anderer: »Zur Strafe sollen sie in ihrer roten Farbe ersaufen!«

Sie wurden mit dem Kopf nach unten an die Böcke gehängt, die noch vom Trocknen der Stoffe bereitstanden. Ihre Hände band man ihnen vor den Bauch.

»Gesteht, dass Ihr das Mädchen getötet habt!«

So sehr die Gesellen und der Meister ihre Unschuld beteuerten – beim Mob kam kein Zweifel auf, die Schuldigen gefunden zu haben.

Thomas konnte sich das Schauspiel noch immer nicht erklären.

»Was haben diese Leute getan?«

»Sie haben die Tochter eines Kaufmannes getötet.«

»Die langen Haare haben sie ihr vorher abgeschnitten. Dann wurde sie geschändet.«

Thomas zog Marta an sich heran. »Welchen Kaufmannes?«

»Van Törsel soll er heißen.«

»Ja, ein reicher Kaufmann, der mit Stoffen handelt.«

Der Junge war unsicher, was er denken sollte. Zum einen mochte die Strafe berechtigt sein, zum anderen fragte er sich, welcher Sinn dahinter steckte, wenn die Tuchmacher die Tochter eines ihrer besten Kunden töteten. Marta klammerte sich an ihn.

»Lass uns von hier fortgehen.«

Ein großes Fass roter Farbe wurde unter den ersten Gesellen geschoben. Zwei starke Männer ließen ihn darüber baumeln. Ein dritter gab das Zeichen, ihn herabzulassen.

»Halt!«, rief Thomas.

Bis zu den Augen war der Geselle bereits in die rote Farbe eingetaucht. Die beiden Männer, die das Seil in den Händen hielten, zogen wieder an. Die Farbe kleckerte ins Fass zurück. Thomas war überrascht, dass sein Zwischenruf die Hinrichtung stoppte. Aber die Blicke der Zuschauer forderten eine Erklärung für die Unterbrechung.

»Was ist?«, keifte eine Frau. »Was willst du?«

Thomas merkte, dass er nichts ausrichten konnte, nahm Marta bei der Hand und rannte davon.

Sie liefen zur Scheune zurück und verschanzten sich.

Das Gurgeln und das Geräusch der sich in der Farbe windenden Körper waren bis zu ihnen und noch lange zu hören.

»Ich muss dem Vater Bescheid geben.«

Thomas stand auf. Marta hielt ihn fest.

»Lass mich nicht allein.«

7

»Wie laufen die Geschäfte?«, fragte von Erp, obgleich er bestens darüber informiert war, dass Hovemann dem Ruin näher als dem Reichtum stand.

»Es geht so«, flunkerte Hovemann.

Von Erp hielt ihm den Würfelbecher entgegen. »Ein Spielchen?« Hovemann schüttelte den Kopf. Von Erp seufzte. »Ach, Hovemann, ob Ihr es jemals werdet begreifen können?«

Hovemann richtete sich auf. »Was, meint Ihr, werde ich nicht begreifen?«

»Glück ist ein Eisen, das geschmiedet sein will. Ihr scheint damit ausgelastet, allein das Feuer zu schüren.«

Zögerlich griff Hovemann nach dem Becher und ließ die Würfel in seine Hand rollen.

Von Erp vermied es, Hovemann anzuschauen. »Ihr bestimmt die Regeln und den Einsatz.«

Hovemann atmete tief durch. »Gut – die höchste Zahl gewinnt – Einsatz neu bei jedem Spiel.«

Von Erp lächelte. »So soll es sein.« Mit generöser Handbewegung leitete er das Spiel ein. »Dem Gast gebührt der Anfang.«

Hovemann goss sich Wein nach, stürzte ihn hinunter und ließ die Würfel im Becher tanzen.

Im Ratskeller ging der Krieg inzwischen in die zweite Runde.

Das Federvieh hatte bemerkt, dass sein Mörder noch weniger fliegen konnte als es selbst und rettete sich mit strategischem Geschick und kräftigen Flügelschlägen auf den hohen Sims des Kamins. Die Federn füllten den Raum. Der Wirt, inzwischen auf das Äußerste gereizt, schob den Tisch an die Wand, zog seine Holzpantinen aus, nahm sich den großen Reisigkorb und kletterte hinauf. Das Tier gackerte misstrauisch, hüpfte von einem Bein auf das andere. Langsam und leise näherte sich der mordlüsterne Attentäter der aufgeregten Kreatur. Er hob den Korb vorsichtig in die Höhe und wollte ihn über das Huhn werfen. Aber es entwischte unter lautem Gackern, riss bei der Flucht sämtliche Töpfe mit sich und begrub damit den Jäger, der vor Schreck vom Tisch gestürzt war.

»Warum, oh Herr, treibst du solch Spott mit mir?«, wehklagte der Gefallene, ohne eine Antwort zu erwarten.

Vorsichtig schlich sich der Feldherr an dem Federvieh vorbei zur Vorratskammer. Seine Strategie von roher Gewalt auf List und Tücke ändernd, nahm er etwas Getreide und begann das Huhn zu ködern, indem er eine Spur legte, geradewegs zu dem großen Reisigkorb.

»Put, put, put, put, put.«

Neugierig tanzte das Huhn hin und her. Es dauerte nicht lange, bis der Hunger stärker als das Misstrauen und der Köder aufgepickt war. Ehe das Federvieh bemerkt hatte, dass einem hungrigen Wirt in vorgeheizter Küche nie zu trauen ist, war es schon im Korb gefangen, und alles Gackern half nichts mehr. Der Freudenschrei des Jägers wurde nur noch vom Gezeter in der Falle übertönt.

Der umgedrehte Korb tanzte über den Boden, bis es dem die Messer wetzenden Wirt zu viel wurde und er sich kurzerhand auf ihn setzte. Nachdem das Schlachtwerkzeug so scharf war, dass sich ein Haar im Fluge drüber hätte teilen können, nahm er den Korb blitzschnell hoch, griff das gackernde Huhn, schleuderte es auf den Bock und schnitt ihm den Hals durch. Der leblose Kopf rollte, einen Blutschweif hinter sich lassend, über den Tisch, doch der Rumpf schlug mit seinen Flügeln umso heftiger. Der Wirt konnte den fliegenden Teil nicht mehr fassen, und so flüchtete das halbe Tier in die Gaststube.

»Nun ist es auch zu spät!«, krakeelte er und jagte seiner Beute hinterher. Die beiden Gäste, aufgeschreckt von ihrem Spiel, hatten noch nicht begriffen, was geschehen war, da sauste eine Holzpantine knapp an ihren Ohren vorbei und erlegte gezielt den flüchtenden Teil des Bratens.

»Oh Gott, oh Gottogott. Verzeiht, es war höchste Not!«, beeilte sich der Pantinenwerfer den Anschlag zu erklären, barg neben der Beute auch die Waffe und verzog sich rückwärts in die Küche.

Erschöpft setzte er sich, besah das erlegte Tier in seiner Hand und sinnierte bei einigen Bechern Wein, dass das Leben mitunter doch sehr schwer sei.

8

Inzwischen fand Hovemann Freude an dem Spiel, denn das Glück war an seiner Seite.

Von Erp gähnte. »Mein lieber Freund ...«, setzte er zum Angriff an. »Sollten wir nicht allmählich zu einträglicheren Geboten übergehen, um dem Spiel die nötige Würze zu verleihen?«

Hovemann nestelte seine Kleidung zurecht. »Wir spielen in dem Rahmen, den ich verkraften kann.«

»Wer kann es sich nicht leisten zu gewinnen?«, lachte von Erp. »Seht das Ergebnis, Ihr seid ein Glückspilz. Euer Gewinn ist nur deshalb so spärlich, weil Ihr Euch vor dem Einsatz fürchtet.«

»Aber was mache ich, wenn sich das Blatt wendet?«

»Also doch ein Hasenfuß, der flink ist, bevor Gefahr droht«, spottete von Erp.

Hovemann schnäuzte sich verunsichert. »Ihr habt gut reden. Euer Besitz ist beträchtlich größer.«

»Also habe ich auch mehr zu verlieren.«

Durch leichtes Wiegen des Kopfes zeigte Hovemann, dass er die List zwar durchschaut, aber an der Vorstellung, seinen Gewinn erhöhen zu können, Gefallen gefunden hatte.

»Ich biete jeweils den doppelten Einsatz von Eurem. Ein Narr, wenn Ihr das Angebot ausschlagt«, setzte von Erp nach.

Noch ehe Hovemann sich entscheiden konnte, kam der Wirt vergnügt, da inzwischen nicht mehr ganz nüchtern, mit neuem Wein angeklappert.

»Was grinst du so einfältig?« Von Erp riss ihm die Karaffe aus der Hand.

»Ich freue mich, dass Ihr, hoher Herr«, lächelnd schaute er von Erp in das fettig glänzende Gesicht und vollendete den Satz, indem sich der ganze Körper in die Höhe schraubte, »mein Gast seid.«

Die Schmeichelei war, weil im Rausch geschwatzt, von Erp nicht sehr genehm, und so wendete er sich an Hovemann:

»Trinkt und entscheidet dann, welche Art Spiel Euch willkommen ist.«

Ehe der Wirt sich wieder in die Küche verabschieden konnte, bekam von Erp ihn an der Schürze zu fassen. »Bleib hier und beantworte Hasenfuß Hovemann die Frage, warum ich es wohl zu derartigem Reichtum gebracht habe? Weil ich ein Mann bin, der sich Herausforderungen verweigert?«

Der Wirt zog die Stirn in Falten. Er lächelte, durch den Alkohol mit Mut versehen, etwas frech und nuschelte: »Weil der Teufel pflegt, stets auf den größten Haufen zu scheißen?«

Ein Tritt in den Hintern belehrte den Schelm, keine Scherze mit einem von Erp zu treiben.

»Ohgottogottogott!!« Auf allen vieren krabbelte der Gedemütigte in die Küche zurück.

Hovemann schlug, nicht nur, um seiner Entscheidung Nachdruck zu verleihen, auch um den eigenen Zweifel zu bekämpfen, mit starker Faust auf den Tisch. »Sei's drum, ich setze das Viertel meiner Hälfte der verstauten Ladung, die für Hamburg bestimmt ist.«

»So gefallt Ihr mir.« Von Erp fixierte sein Opfer. »Euch gebührt die Ehre des nächsten Wurfes.«

Hovemann nahm den Lederbecher, füllte die drei Würfel einzeln hinein und schüttelte. Das Blut sammelte sich im Kopf. Der Magen schmerzte. Sein Spiel begann.

»Wisst Ihr übrigens«, unterbrach von Erp, »dass es weit weg von hier Schlangen gibt, die ähnliches Klappern von sich geben, kurz bevor sie den Menschen zur Gefahr werden?«

Hovemann wurde wieder blass. »Was wollt Ihr damit sagen?«

»Nichts, mein Lieber. Gar nichts. Nur vielleicht, dass ich mich vor Euch in Acht nehmen sollte?«

Hovemann schüttelte noch immer den Becher, nur etwas zaghafter als vorher. »Wo nur van Törsel bleibt?«

Von Erp nahm den Wein. »Hab ich Euch das vergessen zu sagen? Seine Tochter ist tot aufgefunden worden. Ich kann mir kaum vorstellen, dass er noch kommt.«

Hovemann ließ vor Schreck den Becher fallen. Die Würfel aus Elfenbein sprangen über den Tisch. Zwei Sechser, eine Zwei.

9

Der Todeskampf der Färber war ausgestanden. Die Meute hatte die Richtstatt verlassen. Zurück blieb eine Stille, die Marta ängstigte.

»Kanntest du das Mädchen, das die Färber getötet haben sollen?«

Thomas hielt sie in seinen Armen und schüttelte den Kopf. Sie wusste, irgendwann würde er sie loslassen müssen. Dann war sie wieder allein.

»Du darfst nie wieder von mir gehen.« Sie schmiegte sich an ihn.

Aber da war noch der Vater, der die Verbindung mit Marta ungern sah, weil sie dem geforderten Stande nicht entsprach. Seine Pläne sahen anders aus. Er strebte eine Verbindung zwischen

Thomas und Sieglinde Sauertaig an. Sieglinde war ein Mädchen aus der Nachbarschaft, ungefähr einen halben Kopf größer als Thomas und kräftig gebaut. Auf ihrer gelblichen Haut sammelten sich bei geringster Anstrengung feine Schweißperlen. Thomas konnte sich nicht erinnern, sie jemals nicht schwitzend gesehen zu haben. Als habe das Schicksal sich nicht schon von seiner launischsten Seite gezeigt, schlug es sie zudem mit kaum zu übertreffender Einfalt. So stand ihr Sinn nach fremdartigen Früchten, die sie arglos in sich hineinstopfte. Ein Eckzahn war dieser Torheit bereits zum Opfer gefallen. Ihr Vater machte sich dieses Malheur zum Vorwurf, weil er es versäumt hatte, ihr mitzuteilen, dass einige Früchte im Innern Kerne verbergen.

Niemand würde ihr Beachtung geschenkt haben, wäre nicht ihr Vater ein erfolgreicher Kaufmann gewesen, so erfolgreich, wie von Erp es war und wie Hovemann es gern gewesen wäre. Das war der Grund, warum der alte Hovemann seinem Sohn die Heirat mit Sieglinde nicht nur nahe legte, sondern forderte. Er versprach sich davon das Ende seiner finanziellen Schwierigkeiten.

»Nein. Ich werde dich nicht hergeben«, beschwichtigte Thomas Marta und drückte sie fest an sich.

Vergessen waren der Vater und die Aufgabe, die ihm zugeteilt worden war.

10

Der hohe Wurf, der Hovemann vor Schreck gelungen war, ließ ihn die anstehende Reise vergessen. An seiner Seite des Tisches häufte sich ein Silberpfennig um den anderen. Zudem war es von Erp gelungen, Hovemann zu überzeugen, am nächsten Morgen, in der Früh, ohne van Törsel die Fahrt nach Hamburg anzutreten.

»Euren Prahm will ich schon auffüllen lassen mit Gütern, die nach Hamburg müssen. So habt Ihr keinen Verlust und verdient nebenbei ein hübsches Sümmchen. Seht, Hovemann, welchen

Spaß es macht, das Feuer nicht nur zum Wärmen der Füße zu gebrauchen.«

Hovemann lächelte flüchtig über das Lob. »Weiß man denn schon, wer die Tat begangen hat?«

»Ja!«, schmunzelte von Erp. »Ihr kennt das Berliner Temperament. Entdeckt und schon gerichtet. Viel Zeit brauchte es nicht. Eine alte Frau und die beiden Färbergesellen sollen es gewesen sein.«

Hovemann schüttelte den Kopf. »Jetzt sind nicht mal mehr die Mädchen ihres Lebens sicher.« Er dachte an Friedelinde, die Ähnlichkeit mit van Törsels Tochter hatte, und war beruhigt darüber, dass die Täter bereits in der Hölle schmorten.

Der nächste Wurf stand an. Hovemann ließ die Würfel über die gesamte Länge des Tisches rollen. Von Erp lachte, denn der Wurf zeigte drei Einser. »Sollte Eure Glückssträhne schon wieder vorbei sein? Wirt!«, rief er. »Wein, bis ich sage, es reicht, und wahrlich, heut' soll es uns gut gehen, nicht wahr, mein lieber Hovemann?«

Von Erp hatte mehr Glück. Zwei Vierer und eine Drei. Er krempelte sich die Ärmel hoch, um einzusammeln, was er gewonnen hatte.

»Das amüsiert mich an diesem Spiel. Nun sitzen wir geraume Zeit miteinander und sind dort angekommen, wo wir begonnen ...«

»Ich setze, was auf meiner Seite des Tisches liegt«, unterbrach Hovemann.

Von Erp lehnte sich zurück und wiegte anerkennend den Kopf. Mit der linken Hand schob er seinen Einsatz in die Mitte. »Wer beginnt?«

»Ihr!«

Von Erp schüttelte den Becher nur kurz. Er hoffte, dass sein Wurf nicht allzu hoch ausfallen würde, damit Hovemann nicht vorschnell die Lust am Spiel verlöre. Der Becher knallte auf den Tisch, aber von Erp hob ihn nicht. Hovemann griff nach dem Glas, das bis zum Rand mit Wein gefüllt war. Als er ansetzte, schlug von Erp ihm auf den Rücken. Das Getränk schwappte über.

»Vorsicht, Hovemann! Großzügigkeit ist keine Tugend für einen Kaufmann«, spottete er und fügte, weil Hovemann seine düsteren Blicke nicht mehr unterdrücken konnte, aufmunternd hinzu: »Auf Pech folgt Glück!«

Von Erp hob den Becher. »Na, wer sagt's denn? Zwei Vierer und ein Zweier. Wenn das keine redliche Chance für Euch ist.«

Der mit Ringen reich verzierte Zeigefinger von Erps schob dem Gegenspieler die Würfel zu. Von Erp sah seiner schwitzenden Beute in die Augen und überlegte, was es sei, das die spielende Kreatur stets in dieselbe Falle tappen ließ. Er kam zu dem Schluss, dass es die Hoffnung sein müsse, Glück, fordere man es nur heraus, verteile sich letztlich gerecht.

Hovemann umklammerte fest den Würfelbecher, als gelänge es ihm so, das Heil aus ihm herauszupressen. Er schüttelte ihn. Die Würfel purzelten heraus. Ein Vierer, ein Zweier und eine Drei.

Das Leben ist verlässlich schlecht zu Hovemann, amüsierte sich von Erp und schob den Gewinn auf den Haufen neben sich. »Schade, mein Lieber. Es ging fast etwas zu schnell.«

Hovemann bäumte sich auf. »Wollt Ihr das Spiel schon beenden?«

»Könnt Ihr es denn noch fortführen?«

Hovemann wischte sich den kalten Schweiß aus dem Gesicht, der inzwischen von der Nase tropfte. »Das will ich meinen.«

Die Würfel kullerten über den Tisch. »Ja, zwei Sechser und eine Zwei!«

Zufrieden lehnte sich Hovemann zurück.

Von Erp warf die Würfel in den Becher, schüttelte kurz und donnerte ihn mit Wucht auf den Tisch. Dann lehnte auch er sich zurück. Hovemann schaute verdutzt. »Und?« Er lehnte sich vor und wollte den Becher heben. Aber von Erp griff den Arm und drückte ihn auf die Tischplatte.

»Halt!«, rief er. »Mein lieber Freund, habt Ihr nicht den unterhaltsamsten Teil des Spiels vergessen?«

Der Gefangene versuchte sich zu befreien. Von Erp fasste nach.

»Den Einsatz, mein Freund!«

Hovemann schluckte. Von Erp ließ lockerer.

»Und? Was zögert Ihr? Wo bleibt Euer Einsatz?«

Hovemann senkte den Kopf. »Es ist mir kaum etwas geblieben.«

»Ohh!«, äffte von Erp den traurigen Tonfall des Verlierers nach. »Nichts ist ihm geblieben.« Dann lachte er. »Das Leben, guter Freund, das Leben ist Euch geblieben und eine brave Frau, Euer gut geratener Thomas und, wenn ich mich recht entsinne, doch auch ein famoses Töchterlein?«

Hovemann schreckte auf. Seit Friedelinde sieben Jahre alt war, versuchte von Erp, ihm das Heiratsversprechen für sie abzuringen. So sehr der Vater auch wünschte, dass sie einen Mann mit Hab und Gut bekäme, so wollte er sie dennoch nicht im Spiel verlieren.

Hovemanns Hand war noch immer gefangen. Zaghaft versuchte er, sie zu befreien. Mit einem Lächeln ließ von Erp den Fluchtversuch scheitern. Mit der anderen Hand hob er das Glas. »Lasst uns auf Euer hübsches Töchterlein anstoßen. Wie heißt es gleich?«

»Friedelinde«, brachte Hovemann leise heraus.

»Friedelinde?« Von Erp gab die Hand Hovemanns frei. »Die kleine Friedelinde! Ach ja … ich würde trefflich mit ihr umgehen. Das wisst Ihr, Hovemann. Auf Euer Wohl!«

Er nahm einen Schluck, stellte das Glas auf den Tisch und seufzte. »Seht … Mir geht es nicht so gut wie Euch. Ich bin allein, aber mein Herz läuft über.«

»Ich gebe noch einen Prahm mit Roggen dazu«, unterbrach Hovemann.

»Ihr weicht mir aus, Hovemann! Aber gut. Ich setze die gleiche Menge dagegen. Euer Einsatz ist zwar etwas spärlich, aber es geht ja mehr um das Spiel als um Gewinn.«

11

In der Küche des Ratskellers war inzwischen Frieden eingekehrt. Das Huhn hatte seinen Platz über dem Feuer gefunden. Der Tag versprach, sich gemächlicher fortzusetzen, denn weitere Gäste blieben aus. So versorgte sich der Wirt auf das Beste selbst mit Wein und Brot und ließ sich kaum von den beiden würfelnden Trunkenbolden im Gastraum stören. Er nahm sich eine Fackel und zündete sie mit einem Reisigspan an. Die enge Holztreppe führte geradewegs in das dunkle Kellergewölbe des Rathauses. Im Keller war es kühl. Am Ende des langen Ganges stand ein großes Fass.

Der Wirt öffnete den Holzhahn. Plätschernd ergoss sich der Wein in die Karaffe, gerade so viel, bis sie zu drei Vierteln gefüllt war. Die Menge des Wassers, die er hinzugab, war abhängig von der Sympathie für seine Gäste. Das führte zu so unterschiedlichen Ergebnissen, dass sich die Berliner über die Qualität des Weines nie ganz einig wurden.

Den eingesparten Rest goss er in eine für diesen Zweck reservierte Karaffe.

»Was bin ich doch schlau«, dachte der Wirt, rieb seine wunden Füße und prostete in die Richtung seiner unwissenden Gönner.

12

Von Erp saß zurückgelehnt auf der Bank. Wenn er gewürfelt hatte, bedeutete er mit einer Handbewegung, Hovemann solle für ihn den Becher heben.

Gierig, das Ergebnis zu erfahren, riss Hovemann ihn vom Tisch.

Zwei Fünfer und eine Sechs.

Hovemann zählte durch: »Vierzehn gegen sechzehn – ja!«, triumphierte er.

»Ihr seid ein Glückspilz«, entgegnete von Erp und zog die

Augenbrauen zusammen. »Ich hab es ja gesagt, Ihr besitzt die Gefährlichkeit einer Schlange.«

Von Erp nahm einen kräftigen Schluck, rollte mit den Augen und prustete ihn, noch ehe Hovemann sich in Sicherheit bringen konnte, über den Tisch. »Der Wein ist gepanscht. Wo ist dieser nichtsnutzige Gauner von Wirt?« Von Erp sprang auf. Der Stuhl fiel nach hinten.

Der Wirt wurde aus seiner Gemütlichkeit aufgeschreckt und drehte sich im Kreis.

»Ohohohohoh, was mach ich nur?« Rasch nahm er die für sich reservierte Karaffe und lief dem geprellten Gast entgegen. »Verzeiht, ein Irrtum. Wie konnte das geschehen? Aber seht nur ... der Braten ... ich habe mich so auf ihn konzentriert, dass ich versehentlich ... mein Herr, habt Einsehen. Kostet hier.« Von Erp riss ihm den Krug aus der Hand, setzte ihn an und lehrte ihn in einem Zug.

»Besser.«

Dem Wirt blieb ungläubiges Staunen, wie dieser Barbar den kostbaren Wein hinunterschüttete.

»Als Ausgleich für den schändlichen Versuch, mich zu betrügen, sind wir dein Gast für diesen Tag.«

Der Angeschuldigte stellte den Kopf schräg, als habe er nicht recht verstanden. Von Erp war aufs Äußerste gereizt. Er griff den Wirt und hob ihn an seinem Gewand in die Höhe. Als der merkte, wie er den Boden unter den Füßen verlor, beeilte er sich, dem Friedensabkommen zuzustimmen. Diesen Kampf hatte von Erp gewonnen, und die Demütigung des Wirtes ließ den Verlust verschmerzen. Er war sich der Anerkennung durch Hovemann sicher. Langsam und aufrecht ging er zurück und schob die Karaffe wie eine Trophäe in die Mitte des Tisches. Der Wirt verzog sich in sichere Entfernung. Hovemann goss sich die Neige ein und stürzte seine Vorsätze, das Spiel nach dem Sieg zu beenden, mit Wein hinunter.

Von Erp schlug mit der Faust auf den Tisch. »Auf zur nächsten Runde! Wie steht der Einsatz?« Hovemanns Augen funkelten, von Gier entfacht. »Ich biete erneut die Ladung für Hamburg.«

»Genug mit der Schonzeit. Bei Euerm Glück ist es an der Zeit, dass Eure Angebote meinem in Qualität und Quantität entsprechen.«

Vom Spiel erhitzt, legte Hovemann seinen Mantel ab. Nur seinen Rock behielt er an.

»Die Ladungen für Hamburg und die Scheune samt Inhalt. Das sind tausend Sack.«

Als von Erp sah, wie Hovemann sich seiner Kleidung entledigte, fröstelte ihn. Eitel richtete er seinen Pelz. »Euer Angebot beleidigt mich. Das ist so viel, wie Ihr eben gewonnen habt. Ich setze das Dreifache Eures Einsatzes, also legt das Doppelte drauf, oder stehlt mir nicht meine Zeit!«

Hovemann strich sich durch den Bart. »Ihr bekommt das, was ich im nächsten Jahr verdiene, dazu.«

Von Erp richtete sich auf. »Ihr wollt Euch in meinen Dienst stellen, Hovemann? Anerkennung! Das ist gewagt. Aber wenn Ihr es so wollt, soll es so geschehen.«

Von Erp zog ein leeres Blatt Pergament aus dem Pelz. »Lasst uns nur noch rasch einen Vertrag aufsetzen.«

»Reicht Euch das Wort eines ehrbaren Kaufmanns nicht mehr aus?«

Von Erp beschrieb das Pergament und antwortete, ohne aufzublicken: »Doch, doch, nur ehe uns das Gedächtnis ein Schnippchen schlägt, verlasse ich mich lieber auf das, was ich schwarz auf weiß nach Hause tragen kann.«

»Oder ich«, konterte Hovemann.

Von Erp blickte auf: »Oder Ihr«, und schob Blatt, Feder und Tinte zur Unterzeichnung hin.

Mit der rechten Hand kritzelte Hovemann seinen Schriftzug unter den Vertrag. Mit der linken griff er nach den Würfeln. »Drei Fünfer. Danke!«

»Erklärt mir endlich diesen Pakt, den Ihr geschlossen habt!«, witzelte von Erp, nahm sich den Becher, schüttelte ihn kurz und stülpte ihn auf den Tisch. Für Hovemann war die Spannung kaum zu ertragen. Es ging für ihn um nicht weniger als um alles. Zu diesem für Hovemann unpassenden Zeitpunkt durchwehte ein Schwaden feinsten Bratenduftes die Schänke.

»Ah, du kommst, um dich bei mir einzuschmeicheln, und grad zu rechter Zeit, um dem Spiel die nötige Spannung zu verleihen«, empfing von Erp den Wirt versöhnlich. Seine Erfahrung sagte ihm, dass Zuneigung das Herz nur über den Magen erreicht. »Hovemann, lasst uns essen, um danach gestärkt die erwürfelte Entscheidung zu verkraften.«

Von Erp zerriss den Braten und stopfte sich die Keule in den Mund. Das Fett triefte über das gerötete Gesicht.

»Greift zu, Hovemann, wer weiß, ob Ihr Euch jemals wieder einen solch trefflichen Vogel leisten könnt.«

Zu gern hätte Hovemann der Spannung ein schnelles Ende gesetzt und den Becher einfach angehoben. Aber es war nicht sein Wurf.

Nicht nur er hatte es schwer, sich in Geduld zu fassen. Auch der Wirt stand voller Spannung und verfolgte den Verzehr des Tieres in der Hoffnung, die Reste würden nicht allzu spärlich ausfallen.

Sein komfortables Bäuchlein bewies, dass seine Geduld häufig belohnt wurde. Den Oberkörper leicht nach vorn gebeugt, versuchte er, den Luftzug zu erwittern, mit dem die Gerüche an ihm vorüberschwebten.

»Beim nächsten Mal werde ich etwas mehr Thymian verwenden«, nahm er sich vor und steigerte die Vorfreude, indem er von einem Stück trockenen Brotes biss. Dabei schloss er die Augen und wechselte zwischen Schnuppern und Abbeißen. Nicht einmal das Schmatzen von Erps störte ihn dabei. Es gab nur ein Geräusch, das ihn aus seiner Träumerei reißen konnte. Und plötzlich war es da. Der Teller scharrte über den Tisch. Schon wollte er aufspringen, um ihn an sich zu nehmen, da sah er die einladende Geste Heinrich von Erps.

»Was ist los, Hovemann? Greift ungeniert zu. Ihr seid mein Gast.«

40

»Danke für die Einladung, aber die Anspannung schlägt mir auf den Appetit!«

Das war die Chance für den Wirt.

»Wie ich sehe, hat es Euch geschmeckt, mein Herr. Dann ist es Euch bestimmt recht, wenn ich den Tisch abräume?«

Die Antwort vorsorglich nicht abwartend, nahm er flink den Teller und verzog sich in die Küche.

Die Märzsonne traf den Tisch und beleuchtete den Würfelbecher. Von Erp säuberte sich von den Resten des Essens, lehnte sich zurück und stöhnte.

»Aaahh! Gebt mir noch kurze Zeit, den Braten zu verdauen.« Er wusste sein Recht, den Wurf alleine aufzudecken, genüsslich auszuspielen. »Wie geht es ihr eigentlich, Eurer hübschen Friedelinde?«, fragte er, als ob sie nicht schon als Wettpreis ausgeschlossen worden wäre. »Ich sehe nur, dass sie von Frühling zu Frühling hübscher wird. Ihr müsst sehr stolz sein auf sie.«

»Es geht ihr gut.«

»Versprochen habt Ihr sie aber doch noch niemandem, oder?«

Hovemann senkte den Blick. Das Geschachere um seine Tochter war ihm unangenehm.

Von Erp streckte seine Hand nach dem Würfelbecher aus, hielt aber inne. »Oder doch?«

Er suchte den Blick seines Gegenübers, aber Hovemann vermied es, ihn zu treffen.

»Ihr verweigert mir die Antwort. Es wäre schade, wenn dieses Juwel einen anderen Mann als mich zieren würde.«

Zu gern wäre Hovemann von Erp mit dem Rat entgegengetreten, er solle sich zum Teufel scheren. Aber er wollte nicht den Abbruch des Spieles riskieren. Von Erp grinste und stieß mit dem Finger den Becher um.

Hovemann erstarrte. Zwei Fünfer und ein Sechser. Er war nicht fähig zu erfassen, was ihm widerfahren war. Nur das schallende Gelächter von Erps ließ ihn die Katastrophe begreifen.

»Sechzehn gegen fünfzehn. Oder hab ich mich verzählt?«, spottete von Erp. »Zählt ruhig noch mal nach!« Obgleich er sich vor Lachen kaum halten konnte, offenbarte ihm der Blick des Verlierers, dass es nicht ratsam war, den Spott zu übertreiben. Er bezwang sein Lachen und steckte den Vertrag ein.

»Ich gehe davon aus, dass Eure Reserve aufgebraucht und die Spielfreude erloschen ist?«

Hovemann war kaum in der Lage, zu reagieren. Zu viel ging ihm durch den Kopf. Die verlorene Scheune, das Korn, seine Frau, die Tochter.

Um die Spannung zu lösen, räkelte sich von Erp: »Es wird Zeit, den Gewinn zu verteilen. Lasst uns einen Spaziergang zur Scheune machen.«

Die Stühle schrammten über den Boden. Der Wirt eilte herbei. Trotz des Streits mit von Erp erhoffte er den großzügigen Ausgleich der Zeche. Neben einer Münze warf von Erp auch zwei Kastanien auf den Tisch.

»Mach was draus.«

13

Die beiden Spieler machten sich auf den Weg. Von Erp schwankte zwischen Ungeduld, seinen Gewinn zu begutachten, und der Genugtuung über den Sieg. Deshalb stolzierte er voran. Hovemann trottete hinterher, als könne er die Herausgabe seines Eigentums dadurch hinauszögern.

Auf dem Markt herrschte ungewöhnliche Ruhe. Der Tod des Mädchens hatte die Kauflust der Bürger vertrieben. Einige Kaufleute waren weitergezogen. Andere wollten es am nächsten Tag noch mal versuchen, ihre Waren zu verkaufen.

Am Hafen angekommen, stellte von Erp den Unglücksvogel einigen Schiffern vor, die er kannte, und frotzelte: »Das ist mein Freund Hovemann. Sollte Euch eines Tages die Lust zum Spielen ergreifen, kann ich ihn Euch als geselliges Gegenüber nur wärmstens empfehlen.«

Es ging auf den frühen Nachmittag zu, als er den Aufbruch signalisierte. »Hovemann, lasst uns endlich zur Scheune eilen. Ihr habt sicherlich auch noch dringende Geschäfte zu erledigen. Vergesst nicht, regelmäßig Bericht zu geben, damit mein Anteil nicht etwa zu gering ausfällt.«

Hovemann verkniff sich die Antwort.

Bereits hinter dem Damm mit den vier Mühlen war von Ferne die Scheune zu sehen. Die Fensterläden waren verschlossen. Hovemanns Schritte wurden schneller. Fast rannte er. Als er vor der Scheune stand, legte er sein Ohr an die Tür und lauschte. Was er dort hörte, trieb ihm die Zornesröte ins Gesicht. Mit aller Kraft riss er einen der Fensterläden auf. Nun begriff auch von Erp, was den Vater so aufregte. Ein Kichern drang ins Freie, das durch die Wut des Vaters sogleich verstummte. Eilig ordnete Marta ihre Kleidung und das Haar. Thomas sprang von den Roggensäcken.

Der Vater geriet in Rage.

»Schlendrian! Was habe ich dir gesagt?«

Kreischend rannte das Mädchen aus der Scheune. Von Erp starrte gierig hinterher. Die angestaute Wut des Vaters war nicht mehr zu bremsen, das verlorene Spiel, der missratene Sohn, der hämisch grinsende von Erp. Das war zu viel für ihn. Er nahm sich den erstbesten Stock und schlug auf Thomas ein.

Von Erp amüsierte das Schauspiel köstlich.

Hovemann kam nicht zur Ruhe. Der Prügel landete auf dem Rücken, dann und wann auch auf dem Kopf. Das Blut schoss Thomas aus der Nase, rann über das Hemd und vermischte sich mit dem auf dem Boden liegenden Getreide.

»Herr Vater, habt Nachsicht!«

»Nachsicht? Lange genug sehe ich mir schon das Schauspiel an, das du aufführst mit diesem Weibsstück!«

Thomas konnte nicht einmal die Hälfte des Gewichtes seines Vaters entgegensetzen, und so entzog er sich wendig den Schlägen. Das machte den Vater nur noch wilder. Mit seiner ganzen Kraft rannte er auf Thomas zu, aber ehe er sich auf den Sohn werfen konnte, hatte der bereits die Tür erreicht und war geflüchtet.

Von Erp konnte sich vor Lachen nicht halten: »Lasst es gut

sein, lieber Hovemann. So viel Nachwuchs habt Ihr nicht zu verschwenden.«

Die Auseinandersetzung hatte den Vater mehr in Anspruch genommen als Thomas. Von Erp hielt dem keuchenden Mann, noch immer lachend, seinen Arm zur Stütze hin. Hovemann rappelte sich auf, und von Erp klopfte ihm den Staub von den Kleidern.

»Was erregt Ihr Euch so, in meiner Scheune? Vielleicht hätten sie uns gestattet, an ihrem Spiel teilzuhaben. Aber etwas anderes macht mir Sorge. Sind das Eure tausend Sack Roggen? Ich sehe hier allenfalls, und nur wenn ich meine Phantasie gebrauche, an die fünfhundert.«

Hovemann lief rot an. »Es wird auch wieder besser werden.«

Von Erp tat so, als ob er nicht verstanden hätte.

»Was soll besser werden? Dass Ihr Eure Schuld begleicht?«

»Es tut mir Leid, ich bekomme das Korn erst noch. Ihr habt mein Ehrenwort, dass Ihr auf Euern Gewinn nicht lange warten müsst.«

»Wie wollt Ihr das anstellen? Wo bleibe ich, wenn Eure Geschäfte einen ähnlich schlechten Ausgang haben wie Euer Spiel?«

»Mein Sohn, der Thomas wird bald heiraten.«

»Das hübsche Ding, mit dem er sich amüsierte – es war doch eher ein Spielzeug für einen jungen Mann, der in Saft und Kraft steht?«

»Ach!«, wehrte Hovemann ab. »Doch nicht dieses Balg eines Habenichts. Durch Vermählung meines Sohnes mit der Familie von Sieglinde Sauertaig wird alle Not ihr Ende finden.«

»Sauertaigs Sieglinde ist ein Mädchen von schlichtem Gemüte, etwas zu rund und mit gelber Haut, aber ihr Vater ist Ratsherr und sie dadurch eine gute Partie. Trotzdem, mein Gleichmut ist nicht sehr ausgeprägt, und Ihr hattet mir etwas anderes versprochen als das, was Ihr jetzt in der Lage seid einzulösen. Hovemann, ich warne Euch, meine Geduld ist endlich.«

Hovemann wusste, dass diese Drohung nicht zu unterschätzen war.

Marta war so schnell geflüchtet, dass Thomas sie nicht finden konnte. Ohne Halt rannte er die Straße entlang, am Berliner Rathaus vorüber. Er sah nicht die vielen Händler, die ihre Waren feilboten, er nahm nicht die Gerüche wahr von Kräutern aus aller Welt. Er hatte nur ein Ziel: das Franziskanerkloster, in dem Bruder Jacobus stets ein offenes Ohr für die Sorgen des Jungen hatte. Bruder Jacobus unterrichtete ihn in Latein und in den Dingen des Lebens.

Thomas merkte nicht, wie er im Vorbeilaufen einen Stapel feiner Tuche umriss. Wütend schimpfte der Händler und lief ihm hinterher. Weil sich sofort die neugierige Konkurrenz an seiner unbeaufsichtigten Ware zu schaffen machte, gab er auf und kehrte an seinen Stand zurück. Er zog die Ware aus dem Dreck und wünschte dem Flüchtenden den Teufel an den Hals.

Nach einiger Zeit war Thomas am Franziskanerkloster angekommen. Hier wusste er Beistand zu bekommen, wenn es um Streit mit seinem Vater ging. Klopfen musste er an der Pforte nicht. Die Tür wurde geöffnet, denn Bruder Franz hatte ihn bereits durch das kleine Loch in der Tür bemerkt.

»Tritt ein!«, sagte der Mönch lächelnd. »Du willst bestimmt zu Bruder Jacobus. Er ist im Garten. Ich führe dich zu ihm.«

Der Mönch gab das Tempo durch seine Eigenart vor, bei jedem Schritt jeweils nur eine Fußlänge voranzukommen. Daher brauchte er die vierfache Zeit, was den Weg in den Garten endlos werden ließ. Die Gerüche von Salbei, Kresse und Fenchel vermischten sich mit denen von Kümmel und Polei.

Die beiden ließen die Gladiolen hinter sich, als sie von einem spitzen Schrei aufgeschreckt wurden. Thomas fuhr zusammen. Der Mönch lachte.

»Bruder Jacobus zähmt die Rosen im Garten. Die Schreie sind wohl in der Auseinandersetzung die Antwort an die Dornen.«

Die Rosenhecke bewegte sich. Aus ihr ragten zwei Hände – eine bewaffnet mit einem Messer, die andere mit Stoff umbunden, um sich vor den Dornen zu schützen. Bruder Jacobus trat aus dem Rosenverhau hervor.

»Ah, Thomas, kommst du zum Unterricht?«

Thomas schüttelte den Kopf. »Ich brauche Euren Rat.«

Bruder Franz tippelte langsam davon. Er wusste, dass, wenn sich die beiden trafen, kein Zweiter in ihren Gesprächen Platz fand. Die Beziehung war so innig, ähnlich der zwischen Vater und Sohn, dass sie Anlass zu manch neidischer Flüsterei gab. Die außergewöhnliche Bindung zu diesem Jungen, der ja kein Klosterbruder war, war nur eines der vielen Privilegien, die Bruder Jacobus genoss. Ihm war gelungen, sich unter der schützenden Hand des Abtes fast allen Zwängen des klösterlichen Alltages zu entziehen, indem er sich unentbehrlich machte. So bereitete ihm beispielsweise die Arbeit an der Vervielfältigung alter Schriften im Skriptorium wenig Freude, weil die Folgen ein gekrümmter Rücken und Schmerzen in den Fingern waren. Um dieser Anstrengung zu entfliehen, entwickelte er ein Geschick, dem Guardian gegenüber durch besonders kunstfertige Illustrationen aufzufallen. Die Bilder weckten derartige Freude, dass er fortan die Aufgabe übertragen bekam, durch die Verzierungen den Wert der Schriften zu erhöhen. Listig achtete Bruder Jacobus darauf, nicht allzu große Eile an den Tag zu legen, damit immer Arbeit auf ihn wartete, die ausreichte, ihn vor weiteren oder gar schwereren Aufgaben zu schützen. In der verbleibenden Zeit beschäftigte er sich mit Gebeten, pflegte den klösterlichen Garten und förderte Thomas im Lateinunterricht.

»Ist dein Wunsch nach Rat mit froher oder schlechter Kunde verbunden?«

»Der Vater ...«

Bruder Jacobus atmete tief durch und setzte sich, weil er ahnte und sich darauf freute, dass es ein längeres Gespräch werden würde.

Mit einer Handbewegung deutete er auf eine Holzbank, die ihm gegenüber stand. Thomas setzte sich. Unter seiner Nase sammelte sich Blut. Bruder Jacobus wickelte das Tuch von seiner

Hand und reichte es hinüber. Thomas schluchzte hinein. Bruder Franz tippelte durch den Kräutergarten, schlich sich hinter der Rosenhecke heran und versuchte zu erhaschen, was die beiden miteinander beredeten. Weil er sich zu sehr darauf konzentrierte, stieß er sich den Kopf an dem vorstehenden Gemäuer. »Aua!«

Thomas lachte.

Auch Bruder Jacobus schmunzelte. Als Thomas zu ihm hinübersah, verdüsterte sich sein Gesicht. »So sehr ich mich auch freue, dass dein Gemüt sich aufhellt, so muss ich dich tadeln. Sich über das Missgeschick anderer zu amüsieren, ist ein billiges Vergnügen.«

»Verzeiht, Bruder Jacobus.«

Bruder Franz war es unangenehm, dass seine Neugier in solch auffälligem Desaster endete.

»Braucht Ihr Hilfe?«, sorgte sich Bruder Jacobus.

»Nein, nein. Die Beine wollen nur nicht mehr so recht.«

Er rappelte sich auf, richtete seine Kutte und machte sich davon.

»Warum macht er so kleine Schritte?«, fragte Thomas.

»Genau weiß es keiner. Er spricht nicht darüber. Es gibt jedoch mindestens zwei Erklärungen.«

Bruder Franz war inzwischen an der Kirche angekommen, drehte sich noch einmal um und verschwand in ihr.

»Er soll sich auferlegt haben, ein härenes Band um die Knie zu tragen, damit seine Schritte bescheiden bleiben. Es verleiht ihm Demut und erinnert ihn stets daran, wie klein die Schritte der Menschen im Vergleich mit den Taten Gottes sind. Zerreißen dürfe das Band nicht, sonst würde er fortan nur noch stolpernd durchs Leben gehen.«

»Habt Ihr das Band schon mal gesehen?«

»Keiner hat es je gesehen.«

»Warum zerschneidet er das Band nicht einfach?«

Bruder Jacobus lächelte.

»Wenn es im Leben so einfach wäre ... Die meisten Bande, die uns einengen, sind nicht zu zerschneiden. Es sind Zwänge, in denen wir stecken und zu leben haben.«

Thomas würgte und zog an dem Tuch, bis Bruder Jacobus es ihm abnahm.

»Mich engt keines solcher Bande ein.«

Erneut nahm der Mönch das Tuch und wischte den Blutstropfen ab, der langsam aus der Nase des Jungen ins Freie quoll.

»Es ist ein Privileg der Jugend, solche Bande nicht wahrzunehmen.« Thomas hielt sich für erwachsen und überging die Bemerkung: »Und die zweite Geschichte, die man sich erzählt?«

Der Mönch atmete tief durch. »Ein Glaubensbruder, der Bruder Franz aus frühen Tagen kennt, hat einmal erzählt, Schuld habe ein großer Hund.«

»Ein Hund?«, fragte Thomas.

»Ein großer Hund. Er soll ihm mitten in die ...« Bruder Jacobus führte Daumen und Finger zueinander. »... nun ja.«

Thomas saß mit halb geöffnetem Mund da. Er verstand nicht.

»So erzählt man sich's«, bekräftigte Bruder Jacobus.

»Was denn?«

Bruder Jacobus wurde ungeduldiger: »Er hat da unten reingebissen.«

»Wer?«

»Der Hund!«

Thomas verzog sein Gesicht. »Da unten?«

Bruder Jacobus nickte.

»Aber hier sind doch gar keine Hunde ...«

»Was eher für die erste Variante spricht.«

Die Augenbrauen des Jungen zogen sich zusammen. Bruder Jacobus, bemüht, das Thema zu beenden, verlieh dem folgenden Satz Nachdruck, indem er ihn mit der rechten Hand rhythmisch begleitete.

»Er ist ein fleißiger Bruder und hat Angst zu stolpern. Das soll ja vorkommen. Deshalb läuft er langsam. Das schützt ihn vor schwerer Arbeit, und uns übt es in Geduld. Aber war das der Grund deines Besuches?«

Thomas schüttelte den Kopf, aber sein Blick verriet, dass für ihn nicht alle Fragen beantwortet waren.

15

Hovemann versuchte noch immer, die Fassung wiederzuerlangen. Er durchschritt die Scheune ähnlich einem eingesperrten Panther. Von Erp lehnte an der Tür. Längst langweilten ihn Hovemanns Ausflüchte. Inzwischen sorgte er sich nur noch um seinen Gewinn.

»Hovemann, seid Ihr wirklich der Meinung, dass dies tausend Sack sind?«

»Ungefähr.«

Ohne die Hände aus den Taschen des Pelzes zu nehmen, stieß sich von Erp mit der Schulter vom Türrahmen ab und betrat die Mitte der Scheune.

»Das gefällt mir nicht. Ihr habt die Dreistigkeit, mich betrügen zu wollen. Ich bin enttäuscht.«

»Es sind tausend Sack. Ungefähr«, verteidigte er sich.

Von Erp nahm sein Taschentuch aus dem Rock und schnäuzte sich. »Nun wird mir klar, Hovemann, warum Ihr ein so schlechter Kaufmann seid. Es fehlt Euch an der Fähigkeit, mit Zahlenwerk umzugehen.«

Hovemann spürte, wie sich ihm der Magen umdrehte. »Lasst uns die Ware zählen. Ihr werdet zugeben müssen, dass Ihr mir Unrecht tatet.«

»Hovemann, ein guter Spieler weiß, wann er verloren hat.« Von Erp hob beide Hände. »Aber gut. Lasst uns den Bestand prüfen.«

Er nahm sich einen spitzen Stein, stellte sich an die Tür. »Nun denn! Sagt an!«

Hovemann zeigte auf die Tür. »Dreihundert Sack stehen bereits geschrieben.«

»Mich interessiert nicht, was Euer Sohn gezählt hat. Mich interessiert nur, was ich gesehen hab. Beeilt Euch. Es geht auf den Abend zu, und das Licht wird schwach.«

Hovemann wusste, dass seine einzige Chance darin bestand, das Unglück bis auf den nächsten Tag hinauszuzögern. Er zählte langsam, mit Bedacht. Nach jeweils zehn Säcken kratzte von Erp einen Strich in die Tür. Hovemann war gekränkt über das Misstrauen, das ihm entgegengebracht wurde, obgleich er wusste, dass es berechtigt war.

Nach einer Stunde in gebückter Haltung meinte Hovemann: »Lasst uns eine Pause machen.«

»Nichts da. Lasst uns tauschen. Hier ist der Stein. Geht hin und schreibt auf, was ich Euch sage.«

Hovemann schlich zur Tür. Von Erp war nun in seinem Element. Mit aller Kraft wuchtete er das Korn von einer Ecke in die andere und rief laut, wenn er zehn Säcke beieinander hatte. Gehorsam machte Hovemann die Striche und überlegte, ob er etwas mogeln sollte und wie groß die Chance war, entdeckt zu werden. Wenn von Erp es merken würde, könnte es ihm schlecht ergehen. Und dennoch. Er fasste sich ein Herz. Gerade als von Erp wegschaute, ritzte er, indem er mit einem vorgetäuschten Husten das Geräusch des Steines auf dem Holz zu übertönen versuchte, zwei zusätzliche Striche in das Holz.

»Du Mistvieh!«, schrie es aus der hinteren Ecke. Hovemann zuckte zusammen. Dann hörte er das Geräusch eines dreschenden Knüppels und ein Quieken. Hovemann war erleichtert. Der Anschlag galt nicht ihm. Leblos rollte der Körper einer Ratte den Berg hinab und blieb in der Mitte der Scheune liegen.

16

Das Herz war erleichtert. Thomas schlug die Hände auf die Knie und erwartete eine kluge Antwort. Aber Bruder Jacobus war diesmal ohne Rat für seinen Schützling. Daher vertraute er auf seinen Bestand an Allgemeinplätzen. Auf das Gewicht seiner Worte allein wollte er sich dennoch nicht verlassen, und so untermalte er sie gestenreich. Seine von der Gartenarbeit geschundene Hand erhob sich dozierend, fuhr durch die Luft und deutete auf die Blumenpracht.

»Sieh, Thomas, jedes Ding hat seine zwei Seiten. So schön sie sind, die Rosen, so schmerzhaft wird es, wenn sie sich zur Wehr setzen.«

Erwartungsvoll schaute Thomas seinem Gegenüber in die Augen. Als er aber merkte, dass das schon alles war, was Bruder Jacobus beitragen konnte, schüttelte er den Kopf.

»Aber Marta ist es doch nicht, die sich zur Wehr setzt. Es ist der Vater. So sind doch nicht die Dornen einer Rose der Kummer, sondern der unfruchtbare Boden?«

Bruder Jacobus war verärgert, weil seine Worte so wenig Eindruck hinterließen. Gekränkt fragte er sich, ob es richtig sei, den jungen Leuten etwas beizubringen, um sich anschließend von ihnen über den Mund fahren zu lassen?

»Ich bin nicht sehr bewandert in Dingen der Liebe.«

Sein Blick huschte Hilfe suchend die Rosenhecke empor, seinem Herrgott entgegen. Er hielt inne, als er eine verdorrte Blüte in seinem Blumenschatz entdeckte. Zielsicher angelte er sie aus den Dornen.

»Sehr früh schon habe ich mich versprochen.«

Die vertrocknete Blüte in der Hand zerreibend, wies er auf den Himmel.

»Und, habt Ihr es jemals bereut?«

Bruder Jacobus kratzte sich am Hals.

»Liebe ist ein Gefühl, auf das man sich nicht verlassen sollte. Sie kommt, ohne sich anzukündigen, und sie geht, wenn wir uns an sie gewöhnt haben. Du tust gut daran, nie außer Acht zu lassen, dass es der Vater gut mit dir meint, Thomas.«

»Aber wie werde ich die Liebe vergessen können, wenn ich dem Vater gehorche?«

»Dein Vater sieht nur diesen Weg. Entweder gelingt es dir, ihn neugierig auf andere Pfade zu machen, oder du solltest auf ihn hören. Und nun geh und versprich ihm, dass du seinen Kummer nicht mehren wirst.«

»Den Kummer habe ich, Bruder Jacobus.«

Bruder Jacobus meinte, eine Träne in den blauen Augen von

Thomas zu entdecken. Er strich mit der Hand über den Kopf des Jungen.

»Thomas, es ist kein Held, der angekettete Hunde prügelt«, versuchte er eine Erklärung, weil er ahnte, dass es wichtige Gründe für den Vater gab, so und nicht anders zu handeln.

17

Es ging auf den Abend zu. Nur mühsam wurde die Scheune noch vom Tageslicht beleuchtet. Alle Mittel, die Aufdeckung des Betruges zu verzögern, hatte Hovemann erfolglos anzuwenden versucht. Von Erp konnte klar überblicken, dass der Inhalt der Scheune dem Wetteinsatz nicht entsprach. Er warf den Stein in die Ecke.

»Nun ist es an Euch, Hovemann, eine Erklärung zu finden.«

»Ich weiß auch nicht … irgendwie …«

Hovemann entfernte sich einen Schritt, denn er befürchtete, dass der Geprellte sich durch eine saftige Abreibung Luft verschaffen könnte. »Man hat mich bestohlen.«

Von Erp zog die Augenbrauen zusammen. »Ach, Hovemann, lasst das Theater. Schon vorher habe ich geahnt, dass Ihr Euch übernommen habt. Nichtsdestotrotz, schlagt eine Lösung vor, denn damit, dass ich Euch die Schuld erlasse, rechnet nicht.«

»Nein, nein!«, beeilte sich Hovemann zu versichern. »Ihr kennt mich als Ehrenmann. Meine Schulden will ich schon begleichen.«

Von Erp näherte sich.

»Wie?«

Hovemann verschreckte die direkte Frage, die sein Problem so rüde auf den Punkt brachte.

»Ich sagte es bereits, die Geschäfte werden auch wieder besser gehen.«

Mit einem Satz sprang von Erp auf und drehte den Stoff von Hovemanns Hemd in der Faust, bis dem die Luft wegblieb. Mit der linken Hand hielt er ihm den Schuldschein vors Gesicht. »Was ist das? Habt Ihr ein so kurzes Gedächtnis?«

»Ihr kennt mich als Ehrenmann!«, wiederholte Hovemann mit sich überschlagender Stimme.

»Als sehr, sehr armen Ehrenmann.« Von Erp ließ von Hovemann ab. Der sortierte seine Kleider.

»Wenn der Thomas die Sieglinde heiratet, haben die Sorgen ein Ende, denn er wird das Geschäft ihres Vaters übernehmen.«

»Hovemann«, unterbrach von Erp, »wenn Ihr nicht in zwei Tagen Eure Schuld begleichen könnt, so wird es mir schon gelingen, durch die Hilfe kräftiger Fäuste meinen Forderungen Nachdruck zu verleihen. Seht es endlich ein, Ihr gehört mir, samt Eurer Familie. Ich will nicht lange herumreden. Es geht mir um Eure Tochter, die der einzige Besitz ist, der mich interessiert und über den Ihr noch verfügen dürft.«

»Sie ist noch zu jung«, versuchte Hovemann sein Kind zu schützen.

»In einem Jahr ist sie heiratsfähig. Durch mich wird sie dieses eine Jahr vergessen. Und beachtet, dass durch die Heirat auch Eure Not ein Ende findet.«

»Ich mache Euch einen Vorschlag. In zwei Tagen bringe ich das Geld.«

Von Erp ließ Hovemann frei.

»Der Vorschlag kam von mir, Torfkopf. Und ich warne Euch. Nehmt ihn erst!«

18

Die Späne flogen durch die enge Stube. Ungeduldig rutschte Friedelinde von einer Seite auf die andere. Sie konnte kaum erwarten, zu entdecken, was Thomas aus dem Stück Lindenholz schnitzte. Sie drehte ihren Kopf, um es besser sehen zu können. Ein kantiger Block mit zwei kleinen Spitzen daran.

»Was ist das?«

Thomas hielt den Holzklotz vor sich. »Wonach sieht es denn aus?«

»Wie zwei Nasen.«

Thomas drehte das Kunstwerk. »Was braucht schon zwei Nasen?«

»Ohren«, korrigierte Friedelinde.

Thomas nickte. »Stimmt.«

»Wird es eine Kuh?«

Thomas schüttelte den Kopf. »Wie viele Kühe mit spitzen Ohren sind dir denn schon über den Weg gelaufen?«

Friedelinde stellte sich vor ihren Bruder, wiegte den Kopf hin, dann her und zog seine Ohren in die Höhe.

»Aua«, rief er und warf den Holzklotz auf den Boden, um seiner flüchtenden Schwester hinterherzujagen. Die Mutter, die das Treiben aus sicherer Entfernung beobachtete, schaute lächelnd von ihrem Spinnrad auf. Aber die Arbeit duldete keine Unaufmerksamkeit. Der Faden riss und ermahnte sie, sich mehr zu konzentrieren.

»Wer ist hier eine Kuh?« Thomas schnitt seiner Schwester den Weg ab. Ihr blieb nur eine Chance zu entkommen. Blitzschnell sprang sie über den Tisch. Thomas hinterher. Während Friedelinde gerade erneut zum Sprung ansetzen wollte, schlug die Tür auf. Der Vater trat herein, und Friedelinde landete vor seinen Füßen.

»Seid ihr nicht schon etwas alt, um wie junge Hunde umherzutollen?«, ärgerte er sich. Die Mutter unterbrach ihre Arbeit am Spinnrad, um ihren Mann zu begrüßen. Die Kinder zogen sich leise, aber kichernd zurück und widmeten sich wieder dem Schnitzwerk. Die Mutter war es gewohnt, sich den Launen des Vaters unterzuordnen. Allzu häufig kamen sie nicht vor. Und sie vergingen meist, wie sie gekommen waren – schnell.

»Ich hab das Essen vorbereitet, es dauert nicht mehr lang«, besänftigte sie ihren Mann.

Der knurrte nur und setzte sich an den Tisch. »Thomas, komm her, ich habe mit dir zu sprechen.« Thomas legte das Messer beiseite. Der Vater nahm einen Stuhl, stellte ihn in die Mitte des Raumes und blieb hinter ihm stehen.

»Setz dich!«

Zaghaft gehorchte Thomas der Aufforderung. Ihm war nicht wohl, den übel gelaunten Vater im Rücken zu wissen, daher blieb er auf dem Sprung. Der Vater ging um den Stuhl und verschränkte die Arme.

»Thomas, du weißt, wie ich über diese Liebelei mit dieser ... diesem Mädchen denke.«

»Marta!«, korrigierte Thomas.

Die Stirn des Vaters zog sich noch finsterer zusammen, weil der Name ihm, obwohl trotzig, dennoch zu freudig ausgerufen schien. War er vor dem Gespräch noch guter Hoffnung, den Jungen durch Argumente zur Vernunft zu bringen, zeigten ihm die Augen des Sohnes, dass hier nur mit Verboten gegenzusteuern blieb.

»Thomas, ich habe den Eindruck, dass mir die Zügel aus der Hand geglitten sind. Es wird sich vieles ändern müssen. Du bist erwachsen, und es ist an der Zeit, dass du den von mir vorbereiteten Wegen folgst und dich zu einem guten Handelsmann entwickelst. Deinen Sinn für Bildung und Latein habe ich begrüßt und wollte der Entwicklung nicht hinderlich sein. Aber, mein Sohn, ich vermisse an dir die Ausbildung darüber hinaus.«

Thomas saß regungslos auf dem Stuhl. Der Vater war überrascht, aber nicht unzufrieden über die mangelnde Gegenwehr. Er hielt den Zeitpunkt für gekommen, auszusprechen, was ihm schon lange auf der Seele brannte.

»Thomas ...«, wiederholte der Vater. »Ich wünsche, dass du dich in Zukunft mehr um das bemühst, was später deinen Unterhalt sichern soll. Durch das Leben zu taumeln wird dir nichts einbringen als Gespött.«

Der Vater lief um den Jungen herum und musterte ihn.

»Auch deine Kleidung, Thomas, ziemt sich nicht für einen hansischen Kaufmann. So, wie die Hanse der Zusammenschluss vieler Städte ist, die sich Vertrauen und Schutz als oberstes Prinzip zu Eigen machten, sollte es auch um den einzelnen Kaufmann stehen. Egal, wie groß der Handel ist, den er treibt. Verlässlichkeit, Thomas, Achtung der hansischen Herkunft und Ehrung von Vater und Gott sind oberste Gebote.«

Der Vater deutete auf die enge Hose, die der Junge trug, und den sehr kurzen Umhang. Seine Stimme hob sich.

»Und nun sieh an, was du zur Schau stellst. Bunte Farben, die ein Gegenüber denken lassen, es käme dir mehr auf Laster und Vergnügen an als darauf, erfolgreich Handel zu treiben.«

Thomas ersehnte das Ende der Schelte. Daher schwieg er noch immer. Der alte Hovemann fühlte die Zügel wieder in der Hand und wertete das Schweigen seines Sohnes als Zustimmung. Deshalb fuhr er etwas milder fort: »Auch dieses Mädchen hindert dich in deinem Lauf. Du wirst dich von ihm trennen.«

Thomas hob seinen Blick, sah dem Vater in die Augen und schüttelte den Kopf. »Niemals.«

Der Widerspruch, so leise entgegnet und gerade deshalb stark, verunsicherte den Vater.

»Thomas, du wirst dieses Mädchen nicht mehr treffen!«

Thomas blickte wieder auf den Boden. »Dann könnt Ihr mir das Herz herausreißen, Vater. Ich werde es fortan nicht mehr brauchen.«

»Was redest du für Unsinn. Du bist zu jung für solche Worte. Es geht nicht darum, dass ich dir etwas antun möchte. Dieses Mädchen ist außerhalb des Standes, zu dem wir es gebracht haben. Muss ich dich erst darum bitten, dies einzusehen?«

Thomas sprang auf. »Was soll mir dieser Stand von Nutzen sein, wenn ich nicht das tun darf, was ich tun will?«

»Auf dem ganzen Erdenreich gibt es keinen Mann, der tun darf, was er tun will. Du bist jetzt erwachsen und hast den Pflichten nachzukommen, die eines handelnden Mannes ebenbürtig sind. Du wirst Sieglinde heiraten, mit ihr eine Familie gründen, und sie hat dir prächtige Kinder zu gebären. Das ist der Lauf der Welt, und so ist es beschlossen.«

Thomas drehte sich weg. Er wollte nicht, dass der Vater die Tränen bemerkte, gegen die er anzukämpfen versuchte.

Hovemann lief um den Jungen herum und bemühte sich, wieder versöhnlich zu wirken. »Später wirst du mir dankbar sein, dass ich dir bei dieser Entscheidung zur Seite gestanden habe.«

Thomas schluckte. In seinem Hals schmerzte es, weil er die Tränen unterdrückte.

»Aber ich liebe Marta!«, schrie er trotzig.

Friedelinde saß in der Ecke und beobachtete das Streitgespräch. Mit ihren Händen umklammerte sie den grob geschnitzten Holzkanten.

»Liebe«, fuhr der Vater fort und setzte sich. »Liebe kommt durch die Hochzeit. Du wirst es erfahren. Sieglinde ist ein braves Mädchen und eine gute Partie.«

Friedelinde hielt sich nicht zurück. Sie ließ den Tränen ihren Lauf, die das Gesicht verschmierten und auf den Holzklotz tropften.

»Nein!« Thomas nahm all seinen Mut zusammen.

Friedelinde riss die Augen auf. Die Mutter ließ eine Schüssel fallen.

»Nein! Diesmal kann ich Euch nicht gehorchen, Vater. Wenn Ihr mich mein Leben nicht leben lasst, dann werde ich fortgehen. Marta werde ich mitnehmen, und wir werden woanders glücklich sein, weit weg von Euch.«

Hovemann sprang vom Stuhl.

»Du willst es wagen, dich gegen deinen Vater zu stellen? Dann kann dich nur die Gerte lehren, mir die nötige Achtung zu zollen.«

Ehe der Vater sie von der Wand nehmen konnte, setzte Thomas nach: »Ich werde auch kein Kaufmann. Ich habe andere Pläne. Ich will die Welt bereisen und nicht freundlich sein müssen zu Menschen, die mir nichts bedeuten, nur weil mich der Handel dazu zwingt. Es geht mir nicht um Hab und Gut. Mein Wunsch ist es nicht, Euer Erbe anzutreten.«

»Ist dir also die Last der täglichen Mühe – die Last eines ordentlichen Kaufmannes – zu groß?« Der Vater schlug sich mit der flachen Hand auf die Stirn und zwang sich ein verunglücktes Lachen ab. »Was habe ich da ernährt?«

Obgleich Thomas wusste, dass diese Frage keine Antwort forderte, war er nicht mehr geduldig genug, den Monolog des Vaters zu ertragen.

»Sogar wenn der Kaufmann ehrbar ist, spekuliert er nur auf Gewinn, weil der Reiz am Betrug jedem Handel innewohnt.«

Wie vom Schlag gerührt, mit offenem Munde, stand der alte Hovemann da, als könne er nicht fassen, was er eben hören musste. Als die Besinnung wiederkehrte, stürzte er aus dem Haus und rang nach Luft. Er sah sein Lebenswerk entehrt, und wäre der Friedensstörer nicht sein Sohn gewesen, hätte ihn nichts zurückhalten können, den Eindringling zu vernichten.

Thomas lief dem alten Mann hinterher.

»Verzeiht, Vater. Die Zeit war reif zu sagen, was Klärung brauchte.«

Der alte Hovemann drehte sich zu seinem Sohn. Die Augen funkelten. Dann stürzte er sich auf ihn.

Friedelinde sprang aufgeregt hinzu, und auch die Mutter hörte den Tumult. Sie versuchte, die beiden zu trennen, indem sie den Vater festhielt. Friedelinde umklammerte ihren Bruder. Am Kopf des Vaters traten die Adern hervor.

»Morgen sind wir mit Sauerteig verabredet, um die Hochzeit zu besprechen. Du wirst dich von deiner besten Seite zeigen und Sieglinde den Hof machen, so, wie es sich geziemt.«

Thomas kniff die Lippen zusammen und empfand es nun doch als ratsam, zu schweigen. Die Mutter lief zurück an den Herd, denn die Suppe drohte über den Topf zu treten. Thomas, tief gekränkt und leicht lädiert, setzte sich in die Ecke. Friedelinde kauerte sich zu seinen Füßen. Ihren Kopf legte sie auf seine Knie und umklammerte dabei das Holzstück.

Auch der Vater versuchte, seiner Erregung Herr zu werden. Er ging zur Feuerstelle und erkundigte sich nach dem Essen. Seine Frau war erleichtert, gewählt zu haben, was er gern aß. Seine Stimmung hellte sich auf, als er in den Topf sah und eines seiner Lieblingsgerichte fand: gebratene Petersilie, gemeinsam mit vorher passiertem Brot püriert und abgeschmeckt mit Salz.

58

»Es ist zubereitet!«, rief die Mutter und stellte den dampfenden Topf mit der grünlich schwammigen Masse auf den Tisch. Es war üblich, dass die Familie bereits saß, bis der Vater durch seine Anwesenheit dem Mahl die nötige Würde verlieh. Friedelinde flitzte herbei und nahm Platz. Auch die Mutter war bereit. Nur Thomas schnitzte an dem Holz. Der Vater stand in der Mitte des Raumes und warf ihm einen drohenden Blick zu. Thomas spürte ihn, obgleich er den Kopf gesenkt hielt. Um nicht weitere Auseinandersetzungen zu riskieren, setzte er sich, betont langsam, zu Tisch. Der Vater folgte, nahm an der Stirnseite Platz und bat mit gefalteten Händen um die Segnung des Mahls. Ungewöhnlich still verging das Essen, nur unterbrochen vom Schaben der Holzlöffel. Friedelinde zählte mit, wenn zwei oder drei Löffel gleichzeitig in den Schalen klapperten, bis die Reste ausgeschabt wurden. Die Löffel fanden zurück an die Gürtel. Der Vater sprach das Dankgebet.

19

Obwohl von Erp in Eile war, legte er besonderen Wert darauf, dass seine Kopfhaut nicht zu sehen war. Er zwirbelte die restlichen Haare zu einer Schnecke und verteilte sie um den Kopf. Auf den Haarkranz setzte er die Mütze und achtete darauf, dass ein breites Büschel hervorquoll. Selbst dem ungeübten Blick fiel auf, dass die Haare nur spärlich wuchsen, aber da von Erp niemals darauf angesprochen wurde, dachte er, die Schwindelei wäre unentdeckt geblieben. So ausgestattet, verließ er sein Haus. Er schloss gewissenhaft ab, denn von sich ausgehend unterstellte er, dass alle Menschen schlecht seien.

Eilig lief er über die Raschestraße, vorbei am Cöllner Rathaus über den Markt und überquerte die Spree auf dem Mühlendamm hin zu den Hafenanlagen. Die Schiffe schaukelten im Wasser. Der Prahm von Hovemann lag fest vertäut an der gleichen Stelle wie gestern. Von Erp überlegte, wie es ihm gelingen könnte, den Kaufmann Sauertaig gegen Hovemann auszuspielen. Wenn Sauertaig erfahren würde, dass Hovemann sein Geld verspielt hatte, wäre ausgeschlossen, dass er ihm unter die Arme griffe. Kaufleute leben von Gefallen, die sie sich untereinander erweisen. Eine Hand wäscht die andere. Das war die Erfahrung, auf die von Erp seinen Wohlstand gründete. Auch Sauertaigs Hand war von ihm schon gewaschen worden und er deshalb voller Zuversicht, den Ausgleich einfordern zu können.

Von Erp schwenkte links ein, ging am Kramhaus vorüber und war am neuen Markt angekommen. Sauertaigs Haus war zweistöckig, und der verzierte Giebel ließ vermuten, dass dem, der darin wohnte, das Handelsglück meist treu geblieben war. Von Erp klopfte. Nichts regte sich. Er nahm den Holzpflock, der am Eingang hing, zu Hilfe und donnerte auf den Türrahmen. Ein Fenster im oberen Geschoss öffnete sich, und ein dicker Mensch schaute heraus, den von Erp nicht gleich erkannte. Er richtete seine Kleidung.

»Guten Tag, mein Herr. Ich möchte gerne den Kaufmann Sauertaig sprechen.«

»Ich komme«, flötete eine hohe Mädchenstimme zurück. Von Erp erschrak, weil Stimme und Statur nicht zueinander passten. Die Haustür wurde aufgerissen. Vor ihm stand die Tochter des Hauses, Sieglinde Sauertaig. Sie trug ein etwas zu stramm sitzendes weißes Kleid und empfing den Gast mit breitem Lächeln.

»Tretet ein, Herr von Erp. Ich habe dem Vater schon Bescheid gegeben.«

Bei näherer Betrachtung war von Erp sein Missgeschick erklärlich, sie mit »Herr« angesprochen zu haben. Es war nicht der zarte Oberlippenbart allein, der zu dieser Irritation geführt hatte; die Arme besaßen einen Umfang, der Hafenknechten hilfreich war.

»Vielen Dank«, übte sich von Erp in Schmeichelei, »Ihr seid gekleidet, als wolltet Ihr der Märzsonne Konkurrenz machen.« Sieglinde drehte ihren feisten Körper hin und her, nicht ohne beinahe eine Karaffe umzuwerfen, und ging beglückt über das Kompliment und bestätigt in der Sicht auf sich selbst davon.

Hubertus Sauertaig betrat den Raum und begrüßte seinen alten Handelsfreund.

»Lieber von Erp, was bringt Euch zu mir? Womit kann ich Euch behilflich sein?«

»Ich komme, um mit Euch eine pikante Angelegenheit zu besprechen. Es geht um meinen hoch geschätzten Freund Hovemann.«

Sauertaig horchte auf: »Hovemann? Was ist mit ihm?«

Von Erp druckste herum, um den Anschein zu erwecken, die Nachricht fiele ihm besonders schwer. »Ich habe den Eindruck, dass seine finanzielle Lage angespannt ist.«

Sauertaig setzte sich. »Erzählt mir, was Ihr wisst.«

»Ich weiß, dass ihm die Ware, die er verladen hat, schon gar nicht mehr gehört. Und im Vertrauen … nun, wie soll ich es sagen … das Würfelspiel scheint ihm Probleme zu bereiten.«

»Was sagt Ihr da?«, brauste Sauertaig auf. »Mir spielt er den erfolgreichen Handelsmann vor. Wir waren uns einig, dass mein Töchterchen und sein Thomas den Bund der Ehe schließen sollen.«

»Ach«, gab sich von Erp unwissend. »Dann solltet Ihr ihm eilig unter die Arme greifen.«

Der Satz war nicht ohne Kalkül ausgesprochen, denn von Erp wusste, dass er sich darauf verlassen konnte, mit ihm das Gegenteil erreicht zu haben.

20

Inzwischen war aus dem groben Kanten Holz etwas entstanden, das von Thomas als Pferd und von Friedelinde als Schaf akzeptiert wurde.

Der Vater war über Nacht freundlicher geworden – fast etwas übertrieben. Er betrachtete das Schnitzwerk und lobte, dass die Kuh wirklich hübsch geraten sei. Nun aber müsse man sich eilen, um die Verabredung mit Sauertaigs einzuhalten. Friedelinde griff sich ihren Umhang. Die Eile war begründet. Vom alten Sauertaig bekam sie stets kandierte Datteln.

»Nein!«, rief der Vater. »Friedelinde, du bleibst hier. Thomas und ich, wir gehen alleine.«

Maulend lief Friedelinde zurück und tröstete sich mit ihrem neuen Spielzeug.

»Wenn wir wieder zurück sind, schnitze ich das Pferdchen fertig«, versprach Thomas. Friedelinde war versöhnt, zog sich aber dennoch schmollend zurück, weil sie wusste, dass so die Chance stieg, etwas mitgebracht zu bekommen.

Der Vater nahm eine feierliche Haltung an, zog ein kleines Päckchen aus der Tasche und übergab es Thomas.

»Was ist das?«

»Es ist ein Ring, der über mehrere Generationen im Besitz unserer Familie ist. Ich will, dass du ihn Sieglinde überreichst.« Er zupfte an seinem Sohn herum. »Und gib dir Mühe, ihr zu gefallen. Es hängt viel von diesem Besuch ab.«

Sie gingen über den neuen Markt. Neben der Marienkirche dominierte das prächtige Haus aus Stein den Platz. Der alte Hovemann atmete tief durch.

»Sieh nur, Thomas. Was für ein edles Haus. Dein Schwiegervater ist reich begütert. Wenn du es geschickt anstellst, wird aus dir Großes werden. Und Sieglinde ... nun ja Sieglinde ... du wirst dich an sie gewöhnen und sie lieben lernen.«

Der Schritt des Vaters wurde schneller. Thomas hatte Mühe, den Anschluss zu halten. Bevor der Vater an die Tür klopfen konnte, wurde sie bereits geöffnet. Kraftvoll schritt Hovemann die zwei Stufen hinauf.

»Schön, dass wir uns heute treffen können!« Mit geöffneten Armen lief er Sauertaig entgegen. Der empfing den Gast regungslos. »Ihr kommt recht früh.«

»Ich habe meinen Sohn mitgebracht.« Der Vater schob Thomas zur Begutachtung zum Gastgeber. »Hier!«

Der Junge wurde von oben bis unten gemustert. »Kommt herein.«

Kaum saßen die drei an dem Tisch, der in der Mitte des Raumes stand, polterte es auf der Holztreppe, die das Foyer mit dem Obergeschoss verband. Es klang, als würde etwas herabfallen. Und ehe Thomas erkennen konnte, was da auf ihn zukam, rief es: »Thomas!«

Es war Sieglinde, die freudig ihren Zukünftigen in sich vergrub.

Grob wurde sie von ihrem Vater zur Ordnung gerufen. »Halte an dich! Noch seid ihr kein Paar!«

Hovemann verstand die barsche Reaktion nicht. »So lasst sie doch. Sie sind jung und verliebt. Nicht wahr, Thomas? Gib Sieglinde doch das Geschenk, das du für sie mitgebracht hast.«

Thomas nestelte in seinem Gewand und legte das kleine Bündel vor sie auf den Tisch.

»Für mich?«, fragte Sieglinde. Thomas nickte. Voller Ungeduld wickelte sie ihr Geschenk aus. Hervor kam ein Ring, der besetzt war mit Rubinen. Sieglinde versuchte ihn über den Mittelfinger zu schieben. Bereits an der Fingerkuppe scheiterte sie und quetschte ihn mit aller Gewalt über das erste Glied des kleinen Fingers. »Schön!«, kommentierte sie das Geschenk, zog es wieder ab und legte es auf den Tisch.

»Wollt ihr nicht in die Märzsonne gehen?«, schlug Christian Hovemann den beiden vor. »Eure Väter haben etwas miteinander zu bereden.«

Sieglinde sprang durch das Zimmer, nahm ihren Umhang. »Thomas, lass uns an der Spree spazieren gehen, wie es der Adel tut.« Dann sprang sie aus dem Haus. Thomas trottete hinterher.

Die Stimmung im Haus war frostig. Das spürte Hovemann. Nur die Gründe vermochte er nicht zu erraten.

»Und die Geschäfte? Wie ich Euch kenne, gehen sie gut?«, versuchte er, das Gespräch in Gang zu setzen.

»Es geht so«, gab Sauerteig zurück. »Und bei Euch?«

»Ja, auch.« Hovemann schnäuzte sich, um die Frage nicht ausgiebiger beantworten zu müssen. »Ist es nicht eine Wonne, die beiden Kinder zu beobachten? Sie passen gut zusammen.«

Sauertaig verschränkte die Arme vor dem Bauch.

»Täusche ich mich, Hovemann, oder ist der Grund Eures Besuches eigentlich ein anderer?«

»Was soll es für einen anderen Grund geben, als die Heirat zwischen unseren beiden Kindern zu besprechen?«

»Ihr weicht mir aus.«

Sauertaig verachtete Schwächlinge. Er selbst war ein Mensch, der an sich erfahren hatte, dass Leistung stets ihren Lohn findet und wo kein Lohn zu finden, wenig Leistung zu vermuten war. Emotionen verachtete er. Nur bei Frauen und Kindern duldete er solche Verirrungen. Er pflegte die Überzeugung, ein Mann habe stets für das zu stehen, was vormals durch ihn entschieden war. Eitelkeiten waren ihm fremd. Er achtete darauf, stets mehr zu sein als zu scheinen.

»Ihr seid zu klug, dass ich Euch etwas vormachen könnte«, schmeichelte Hovemann. »Die Geschäfte wollen nicht so richtig gedeihen.«

Geduldig, aber angewidert hörte sich Sauertaig das Klagen Hovemanns an, der davon berichtete, betrogen worden zu sein. Er kündigte besonders gute, allerdings erst noch bevorstehende Geschäfte an und redete sich in Rage. Dass er nicht unterbrochen wurde, wertete er als Zustimmung. Als er seinen Vortrag beendet hatte, war es still. Sauertaig lief zum Fenster und schaute hinaus. Noch nie in seinem Leben war er so schamlos belogen worden.

21

Sieglinde stocherte im Boden herum. In einigen Stellen steckte noch der Frost. Andere waren matschig. Thomas warf ein Steinchen flach über das Wasser. Elegant hüpfte das Geschoss über die Wasseroberfläche. Sieglinde schaute nicht hinterher. Der Werfer erregte größeres Interesse in ihr. Sie klaubte im Boden herum. Im Matsch waren die flugfähigen Steine nur schwer auszumachen.

Wenn sie einen fand, bot sie ihn auf ihrer Handfläche dar, in der Hoffnung, als Lohn einen wohlwollenden Blick zu erhalten. Thomas nahm ihn, ohne sie anzuschauen. Sie nahm ein besonders flaches Steinchen. Als Thomas danach greifen wollte, schloss sie ihre Hand zur Faust.

»Stein gegen Kuss.« Sieglinde schloss die Augen und spitzte erwartungsvoll die Lippen.

Thomas wandte sich ab und lief das Ufer entlang. Sieglinde öffnete die Augen und war getroffen.

»Du bist sowieso kein Mann für mich, weil ihr zu arm seid.«

»Ich arm? Was meinst du?«, entrüstete sich Thomas.

»Von Erp hat es meinem Vater erzählt.«

»Woher weißt du das?«

»Ich habe sie belauscht.« Sie reckte ihren Hals in die Höhe. »Und es war nicht schön, was ich da hören musste«, legte sie schnippisch nach. »Der klägliche Rest Eures Besitzes ist wohl dann auch noch dem Würfelspiel zum Opfer gefallen.«

Thomas fühlte, wie seine Ohren rot wurden, denn plötzlich konnte er sie sich erklären – die Ungeduld des Vaters.

»Fällt es dir so schwer, dich an mich zu gewöhnen?«, unterbrach sie seine Gedanken. »Ich könnte dir helfen.«

»Wobei?«

»Na, was das Geld angeht.«

»Ich brauche dein Geld nicht.«

»Vielleicht nötiger, als du jetzt glaubst.« Sie stolzierte am Ufer entlang. »Ich kann dir nutzen«, blitzschnell drehte sie sich um, »aber auch schaden.«

Thomas wehrte ab. »Mehr, als mir geschadet wurde, kannst du auch nicht erreichen.«

Sieglinde war enttäuscht, weil ihr mit einer Drohung unterlegtes Angebot keine Wirkung erzielte.

»Ich weiß, Thomas, ich bin nicht hübsch. Vielleicht auch nicht geschickt. Dann und wann fällt mir etwas herunter«, sie stellte sich ihm in den Weg, »aber ich würde dir Kinder schenken, und wir könnten mit dem vielen Geld, dass Vater uns in den Bund geben würde, ein bekömmliches Leben führen. Sicherlich würde er dich an seinen Geschäften beteiligen.«

»Es liegt nicht an dir, Sieglinde.«

Sieglinde stampfte mit dem Fuß ins Gras, dass es spritzte. »Woran dann?«

Sie stellte die Frage in der traurigen Hoffnung, eine andere Antwort zu erhalten als bisher. Aber sie war Thomas mehrfach begegnet, als er mit Marta durch die Stadt gelaufen war. Manchmal war sie ihnen gefolgt. Sie konnte sicher sein, dass sie unentdeckt blieb, weil beide miteinander beschäftigt waren – so sehr, dass es Sieglinde schmerzte.

»Wie ist es, wenn man geliebt wird? Kann man das spüren?«

Das Gesicht des Jungen hellte sich auf. »Es ist, als wenn etwas wehtut. Nur dass es schön ist. Ich weiß auch nicht.«

»Bei mir ist es nicht schön.« Sieglinde bohrte mit dem Finger in den Boden. »Vater sagt, nur Gott darf solche Liebe erfahren.«

Thomas hob die Schultern. »Wenn du sie spürst, kannst du dich nicht dagegen wehren.«

»Erzähl mir mehr davon.«

»Es ist so schön, dass du es nicht ertragen kannst. Als wenn du auf Reisen gehst und niemals ankommen willst.«

»Ich war noch nie weg. Ist es woanders schöner?«

Thomas sah ihr ins Gesicht. »Ich war auch noch nie fort.«

Sieglinde näherte sich Thomas von Satz zu Satz. Er bemerkte, dass sie fröstelte, nahm seinen Umhang und legte ihn schützend um sie.

Sieglinde säuberte den Saum ihres Kleides. »Würdest du gerne wegfahren?«

»Ja«, gab er erfreut zur Antwort. »Weit weg von hier, nach Hamburg. Aber so sehr ich den Vater auch gebeten habe, er wollte mich nie mitnehmen.«

Sieglinde versuchte, die Begeisterung in Thomas' Gesicht auf sich zu beziehen, da veränderte es sich augenblicklich. Er sprang auf und schaute auf die andere Seite des Ufers, denn er hatte

Marta entdeckt. Er winkte und rief, aber Marta hatte Sieglinde gesehen. Eilig lief sie davon. Knickohr hinterher. Thomas rannte am Ufer entlang und drehte sich noch einmal um. »Sieglinde, verzeih. Sag meinem Vater bitte nichts.« Die Brücke war zwanzig Klafter entfernt. Thomas sprang in die eiskalte Spree und schwamm hindurch. Sieglinde schaute ihm nach. Als er auf der anderen Seite des Flusses aus dem Wasser stieg, überfiel sie die dumpfe Ahnung davon, was Thomas ihr nicht über die Liebe hatte erklären können.

22

»Ich habe Euch stets mein Vertrauen geschenkt und bin enttäuscht, dass Ihr es so missbraucht!« Sauertaig lief aufgeregt durch den Raum. Hovemann folgte ihm.

»Ich verstehe nicht.«

»Ihr versteht sehr wohl. Mir ist zu Ohren gekommen, dass Ihr im Spiel Euer Vermögen gesetzt und verloren habt.«

»Aber«, druckste Hovemann herum, »es wird wieder besser kommen. Mein Roggen ist verladen und wird in Hamburg so viel Erlös bringen, dass ich meine Schulden bezahlen kann.«

»Hört endlich auf, mich zu täuschen. Der Roggen gehört Euch nicht. So arm seid Ihr, dass Freude aufkommen sollte, wenn Euch das nackte Leben zur Verfügung bleibt.« Sauertaig schüttelte den Kopf. »Es wird nie vorkommen, dass es einem armen Tunichtgut gelingt, in die Familie der Sauertaigs einzuheiraten. Verzeiht meine Offenheit. Unter den derzeitigen Umständen sehe ich keine Möglichkeit, dass unsere Familien zusammenfinden.«

Hovemann ließ sich auf den Stuhl fallen. Sauertaig ging abermals zum Fenster und schaute hinaus. Der Ring lag noch immer auf dem Tisch. Hovemann saß gebeugt. Wenn er jetzt aufstehen würde, wäre alles vorbei.

»Wollt Ihr den Ring dennoch behalten? In einem Jahr, vielleicht ...«

Sauertaig zeigte keine Reaktion. Er sah, wie Sieglinde mit gesenktem Kopf näher kam. Der Umhang von Thomas schleifte auf dem Boden, weil sie gebückt lief. Zwischen das Stapfen ihrer Schritte in dem feuchten Boden mischte sich Schluchzen. Besorgt öffnete Sauertaig das Fenster.

»Was ist geschehen, Sieglinde?«

Hovemann ahnte es und wurde sogleich bestätigt.

»Er liebt mich nicht.« Heulend betrat Sieglinde das Haus, in dem sie der Vater erwartete. Hovemann stand auf, nahm den Umhang vom Boden und schlich davon.

»Vergesst den Ring nicht«, rief Sauertaig.

Bis vor das Haus war zu hören, wie sich der tröstende Bass um die liebeskranke Tochter mühte.

23

Marta lief so schnell, dass Thomas alle Kraft aufwenden musste, um ihr zu folgen. Wenn er näher kam, wurde sie schneller. Vergrößerte sich der Abstand zwischen ihnen, drosselte sie das Tempo.

Die Bürger und Kaufleute, die auf dem Markt mit Handel beschäftigt waren, schauten dem Mädchen verwundert nach, das offensichtlich von einem pitschnassen Verrückten verfolgt wurde. »Marta, warte doch!«

Sie zog sich die Latschen von den Füßen, schlug nach rechts einen Haken und rannte vorbei an der Petrikirche.

Dass Marta etwas in die Flucht trieb, passte nicht zu ihr. Sie wusste es selbst nicht, was sie bewog, vor Thomas wegzulaufen. Sie spürte nur den Schmerz, Thomas mit Sieglinde gesehen zu haben. Die Heirat zwischen Sieglinde und Thomas schien besiegelt. Da konnte ein Mädchen, das selbst nicht wusste, woher es kam und zu wem es gehörte, wenig entgegensetzen.

Die Mühle, die ihr Zuhause war, stand am Rande Cöllns. Bis hierher war es Thomas nicht gelungen, sie einzuholen. Sie öffnete die Tür, sprang hinein und verschloss sie wieder. Draußen kratzte Knickohr an der Tür.

»Oh, hab ich dich vergessen?«, entschuldigte sie sich bei ihm und ließ den Hund durch einen kleinen Spalt huschen.

Thomas war völlig außer Atem. Er klopfte. Marta öffnete das Fenster.

»Was ist los mit dir?« Der Junge stand völlig durchnässt vor ihr und japste nach Luft. Sie musterte ihn und entgegnete in gespielt schnippischem Ton:

»Du läufst ziemlich seltsam herum für jemanden, der aus besserem Hause kommt.«

Thomas besah sich und musste grinsen. Wo er stand, hinterließ er eine Pfütze. Bedächtig bewegte er sich auf Marta zu und sprang durch das Fenster. »Ich bin ja auch das Ungeheuer aus der See.«

Er schüttelte den Kopf. Das Wasser schleuderte durch die Stube und traf Marta, die flüchtete. »Iiihhh.«

Thomas sprang hinterher. Knickohr reihte sich laut bellend in die Verfolgungsjagd ein. Hund, Marta und Thomas wurden zu einem Knäuel.

»Geh von mir, du Scheusal!«

Marta rannte um den Tisch. Thomas stand gegenüber. Wenn sie einen Schritt nach links auswich, reagierte er mit einem Schritt nach rechts. Wenn er ruckartig andeutete, seine Stellung zu verändern, kicherte sie und konterte mit der entsprechenden Gegenbewegung.

Blitzschnell schoss er über den Tisch und warf sich mit ihr auf einen Berg alter Lumpen, die Marta als Schlaflager dienten. Bereitwillig gab sie die Gegenwehr auf.

»Du bist klitschnass und wirst dir den Tod holen.«

Er drückte sie fest an sich, sodass auch ihre Kleider durchnässten.

»Wenn, dann will ich gemeinsam mit dir von dieser Welt gehen«, witzelte er. Er streichelte ihr über den Kopf. Ein Tropfen rollte ihren Hals entlang.

»Ich kann es spüren«, klagte Marta.

»Was?«

»Es wird nicht lange dauern, und du musst mich verlassen.«

»Niemals!«, versuchte Thomas sie zu beruhigen. »Niemals.«
Das zweite Dementi war nicht ganz so kraftvoll wie das erste. Er
streichelte ihr über den Arm. »Du bist das Wichtigste, was ich
habe.«

»Und du bist das Einzige, was ich habe.«

Was ihm durch Worte nicht gelungen war, versuchte Thomas
durch seine Hände. Zart tastete er nach ihrem Gesicht. Er spürte
die Verantwortung, ihr Schutz bieten zu müssen. »Ich werde immer für dich da sein. Versprochen.«

Ein kräftiger Nieser unterbrach die Liebeserklärung.

»Du wirst dich noch erkälten«, sorgte sie sich. An der Tür hing
der alte Mantel des Müllers, als habe er ihn eben erst abgelegt.
Sie nahm ihn und umwickelte Thomas damit. Dem Jungen tat
es gut, gewärmt zu werden, nicht nur durch die trockene Kleidung.

24

Das schnurrende Spinnrad war für Walburga Hovemann wie
eine Burg. Den Faden im Blick, verbarg sie sich hinter Geschäftigkeit. Christian Hovemann lief wie ein eingesperrtes Tier durch
das Haus und schimpfte kaum hörbar. So weit ist es gekommen,
dachte er, dass ich herausgetrieben werde aus ehrbaren Häusern,
als wäre ich nicht fähig, meine Familie zu ernähren, oder würde
mich gar eingegangenen Verpflichtungen entziehen.

Friedel sprang, den halb geschnitzten Pferdekopf vor sich hal-
tend, durch die Stube. Die Mutter schaute besorgt. Sie spürte die
Gefahr, der Vater könnte explodieren, wenn Friedelinde seine
Wege kreuzte.

»Gib etwas Ruhe«, mahnte sie vorsorglich.

Folgsam setzte sich Friedelinde an den Tisch. Die Regel war es nicht, dass sie ohne Widerspruch reagierte, aber auch sie sah, dass der Vater gereizt war.

Die Mutter widmete sich dem Faden. Klappernd drehte sich das Spinnrad. Der Vater setzte sich.

»Friedelinde, komm bitte zu mir.«

Unsicher darüber, ob sie eine Rüge zu erwarten hatte, legte sie vorsichtshalber die Büßermiene auf, senkte ihren Kopf und trat zum Vater.

Die Mutter lugte hinter ihrem Spinnrad hervor. Der Vater seufzte.

»Du bist nun schon fast erwachsen.«

»Nicht fast«, wehrte sich das Mädchen.

Der Vater lächelte und strich ihr über den Kopf. »Fast.« Er nahm sie bei den Armen und besah sie von oben bis unten. »Du bist das Juwel in unserer Familie.« Das Spinnrad hielt inne. Walburga lächelte hinüber. Der Vater ließ seine Handflächen an den Unterarmen des Mädchens entlanggleiten, bis ihre Hände in seinen lagen. Er drückte sie zärtlich, aber fest.

»Au!«, fuhr Friedelinde zusammen.

Der Vater erschrak. »Hab ich dir wehgetan?«

»Ich habe mir einen Splitter eingerissen.«

»Zeig her.« Der Vater besah sich die Wunde. »Dieser verfluchte Holzscheit!«, schimpfte er, nahm das Messer vom Tisch und schnitt neben den Splitter einen kleinen Spalt. Blut quoll hervor und mit ihm der Übeltäter.

Die Tür öffnete sich. Thomas trat herein.

»Was ist geschehen, Thomas, was hast du für seltsame Kleidung an?«, rief die Mutter.

Ihm blieb keine Zeit zu antworten, er wurde vom Vater mit Vorwürfen empfangen. »Sieh dir die Hände deiner Schwester an. Zerschunden von diesem Holzklotz.« Er nahm das Spielzeug und warf es vor die Feuerstelle. Friedelinde sprang hinterher, griff es und machte sich eilig davon. Der Vater ließ sich zurück auf den Stuhl fallen und sah seinen Sohn an. Die Wut wich der Traurigkeit.

»Du wirst unsere Familie ins Unglück stürzen.«

Die Mutter ahnte, dass nicht der Splitter im Finger die Ursache, sondern nur der Anlass für den beginnenden Streit war.

25

Von Erp erwachte voller Tatendrang. Mit dem Gefühl, es sei die Zeit gekommen, schritt er zum Eimer, setzte sich und wartete. Nichts. Er atmete tief ein, presste so stark, dass er sein Herz in den Schläfen spürte, aber der Darm zeigte sich träge. Von Erp mühte sich, dass die Augen hervorquollen. Nichts. Er lenkte sich mit dem Gedanken an Hovemann ab und stellte sich dessen verdutztes Gesicht vor, wenn ihm der Kredit von Sauertaig verweigert würde. Zu gerne wäre er bei diesem Schauspiel dabei. Auf Sauertaigs Sparsamkeit, schlechtem Geld kein gutes hinterherzuwerfen, konnte man sich verlassen, freute er sich. Er würde ihm beim nächsten Geschäft entgegenkommen. Ohnehin war an ihnen vorbei zwischen Berlin und Hamburg kein Handel mit Roggen und Holz zu machen. Manchmal machten sie sich Konkurrenz. Wenn er sich aber in den nächsten Wochen etwas zurückhielt, könnte Sauertaig eine Weile allein den Preis diktieren. Das sollte als Dank reichen, beschloss er.

Es war das Spiel der Katze mit der bereits gefangenen Maus, das besondere Unterhaltung versprach. Von Erp weidete sich an der Vorstellung, wie Hovemann sich winden würde, ihm zu erklären, warum es nicht gelungen war, das Geld zu besorgen.

Trotz dieser amüsanten Aussicht war von Erp mit der Lösung seines eigentlichen Problems nicht weitergekommen. Murrend erhob er sich vom Eimer, zog seine Hosen über den Bauch und ärgerte sich. Gestern hatte er sich den ersten frischen Spargel kommen lassen. Nachdem er aufgekocht und mit Essig versetztem Salzwasser zubereitet worden war, hatte er fast zwei Kilo gegessen, in der Hoffnung, er könne so der Verstopfung Herr werden. Aber das Hausmittel versagte. Höchst unbefriedigt kleidete er sich an, wählte den Hut mit den schönsten Federn und begann seinen Morgenspaziergang.

Erst kürzlich war die Straße mit Brettern befestigt worden. Ein Luxus, der es den Bürgern erlaubte, die Stadt sogar bei Regen ohne Trippen zu durchqueren. Er lief am Rathaus vorbei und überschritt den Mühlendamm, der als fester Übergang für den Landverkehr zwischen beiden Städten diente. Der Wind reichte nicht aus, die vier Mühlen anzutreiben. Die Segel knarrten nur. Beiderseits des Dammes lagen der Berliner Alte Markt und der Cöllner Markt. Ein leichter Wind zog von Cölln herüber. Es roch nach frischem Fisch. Von Erp blieb auf der Brücke stehen und schaute über die Spree zur Scheune, die nun ihm gehörte. Sie war nur vom Ufer aus zu sehen. Dahinter befand sich ein Wäldchen, und dicht daneben schloss sich bereits das Wollhaus an. Vor der Scheune lag der Prahm mit dem Roggen für Hamburg.

Von Erp schlug den Kragen seines Pelzes hoch. Nachdem er sich darauf verlassen konnte, dass Hovemann seine Schuld nicht würde begleichen können, glaubte er sich seinem Ziel, Friedelinde zur Frau oder zumindest für eine Nacht zu bekommen, näher als je zuvor. Es beruhigte ihn, dass auf nichts so sehr Verlass war wie auf die Schwächen der Menschen. Die Erwartung auf eine Nacht mit Friedelinde verursachte ihm wohlige Schmerzen. Er überlegte, wie er seine Strategie ausbauen könnte, wenn Hovemann ihm das Mädchen verweigern würde.

Zwei Enten durchschwammen die Spree. Eine grau, die andere bunt und schillernd. Von Erp versuchte, die bunte mit Speichel zu treffen, bis sein Mund so trocken war, dass er aufgab. Er bog nach links in die Heiliggeiststraße ein. Sein Ziel war das Schlachthaus am Spandauer Tor. Hier konnte er stets auf Unterstützung bauen, wenn es darum ging, säumige Schuldner an ausstehende Zahlungen zu erinnern. Schon von weitem war das Gekreische der Schweine zu hören, die ahnten, dass das Ende ihres Daseins beschlossen war. Die Gatter waren überfüllt, und das Blut der getöteten Tiere sickerte über die Holzplanken. Von Erp bog auf den Hof. Zwei Gesellen waren gefordert, eine Sau an der Flucht zu hindern. In Todesangst wand sie sich unter den starken Armen der Männer. Karl, ein Schlachtergeselle, der sich damit rühmte, einem Schwein mit bloßen Armen das Genick brechen zu können, setzte zum Schlag an. Der Prügel klatschte dumpf auf den Schweinekopf. Knackend zerbarst der Schädel des Tieres und beendete die Qual der Kreatur. Ein Seil wurde an den Hinterläufen befestigt und der Kadaver über eine Rolle in die Höhe gezogen. Seine Stärke war Karl anzusehen. Sogar am Hals waren die Muskeln so stark ausgebildet, dass es den Anschein hatte, der Kopf läge direkt auf den Schultern. Das Blut spritzte ihm über das Gesicht und die Arme entlang, als er mit dem Messer die Halsschlagader des Tieres durchtrennte. Mit dem Fuß schob der zweite Geselle einen Holzbottich unter den pulsierenden Strahl. Zappelnd blutete das Tier aus. Karl wischte sich mit dem Ärmel über das Gesicht, das nun blutverschmiert war.

»Von Erp, was führt Euch zu mir?«

»Ich brauche wieder einmal deine Hilfe.«

»Sei's drum. Der Lohn, den Ihr zahlt, ist gerecht. Meiner Dienste könnt Ihr Euch stets gewiss sein. Das ist mein Kumpan Matthias.« Van Erp nickte stumm.

26

Obwohl die Glocke am Ende der Spandauer Straße nur leise zu hören war, schreckte Hovemann auf. Er hob den Kopf und zählte bis zum elften Schlag. Nicht mehr lange, dann erwartete ihn von Erp zum Begleichen der Schulden. Erst gegen Morgen hatte Hovemann der Schlaf ergriffen, und so war er am Tisch sitzend eingenickt. Frau und Tochter waren auf dem Markt. Es hat sich vieles verändert in der letzten Zeit, dachte er. Noch vor einer Woche wäre die Frau nicht auf den Markt gegangen, ohne ihn zu wecken, und Thomas meldete sich schon lange nicht mehr ab, wenn er fortging. Hovemann schob den Stuhl zurück und schaute in den Spiegel. Die Nacht über hatte er gegrübelt. Die Spuren waren zu sehen. Das Gesicht war gelb und glänzte. Er ging hinaus, stieß die Ziege beiseite und stellte sich vor den Brunnen.

Dass sich von Erp nochmals hinhalten ließe, war unwahrscheinlich. Bekannt war auch, dass er nicht zimperlich war in der Durchsetzung seiner Ansprüche. Der Verabredung fernzubleiben, war daher eine sehr kurzsichtige Lösung. Zudem musste er befürchten, dass sich seine Lage bereits bis nach Cölln herumgesprochen hatte. Die Hoffnung, eine weitere Schuld aufnehmen zu können, um von Erp auszuzahlen, war gering.

Hovemann schaufelte sich mit den Händen das kalte Wasser über den Kopf. Das erfrischte. Er drehte sich um, stieß erneut die Ziege weg. Dann ordnete er sein Haar.

Den Bart nahm er sich vor, in den nächsten Tagen zu stutzen. Auf dem Tisch lag das Messer, mit dem Thomas das Spielzeug geschnitzt hatte. Hovemann steckte es ein, obgleich er nicht wusste, was es ihm nützen sollte, und verließ das Haus.

Die Spree plätscherte ruhig vor sich hin. Er lief stromabwärts und ließ seine Gedanken treiben. Warum es ihn zur Färberei zog, war ihm nicht bewusst. Vielleicht folgte er einfach nur dem Lauf des Flusses. Auf einen Rahmen gespannt, aber schon eingerissen, bewegte sich ein Tuch im Wind. Gelb wie die Sonne, doch an den Ecken verschmutzt. Die Farbtöpfe waren umgekippt und zeugten von der Kraft des Pöbels. Die beiden Gesellen waren am Ende der Stadt verscharrt worden. Ohne Kreuz, ohne Gebet, wie ungenießbare Reste geschlachteten Viehs. Vor der Hütte stand der Leiterwagen, auf dem die Leiche des Mädchens gefunden worden war. Die feineren Stoffe waren geplündert, die einfacheren zerstört.

»Hallo?«, rief Hovemann. »Ist jemand hier?«

Ein alter Mann kroch aus der Hütte, bewaffnet mit einem Knüppel, und entgegnete barsch: »Was wollt Ihr?«

»Nichts«, schreckte Hovemann zurück. Jetzt sah er, dass der Färbermeister vor ihm stand, gezeichnet von dem, was ihm widerfahren war.

»Eigentlich nichts. Ich bin ohne Grund gekommen.« Er sah sich um. »Es hat Euch schwer getroffen.«

»Ja«, wiederholte der alte Mann, »es hat mich schwer getroffen.« Er lehnte den Knüppel gegen den Schuppen. »Um mir das zu sagen, seid Ihr hier?«

»Nein«, entschuldigte sich Hovemann. »Was werdet Ihr jetzt tun?«

»Was ist zu tun? Wisst Ihr Rat?«

Hovemann schüttelte verlegen den Kopf, drehte sich wortlos um und bedauerte seinen Spaziergang.

27

Von Erp setzte sich in die Mitte seiner Stube und wartete. Es war geregelt, was geregelt werden konnte. Er legte seinen Arm auf den Tisch und ließ die Fingerkuppen einer Hand langsam einzeln auf die Platte fallen. Dabei fixierte er die Tür. Dann und wann stand er auf, weil die Erregung ihm die Ruhe nahm. Nicht das zu erwartende Gestammel des Schuldners erfüllte ihn mit Spannung. Es war die Vorstellung, die Tochter Hovemanns in Besitz zu nehmen. Er würde sie lehren, mit ihm glücklich zu sein. Von Erp lief quer durch das Haus, ohne Ziel, bis er sich zur Ruhe zwang. Er nahm einen zweiten Stuhl, stellte ihn dem anderen gegenüber und setzte sich. Seine Beine legte er hoch und fingerte zwei neue Kastanien aus seinem Umhang. Bis sich das Geläut der Kirche in den Rhythmus mengte, war nur das Klackern der beiden Früchte zu hören. Der letzte Schlag war kaum verklungen, da näherten sich Schritte. Von Erp richtete sich auf. Noch ehe sich der Gast durch Klopfen ankündigen konnte, rief er:

»Was die Zeit angeht, seid Ihr sehr gewissenhaft, Hovemann.«

Die Tür wurde zögerlich geöffnet. Hovemann stand im Türrahmen und lächelte unsicher. Von Erp lachte. »Wenn Ihr so pünktlich kommt, bringt Ihr mir sicherlich frohe Kunde und eine große Menge Geld.«

Leicht zum Gruße nickend, trat Hovemann näher. Von Erp nahm die Füße vom Stuhl.

»Bitte, lieber Hovemann, nehmt Platz. Ihr sollt Euch über meine Gastfreundschaft nicht beklagen können.«

Hovemann ging in die Hocke, aber bevor er sich niederlassen konnte, stieß von Erp den Stuhl mit dem Fuß weg. Hovemann polterte zu Boden. Von Erp schüttelte sich vor Lachen. »Hovemann, Ihr solltet Euch sehen. Euer Gesicht ist zu dämlich. Aber seht, ich bin gut gelaunt, also lasst uns zum geschäftlichen Teil übergehen.«

Hovemann unternahm einen zweiten Versuch, sich zu setzen. Diesmal ließ er sich nicht fallen, sondern hielt am Tisch die Balance, den nächsten rüden Scherz bereits erwartend. Sein Misstrauen war angebracht, denn kurz bevor er sich setzen konnte, flog der Stuhl erneut durchs Zimmer. Dass von Erp sich so erheitert zeigte, kam Hovemann nicht ungelegen. Unangenehm war nur, dass er der Anlass war. Er stimmte in das brüllende Gelächter ein, nur nicht so laut. Um den Stuhl zu heben, bückte er sich. Gerade als von Erp den Hintern Hovemanns als neues Ziel anvisierte, fiel das Messer aus dem Umhang und polterte auf den Holzboden. Das Lachen verstummte. Einer Katze gleich, sprang von Erp auf und griff sich die Waffe.

»Ein schönes Spielzeug habt Ihr dabei, Hovemann.«

Die Erregung verfärbte sein Gesicht dunkelrot. »Weshalb kommt Ihr gerüstet in mein Haus? Seht Ihr an mir, dass ich Euch feindlich gegenübertrete?« Das Messer zischte dicht an den Ohren Hovemanns vorbei und landete im Türrahmen.

»Ein Irrtum«, stammelte Hovemann. »… versehentlich … das Messer. Ich hatte es versehentlich dabei. Nie würde ich in Eurem Haus eine Waffe blitzen lassen … niemals!«

Von Erp durchschritt den Raum und stellte sich hinter Hovemann, der nun zusammengekauert auf dem Stuhl saß.

»Gut, Hovemann!« Er atmete tief. »Ich will Euch glauben. Wenn Ihr nicht gekommen seid, um mir nach dem Leben zu trachten, kann der Grund Eures Besuches nur der Ausgleich Eurer Schuld sein. Setzt Euer Vorhaben in die Tat um, und ich will den misslichen Vorfall vergessen.«

Hovemann zitterte am ganzen Körper. »Ich … ich habe das Geld nicht.«

Die Schlinge lag um Hovemanns Hals. Jetzt war es an von Erp, genussvoll an ihr zu ziehen. »Welchen Gegenwert seid Ihr bereit zu bieten?«

Der Hals wurde Hovemann trocken. Er lockerte den Kragen. »Ich wüsste im Augenblick …« Hovemann versuchte, den Blicken von Erps zu entkommen, aber es gelang ihm nicht. Je länger er die Antwort hinauszögern würde, umso schmerzhafter musste sie ausfallen. »Nichts!« Um etwas von der Endgültigkeit seiner Antwort zu nehmen, fügte er hinzu: »… aber …«

Es nutzte wenig. Von Erp war wütend über diese Unverfrorenheit. »Ihr kommt in mein Haus, mit einem Messer. Ich frage Euch nach dem vereinbarten Geld – Ihr antwortet: ›Nichts‹? Meine Geduld ist lange schon nicht so strapaziert worden! Hovemann, ich bin es leid. Hier und jetzt schlage ich Euch einen letzten Handel vor. Ich fordere, gebt mir Eure Tochter für eine Nacht. Zur Heirat will ich sie nicht. Nur meinen Lenden will ich Freude bereiten. Weil meine Geduld am Ende ist, treibt Ihr mich zu dieser Offenheit.«

Hovemann war entsetzt. Wie konnte dieses Wesen ohne Rücksicht auf das, was die Welt zusammenhielt, eine solch unverfrorene Forderung stellen?

»Nein!«, schrie Hovemann. »Niemals!«

Von Erp stieß einen grellen Pfiff aus. Karl, der noch immer die Spuren des Schlachtens an sich trug, stürmte mit dem zweiten Gesellen herein. Noch ehe sich Hovemann erklären konnte, was geschehen war, stülpten ihm die beiden einen Sack über. Gemeinsam verpackten die drei das hilflos zappelnde Opfer. Mit seinem Knüppel schlug Matthias auf den Sack, als müsse er Vieh zur Schlachtbank ziehen. Von Erp war besorgt. »Tötet nicht die Sau, wenn sie noch Junge trägt. Geht behutsam mit der Ladung um. Sie ist von Wert.« Die Männer packten den strampelnden Sack und warfen ihn auf ein Fuhrwerk, das vor dem Haus bereitstand. Matthias setzte sich auf den Wagenboden. Karl saß auf der vorderen Bank, und kaum war die Ladung verstaut, knallte die Karbatsche auf die Pferderücken. »Hoohooo!« Von Erp, der Ausschau nach einer weicheren Sitzgelegenheit hielt, nahm schließlich auf dem jammernden Bündel Platz.

Hovemann machte das Gewicht zu schaffen. Sein Brustkorb war eingezwängt, sodass ihm wenig Raum zum Atmen blieb. Er, der furchtsame Menschen stets mit Spott bedachte, hatte Angst, den Ausgang dieses Abenteuers nicht zu überleben. Die Pferde tänzelten in ihrem Geschirr. Erst mit dem zweiten Schlag setzten sie sich in Bewegung und jagten schließlich durch das Teltower Tor aus der Stadt.

Der Sack aus grobem Leinen war staubig. Hovemann rang nach Luft, bekam aber nur eine Ladung Dreck in die Nase. Zudem war von Erp kein Leichtgewicht. Er war fett, und bei jedem Schlagloch bekam Hovemann schmerzhaft den massigen Körper zu spüren. Dennoch versuchte er sich zu merken, wie oft der Wagen die Richtung änderte, aber bereits nach vier Kurven verlor er die Orientierung.

Von Erp war höchst zufrieden mit dem Verlauf der Geschehnisse. Dass Hovemann ihm seinen frechen Wunsch bereitwillig erfüllen würde, damit hatte er ohnehin nicht gerechnet. Er überlegte, welche Handlungsmöglichkeiten Hovemann blieben, und stellte vergnügt fest, dass es keine gab. Seine Stimmung erhellte sich zudem, weil nun doch der Spargel und die Rüttelei der Fahrt dafür sorgten, dass sein unwilliger Darm die Arbeit aufnahm. Dem Knattern folgte ein Wind. Hovemann stöhnte.

Wenig später waren sie tief im Wald angekommen. Der Wagen stand noch nicht, da erhob sich von Erp von der jammernden Sitzgelegenheit. Hovemann, den Halt verlierend, kullerte durch den Wagen und rumpelte gegen die Sitzbank. Es knackte laut. Da sein Rücken schmerzte, ergriff ihn die Befürchtung, das Geräusch sei nicht durch die Sitzbank verursacht worden. Der Schlächter und sein Geselle ergriffen den Sack und warfen ihn vom Wagen. Dabei riss das Leinen, und Hovemann fiel ins Freie. Er schnappte nach Luft und schaute sich um. Sie waren im Wald vor Cölln, der berüchtigt dafür war, dass so mancher Kaufmann dort außer seinem Geld auch das Leben verloren hatte.

Von Erp setzte sich demonstrativ auf den Wagen und deutete mit einem Fingerzeig an, was mit Hovemann geschehen sollte. Es war die Bewegung, mit der man lästiges Geschmeiß verscheucht. Überall trafen die Schläge Hovemann. Die Kräfte verließen ihn, und der Erfolg der Treffer hinterließ eine dunkelrote Spur in seinem Gesicht. Er ließ sich zu Boden fallen, schluckte. Blut lief ihm aus Mund und Nase. Hovemann begriff, dass es klüger war, nicht aufzustehen, und vergrub sein Gesicht im Dreck. Er spürte, wie Augen und Lippen anschwollen.

»Ach, Hovemann.« Von Erp schnäuzte in ein Spitzentuch. »Seht her, wie ich leide. Ihr macht mir Kummer. Dabei könnte es doch ein Leichtes sein, Eure Schulden zu bezahlen. Ihr wärt wieder ein Ehrenmann, und mir würdet Ihr wahrlich eine Freude bereiten.«

Seine Lage war aussichtslos. Lieber würde er sterben, als seine Tochter diesem Scheusal zu überlassen. Weder für eine Nacht noch für eine Hochzeit. Er schwieg. Die beiden Gehilfen zogen ihn aus dem Dreck und lehnten ihn an eine Kastanie.

»Seht, Hovemann, was für ein schöner Baum. Voller Reichtum. Ihr scheint im Augenblick kein Gefühl für diesen Überfluss zu haben.« Von Erp fingerte die beiden Kastanien aus seinem Pelz. »Seht her, Hovemann! Hab ich Euch schon erzählt, dass auch diese Früchte meine Güter vermehrt haben? Überhaupt, das scheint Ihr nicht zu wissen; es gibt kaum etwas auf dieser Erde, was einen guten Kaufmann nicht erfolgreich machen würde. Nur Ihr, leider, lieber Hovemann, entdeckt diese Geheimnisse nicht, obgleich sie Euch buchstäblich vor die Nase rollen. Schade.« Von Erp schickte seine beiden Vasallen in den Wald und begann zu dozieren: »Die Grundlage für ein mittelmäßiges Geschäft ist, dass eine Seite glaubt, Gewinn gemacht zu haben. Doch die besseren Geschäfte sind die, bei denen beide Handelspartner meinen, den anderen übers Ohr gehauen zu haben. Ist das nicht lustig, lieber Hovemann?« Hovemann schwitzte. Von Erp fragte streng nach: »Ist – das – nicht – lustig, Hovemann?« Hovemann nickte. Von Erp fuhr fort. »Bei dem Geschäft zwischen Euch und mir habe ich jedoch das Gefühl, dass Ihr bisher den Gewinn genießt und ich allein den Verlust tragen soll, und, um es kurz zu machen, wenn Ihr dieses Verhältnis nicht bald bereit seid umzukehren, werde ich es tun. Ich kann Euch wirklich nicht versprechen, dass ich mich weiter zügeln kann. Ich bin an meinen Grenzen angelangt. Und nicht nur Ihr, nein, auch Eure Familie müsste spüren, was Ihr angerichtet habt!«

Hovemann wischte sich das Blut aus dem Gesicht.

»Muss es denn die Friedel sein? Sie ist fast noch ein Kind.«

»Alt genug, um mich mit ihren Reizen in Wallung zu bringen.«

Hovemann hatte Schmerzen und dachte angestrengt nach. Es musste ihm gelingen, von Erp von Friedelinde abzubringen. Sie durfte nicht in die Hände dieses Unholds fallen. Seine Blicke sprangen hektisch zwischen von Erp und den Gesellen hin und her.

»Marta!«

Von Erp verstand nicht. »Marta? Wer soll das sein?«

»Ihr habt sie gesehen.« Hovemann spürte, wie er von Erps Neugier weckte. »In der Scheune. Erinnert Ihr Euch nicht?«

»Aaah. Ja, ich erinnere mich. Dieses Ding, mit dem Euer Sohn seinen Spaß suchte. Was ist mit ihr?«

Hovemann versuchte zu lächeln und zeigte aufmunternd mit dem Kopf auf von Erp. »Na, Ihr und sie?«

Von Erp grinste, bis sich die Ohren hoben. »Nun macht Ihr mir doch noch Freude, weil Ihr Euch bemüht, meinen Geschmack zu treffen. Aber was macht Euch so sicher, dass diese ... Marta hieß sie?« Hovemann nickte heftig. »Dass diese Marta sich nicht verweigert?«

Hovemanns linke Hand zitterte. Er ballte sie zur Faust. Es half nichts. Mit der rechten bemühte er sich, das ungehorsame Körperteil zu halten, aber auch das gelang nicht.

»Vielleicht gelingt es mir, sie zu überzeugen.« Er musterte von

Erp. »Ihr seid ein stattlicher Mann.« Seine Stimme versagte. Er räusperte sich. »Eine Augenweide für jedes weibliche Wesen.«

Von Erps Lachen schreckte sogar die beiden Fleischer auf, die es sich im Gehölz bequem gemacht hatten.

»Ihr wollt sie mir zuführen und bei dem Abenteuer Pate stehen?«

Hovemann lächelte vorsichtig und nickte eilig.

Von Erp berauschte sich an der Vorfreude. »Wir kommen uns näher.«

Er gab den beiden Schlächtern ein Zeichen, sich zu entfernen.

»Seid Ihr sicher, dass Ihr unsere Hilfe nicht mehr braucht?«

Mit einer abfälligen Handbewegung unterstrich von Erp den Wunsch, mit Hovemann allein gelassen zu werden. Er legte den Arm um sein Opfer, das noch immer gefesselt am Baum stand.

Die beiden Schlachtergesellen mussten zu Fuß zur Stadt zurückgehen. Das Verhalten von Erps verstanden sie nicht – wozu hatte er sie jetzt gebraucht?

Von Erp löste die Stricke. »Zu wem gehört es eigentlich, das hübsche Ding?«

Hovemann half mit, sich von den Resten seiner Fesseln zu befreien. »Kein Mensch weiß es so genau, nur, dass sich der alte Müller und seine Frau ihrer angenommen haben. Erst starb die Frau. Da kümmerte sich der Mann an Vaters Statt um das Kind, und als auch er gerufen wurde, schlug sie sich allein durchs Leben.«

»Also gehört sie zu niemandem.« Von Erp kratzte sich am Kopf. »Wird sie Schwierigkeiten machen?«

»Was meint Ihr mit Schwierigkeiten? Sie ist keine, die es als Gewerbe treibt.«

Von Erp freute sich hämisch. »Kommt, Hovemann, erzählt mir von Eurem Plan, der offenbar an Schändlichkeit nicht zu überbieten ist.«

Hovemann rieb sich den Rücken, der von der Tortur schmerzte. Von Erp leistete ihm mit großer Geste Unterstützung beim Besteigen der Kutsche. Als sie an den beiden Gesellen vorbei in die Stadt jagten, schüttelten die beiden den Kopf. Den Versuch, die Reichen zu verstehen, hatten sie aufgegeben.

28

Inzwischen war das Holz als Pferdekopf zu erkennen. Friedel lehnte an ihrem Bruder und gab Hinweise, wo da oder dort noch Hand anzulegen war. Die Tür quietschte. Der Vater trat ein. Thomas fuhr zusammen, weil er weitere Auseinandersetzungen mit ihm befürchtete. Aber der Vater kam näher, besah sich das Spielzeug, erkannte wiederum eine Kuh und lobte die Arbeit. Dann setzte er sich an den Tisch. Er wirkte müde. Sein Gesicht war geschwollen, die Kleidung an einigen Stellen zerrissen.

»Thomas, ich muss mit dir reden.«

»Ja, Vater.«

Eilig legte Thomas das Schnitzwerk beiseite. »Was ist mit Euch geschehen?«

Walburga Hovemann nahm sich eine Schüssel und ging hinaus, um Wasser zu holen.

Der Vater überlegte, wie er beginnen sollte.

»Ich habe versucht, für Euch zu sorgen. Stets galten meine Bemühungen dem Schutz der Familie. Aber meine hütende Hand ist älter geworden. Ich merke, wie ihre Kraft schwindet.«

Thomas spürte neben dem Kummer um den Vater auch ein neues Gefühl. Es war schön und gab ihm Kraft. Es war die Freude darauf, das Leben selbst gestalten zu dürfen.

»Aber Vater, Ihr hättet mir viel früher sagen können, was Euch sorgt. Als Euer Sohn will ich mich der Verantwortung nicht entziehen.«

Der Vater lächelte. »Dann und wann fehlt auch mir die Kraft, das Richtige zu tun.« Dann betrachtete er seinen Sohn von oben bis unten. »Thomas, du bist erwachsen, und trotzdem wirst du, vielleicht bis an dein Lebensende, viele Dinge nicht verstehen können. Vielleicht wird es dir schwer fallen, mir zu verzeihen, was ich getan habe und noch tun muss. Es wird geschehen, um unsere Familie zu retten.«

Niemals zuvor hatte Thomas das Gefühl gehabt, von seinem Vater ernst genommen zu werden. Deshalb fühlte er sich in ein Geheimnis eingeweiht, obwohl ihm nichts gesagt worden war.

Er ahnte nicht, welch großer Schmerz sich durch die Worte des Vaters ankündigen sollte. Aber er spürte den Wagemut, anzusprechen, was er sich vordem nie getraut hätte: »Sieglinde hat mir gesagt, dass wir kein Geld mehr haben.«

Der Vater rieb sich das Gesicht. »Es stimmt, wir können unseren Verpflichtungen nicht mehr nachkommen.«

Thomas richtete sich auf. »Ich werde arbeiten, Vater. So viel, dass es für uns alle reicht. Wir werden auch mit weniger überleben.«

Hovemann legte den Zeigefinger auf den Mund. Die Mutter kam herein mit der Schüssel voller Wasser und einem Lappen aus Leinen. Sie beugte sich über ihren Mann und säuberte seine Wunde. Der vermied es, ihre Blicke zu treffen. Er wäre nicht in der Lage gewesen, ihre Fragen zu beantworten, und daher war er froh, dass sie nicht laut gestellt wurden.

Er stand auf, drehte sich zu Thomas um und fiel in den gewohnten Tonfall:

»Ein Mann ist nicht dazu da, sich mit Wenigem zu begnügen, nur weil der erste Anlauf seines Vorhabens misslingt. Er kann sich sein Leben nicht erfolgreich schwatzen. Marktgewäsch ist etwas für Frauen. Auch du wirst das einsehen müssen.«

Thomas fiel in sich zusammen. Alles schien wieder beim Alten. So sprach er immer, wenn ihm nichts entgegnet werden durfte. Auch Hovemann merkte, dass er in dem, was er wollte, nicht weitergekommen war. Also gab er sich wieder versöhnlich.

»Erzähl mir etwas über das, was du Liebe nennst.«

Thomas konnte das Interesse, das ihm geschenkt wurde, kaum fassen. Was sich zuvor kein Gehör verschaffen durfte, sprudelte aus ihm heraus. Der Vater hörte geduldig zu. Sein Gesicht verdüsterte sich. Dann wurde es traurig. Aber dafür war Thomas der Blick verstellt.

»Das ist schön«, beendete er die euphorischen Schwärmereien des Sohnes. »Vielleicht ist es gut, wenn diese Marta und ich uns morgen treffen, gegen Mittag, wenn die Kirchenglocken schlagen, damit ich sie kennen lernen kann.«

Thomas glaubte, sich verhört zu haben. Nicht in seinen kühnsten Träumen hätte er gedacht, dass der Vater so plötzlich einlenken würde.

»Wann?«, stammelte er überglücklich. »Wann soll sie kommen?«

»Meine Zeit am morgigen Tag ist bemessen. Sag ihr, wir wollen uns in der Scheune treffen – pünktlich, wenn die Glocke zwölf geschlagen hat. Nicht früher und nicht später.«

Thomas hatte sich den Umhang übergeworfen und stand bereits an der Tür.

»Ich will es ihr gleich sagen, dass Ihr bereit seid, sie zu empfangen.« Eilig sprang er aus dem Haus. Die Mutter schaute zum Vater. Der alte Mann war in sich zusammengesunken und starrte auf den Boden.

29

Knickohr blieb dicht an Martas Seite. Er taxierte abwechselnd, was sie unter dem Arm trug, dann ihr Gesicht. Der Hund schien zu ahnen, dass der Lohn des Tages, den Marta auf dem Markt erwirtschaftet hatte, auch ein Päckchen enthielt, das ausschließlich zu seiner Freude bestimmt war. In der Mühle angekommen, winselte das Tier, als müsste es vor Schwäche vergehen, wenn nicht sofort gehandelt würde. Marta lachte.

»Hier, du Vielfraß.« Sie warf ihm das Bündel vor die Pfoten. Mit einem Satz schnappte sich Knickohr das Päckchen, schleuderte es hin und her, bis es den Inhalt freigab. Zum Vorschein kam der getrocknete Pansen einer Kuh, der von ihm schwanzwedelnd in sichere Entfernung gebracht wurde.

Marta amüsierte sich über die Eile, mit der das Tier seine Beute vor ihr in Sicherheit brachte. Um ihn zu necken, folgte sie ihm knurrend. Eilig verzog sich der Hund und lief, ohne Thomas zu beachten, aus dem Haus.

»Was ist das denn für eine Begrüßung?«

Üblicherweise wurde er von Knickohr freundlich empfangen, aber wenn es um sein Fressen ging, galt diesem seine gesamte Aufmerksamkeit.

»Morgen wieder«, tröstete Marta. »Morgen ist er wieder hungrig, und dann fällt auch die Begrüßung freundlicher aus.«

Thomas umarmte das Mädchen.

»Ich habe dir frohe Botschaft zu bringen. Es scheint so, als würde sich der Vater an unsere Bindung gewöhnen können.«

Marta drehte fragend den Kopf zur Seite. Thomas redete etwas schnell, sodass sie ihn kaum verstand. Seine Augen leuchteten vor Begeisterung.

»Er hat mir heute gesagt, dass er dich morgen, wenn die Glocke zwölf schlägt, in der Scheune treffen will, um mit dir zu sprechen.«

»Nun ja«, warf Marta ein. »Kennen gelernt haben wir uns doch schon.«

Thomas lächelte.

»Aber jetzt ist alles ganz anders. Vielleicht liegt es daran, dass wir für die Sauertaigs zu arm sind.«

Marta verstand nicht. Sie gab sich auch wenig Mühe. Sie war arm. Ob Thomas nun reicher war oder nicht, spielte für ihre Liebe zu ihm keine Rolle. Dass sie im Leben nie etwas geschenkt bekommen würde, war ihr klar.

»Wirst du auch da sein?«

»Selbstverständlich«, antwortete Thomas. »Vorher werde ich von Bruder Jacobus nach den Vokabeln in Latein befragt. Ich habe es ihm versprochen, und er nimmt es sehr genau mit Zugesagtem. Aber danach komme ich zur Scheune. Marta, du musst unbedingt pünktlich sein, weil der Vater es nicht erträgt, warten zu müssen.«

30

Die graue Kutte, die der Mann zur Tarnung trug, schleifte im Dreck. Eilig lief er durch die Stadt, um das Kloster vor Anbruch der abendlichen Ruhe zu erreichen. Er zog die Strippe, an der das Glöckchen hing. Bruder Franz eilte herbei. Die Tür öffnete sich einen Spalt.

»Zu wem wollt Ihr, Fremder?«

»Zu Bruder Jacobus«, flüsterte es zurück.

»Einen Moment.«

Besorgt, von den vorbeigehenden Menschen erkannt zu werden, drängte sich der Mann an die Klostermauer.

»So spät noch?«, murmelte es dahinter. »Es wird ein Reisender sein.« Dann öffnete sich die Tür. Bruder Jacobus erkannte seinen Gast nicht sofort.

»Wie kann ich Euch zu so später Stunde behilflich sein, Fremder?«

Der Mann lüftete die Kapuze. »Ich bin es.«

»Hovemann!«, freute sich Bruder Jacobus. »Was für eine angenehme Abwechslung. Aber tretet doch ein.«

Die meisten Mönche hatten sich bereits zur Ruhe zurückgezogen.

»Was ist der Grund Eures Besuches?« Bruder Jacobus deutete auf die Verkleidung seines Gastes. »Nein, lasst mich raten ... Ihr seid auf der Flucht«, versuchte sich der Mönch in Ironie. »Oder ... halt, noch dramatischer ... Thomas hat seine Vokabeln nicht fleißig genug geübt und schickt Euch vor, ihn zu entschuldigen. Hab ich Recht?«

Hovemann lächelte und lockerte seine Kutte. Verschmitzt wiederholte Bruder Jacobus seine Frage: »Hab ich Recht?«

»Nein.« Hovemann lachte gequält. »Thomas hat eifrig gelernt

und wird Eure Erwartungen nicht enttäuschen. Es gibt einen anderen Grund für mein Kommen.«

Hovemann hielt in seinem Gang inne. »Ich plane morgen ein bedeutendes Geschäft abzuschließen. Wenn es mir gelingt, wäre für die Zukunft meiner Kinder alles im rechten Lot. Allerdings möchte ich nicht, dass Thomas bereits erfährt, dass sein Auskommen fortan gesichert ist. Ihr wisst – Menschen in frühen Jahren benehmen sich wie junge Hunde. Sie sind verspielt, und werden sie zu satt, erlernen sie das Jagen nicht. Meine Furcht ist, dass er ein Opfer des Müßigganges wird. Ich möchte ihn also morgen beschäftigt wissen, damit er mir nicht in die Quere kommt.«

»Und jetzt erwartet Ihr, dass ich mich bereitwillig zu Eurem Gehilfen mache?«

»Ein kleiner Dienst, Bruder Jacobus«, bohrte Hovemann nach. »Es geschieht zu Thomas' Bestem. Ihr kennt ihn seit seiner Geburt. Was er jetzt darstellt, ist er auch durch Eure Mühe.«

»Tja«, schwelgte Bruder Jacobus in Erinnerungen. »Ja, diese kleine List ist wohl noch keine Lüge. De nihilo nihil – aus nichts wird nichts! Mitunter ist es doch der Zweck, der die Mittel heiligt. Und nebenbei ist es mir auch ein angenehmer Dienst, weil er mir auf unterhaltsame Art und Weise die Zeit vertreibt.«

Dann hob er den Finger. »Nur weil Ihr den Vergleich wähltet – ist Euch auch aufgefallen, dass wir Hunde gerne für treue Wesen halten, nur weil sie von uns abhängig sind?«

31

Knickohr warf sich auf ein paar Lumpen und beobachtete Marta, die durch den Raum lief, ergriffen von der Furcht, sie habe nichts Geeignetes anzuziehen. Und in der Tat, viel war es nicht, womit Marta sich schmücken konnte. Resigniert setzte sie sich. Knickohr legte sich auf ihre Füße und genoss es, sich kraulen zu lassen.

»Ach, Knickohr«, seufzte sie. »Wir sind nichts, wir haben nichts und werden nie eine gute Partie.«

Der Hund holte ein kleines Lumpenknäuel und warf es ihr vor die Füße. Marta hielt es hoch. Knickohr sprang, und als der Lumpen durch das Zimmer flog, jagte er ihm mit einem Satz hinterher. Sein Tempo hatte er wohl unterschätzt und donnerte nach einem gescheiterten Bremsversuch mit dem Kopf zuerst gegen eine Truhe. Marta amüsierte sich über das ungeschickte Tier.

»Wir passen zusammen.«

Sie zottelte den Lumpen, an dem der Hund hing, durch das Haus, bis ihre Blicke auf der Truhe haften blieben. Seit dem Tod der Müllerin war sie nicht geöffnet worden. Auch vom alten Müller nicht. Er hatte gewusst, was sich darin befand. Dinge, die ihm von seiner Frau geblieben waren. Warum hätte er seinem Schmerz über den Verlust Nahrung geben sollen, indem er sich die alten Sachen anschaute?

Auch Marta ängstigte sich, die Truhe zu öffnen. Sie befürchtete, alle ihre schönen Erinnerungen würden durch diese toten Gegenstände verdrängt. Das helle Kleid, mit dem die Mutter sich für den Kirchgang oder ähnlich würdige Anlässe herausgeputzt hatte, lag auch darin. Marta schloss die Augen. Ihre Mutter drehte sich. Der Vater saß in der Ecke und schaute voller Stolz. Als Marta die Augen wieder öffnete, lag Knickohr vor der Truhe. Sie streichelte ihn. Dann hob sie leicht den Deckel an. Moderiger Geruch entwich. Obenauf lagen mehrere Tücher, bunte Bänder und das weiße Kleid. Der Stoff raschelte, als Marta das Kleid heraushob und gegen die Sonne hielt. Viele Stellen waren so abgewetzt, dass das Licht hindurchschien.

Marta erinnerte sich an die Müllerin, die stets rastlos gewesen war. Ihr Gesicht war durchfurcht gewesen von Sonne, Wind und Sorgen. Wenn sie mit ihren knochigen Händen nach Marta gegriffen hatte, um sie auf ihren Schoß zu heben, war zu bemerken gewesen, wie schwer es ihr fiel. Nur wenn sie dieses Kleid getragen hatte, schien neuer Lebenswille ihren Körper zu straffen. Marta war sie dann stets viel jünger erschienen.

Marta streifte sich das Kleid über. Es war nicht zu übersehen, dass die Müllerin kräftiger gebaut gewesen war. Marta raffte den Stoff an beiden Seiten und besah sich. Was sie wahrnahm, gefiel ihr, obgleich sie sich für zu dünn hielt. Knickohr wedelte heftig mit dem Schwanz, er schien sich an die vielen Leckerbissen, die er von der Müllerin erhalten hatte, zu erinnern.

Marta stellte sich vor, was der alte Hovemann sie fragen würde. Ihre Knie wurden weich, aber sie erinnerte sich an Thomas' Versprechen, ebenfalls anwesend zu sein.

Der Wunsch, mit ihr zu sprechen, war vom Vater ausgegangen. Um ihr zu sagen, dass er gegen ihre Beziehung sei, hätte er sie nicht treffen müssen. So hoffte sie, Hovemann würde ihr mitteilen, dass er sich nicht länger gegen ihre Liebe stellen würde.

Marta entschloss sich, den Stoff mit Nadel und Faden ihrem Körper anzugleichen.

32

Von Erp konnte das ihm versprochene Abenteuer kaum erwarten. Er schaute aus dem Fenster und ersehnte, dass die Glocke endlich zwölf schlagen sollte. Die Ironie, dass ausgerechnet Hovemann, der über die Grenzen der Stadt hinweg als redlich, aber auch ängstlich und daher als wenig erfolgreich bekannt war, die verbotene Frucht servieren würde, vergnügte ihn außerordentlich. Voller Lust ertrug er die Vorfreude, die seine Geduld an die Grenzen trieb. Laut lachend durchschritt er den Raum.

»Der brave Hovemann!«, rief er und schüttelte dabei den Kopf. Mit beiden Händen griff er sich an die Lenden, die vor Anspannung schmerzten, bis es ihm unerträglich wurde. Er nahm einen Topf, streute verschiedene Kräuter hinein, in der Hoffnung, sie würden die Ruhe zurückbringen, die ihm die Vorstellung von seinem Abenteuer genommen hatte. Aus einem hohen Eichenfass schöpfte er Wasser hinzu und hob den Topf über die Feuerstelle.

Je näher es auf Mittag zuging, desto nervöser wurde er. Er ging zu seinem Hausaltar, der am anderen Ende des Zimmers stand, und öffnete ihn. Behutsam zog er ein langes Büschel Haare hervor, das am Ende mit einem weißen Bändchen zusammengehalten war, und breitete sie auf dem Tisch aus. Mit der flachen Hand strich er darüber. Behutsam. Fast ohne sie zu berühren. Gerade so stark, dass alle Sinne sich in der Handfläche sammelten. Zwar gefiel es ihm, sich seinen Opfern mit Gewalt zu nähern, aber er empfand Freude bei der Vorstellung, sie würden sich kurz vor ihrem Ende dennoch in seine harte Hand verlieben, um sich bereitwillig als Opfer darzubieten. Tote Dinge rührten ihn nicht. Schwache umso mehr. Haare waren niemals tot. Haare waren eigensinnig. Eins um das andere fiel ihm aus, und all seine Macht reichte nicht, sie zu halten. Deshalb empfand er Glück, sie auch anderen zu nehmen.

Er verdeckte den spärlichen Haarwuchs mit einer Mütze. Was er jetzt in seinem kleinen Spiegel sah, beurteilte er als kräftig und begehrenswert. Er setzte sich, schloss die Augen und fegte das Büschel Haare über sein Gesicht.

Da war es wieder. Das junge Ding. Genau vor ihm. Wehrlos. Offen. In Erwartung eines anderen schmiegt sie sich voller Furcht an die Wand. Weiße Haut. Die Lippen heißen ihn willkommen. Er geht auf sie zu. Nicht zu eilig. Sie dreht sich von ihm weg. Er zwingt sie, anzusehen, wer sie begehrt. Er fühlt die Haare. Lässt er sie frei, spielen sie im Wind. Es duftet. Seine Hände umrahmen ihren Hals. Langsam, dann heftiger. Und immer wieder Haare, die über dem Gesicht liegen und nur erahnen lassen, was sie dem Betrachter vorenthalten. Ein kleiner Schnitt, und alle Schätze liegen frei. Die Entscheidung, was aus diesem Leben wird, liegt nun in seinen Händen. Wenn er es nur stark genug anfängt, will sie ihn niemals wieder verlassen. Aber noch ziert sich das kleine Mädchen. Schluchzend windet es sich. Die schmalen Fäuste pochen auf den Boden. Erst zaghaft, dann kräftig.

Stille.

Nur das Pochen war geblieben. Von Erp schüttelte sich aus seinem Traum. Eilig warf er das Haarbüschel in seinen Hausaltar, richtete die Kleider und räusperte sich.

»Tretet ein, wer immer Ihr auch seid.«

In der Tür stand Hovemann. Von Erp erhob sich von seinem Stuhl. »Was ist mit Euch? Warum seid Ihr hier?«

Das schlechte Gewissen ließ Hovemann keine Ruhe, er wollte den Schuldschein zum Tausch. Aber er fürchtete, seine Forderung auszusprechen, denn wenn von Erp wieder gewalttätig würde, hätte er nichts erreicht. Er spürte aber auch die Abhängigkeit, in die er sich brachte. Er musste handeln, und so explodierte es aus ihm heraus.

»Der Schuldschein. Ich will den Schuldschein vorher haben!«

Inzwischen brodelte der Sud. Von Erp hob den Kessel vom Feuer.

»Darf ich Euch etwas zur Beruhigung anbieten?«

»Ich brauche den Schuldschein!«

»Was lässt Euch so unhöflich werden? Erst die Ware, dann den Schuldschein«, konterte von Erp. »Und jetzt haltet mich nicht länger auf, sonst berste ich vor Begierde, und das kann nicht in Eurem Interesse sein, oder?«

Hovemanns Augen funkelten für einen kurzen Moment erwartungsvoll.

Von Erp spottete: »Ihr hättet wirklich nichts davon. Ich bin zu begütert, als dass sich nicht Erben finden würden, die den Braten aufzehren wollen. Zudem ist der Beleg unserer netten, kleinen Verabredung sicher verwahrt.«

In der Vorfreude seines Gegenübers erhoffte Hovemann eine weitere Chance.

»Wenn ich den Schuldschein nicht jetzt sofort erhalte, seht zu, wie Ihr zu Eurem Abenteuer kommt.«

Die Drohung war von Erp nur noch lästig.

»Ihr meint, mit mir Handel treiben zu können? Mit mir? Aber gut, ich lasse mich auf Euer Spiel ein. Ich verstehe ohnehin nicht, warum Ihr mich bei meinem Stelldichein begleiten wollt.« Und er schmeichelte, um zu verletzen. »So wie ich Euch einschätze, kann

92

man sich auf Euch verlassen, und Ihr habt die Verabredung längst getroffen. Wenn alles gut vorbereitet ist, will ich den Rest schon alleine besorgen.«

Hovemann lief hin und her. Die Dielen knarrten und bogen sich unter den festen Schritten.

»Dann übergebt mir den Schuldschein, und Ihr seid mich los«, schimpfte er.

Die Tür des Altars sprang auf, weil Hovemann zu dicht herangetreten war. Das Büschel Haare fiel heraus. Hovemann trat einen Schritt zurück. Von Erp ging langsam auf ihn zu. Er baute sich vor dem zitternden Mann auf, und ohne ein weiteres Wort zu verschwenden, versetzte er ihm bedacht, Eile vermeidend, erst links, dann rechts ein Paar Ohrfeigen.

33

Die einzelnen Teile des Kleides waren auf dem Boden ausgebreitet. Marta hatte die Übersicht verloren. Knickohr tat ein Übriges, das Chaos zu verstärken, indem er vorsichtig mit dem Eckzahn den rechten Ärmel schnappte und davonrannte. Nachdem es Marta gelungen war, die Beute zurückzuerobern, passte sie jedes Teil einzeln an. Als alles sorgfältig zusammengenäht war, zog sie das Kunstwerk über.

In die Nähte hatte sie bunte Bänder eingesetzt, die jede ihrer Bewegungen betonten. Marta gefiel sich. Sie strich sich mit den Händen über die Taille, drehte sich und hüpfte durch das Zimmer. Knickohr bellte und war bemüht, die Bänder zu schnappen. Marta war sicher, an ihrer Erscheinung könne es nicht liegen, wenn Thomas' Vater etwas an ihr auszusetzen hätte.

Nur der moderige Geruch des Kleides war noch immer nicht verflogen. In der Truhe befand sich auch ein Flakon mit Duftwasser. Marta erinnerte sich, dass ihre Neugier besonders dadurch geweckt worden war, weil die Mutter ihr verboten hatte, mit dem Fläschchen zu spielen.

Es war verziert mit Blumen, die teils aufgemalt, teils aus Glas aufgelegt waren. Der Stopfen war mit Leder umwickelt und ließ sich nur mit Kraft entfernen. Das Innere des Fläschchens verbreitete einen Duft, der nicht mehr sehr an Rosen erinnerte. Neugierig näherte sich Knickohr und schnupperte.

»Riecht gut, du Zausel, nicht wahr? Du könntest auch mal etwas gegen deinen strengen Geruch tun.«

Knickohr kommentierte diese Aufforderung mit zweimaligem Niesen und verzog sich.

»Na, zumindest riecht das Kleid dann nicht mehr ganz so muffig.«

Nachdem sie von oben bis unten parfümiert war, kämmte sie ihr Haar und übte die respektvolle Begrüßung, die sie dem alten Hovemann erweisen wollte.

Dabei fiel ihr auf, dass ihre Haare nach der Verbeugung stets in Unordnung gerieten. Sie ging zurück zur Truhe und fand ein Schapel, das sie sich aufsetzte, um ihre Haarpracht im Zaum zu halten. Abermals verbeugte sie sich und genoss, wie ihr Haar vor dem Gesicht tanzte, sich aber beim Aufrichten in die alte Form fügte.

Knickohr, nachdem er die so veränderte Marta beschnüffelt hatte, wurde ungeduldig. Er lief zur Tür, jaulte, lief zurück, schnupperte, und weil Marta zu sehr mit sich beschäftigt war, brachte er sich bellend in Erinnerung. Das half. Marta nahm ein rotes Tuch und band es dem Hund um den Hals.

»Du solltest auch sehr viel mehr auf dein Äußeres achten.«

Dann zupfte sie ein letztes Mal an sich herum, und beide verließen die Mühle.

34

»Domini, dominorum, dominis, dominos, dominas.«

»Nein!«, unterbrach Bruder Jacobus seinen Schüler. »Du bringst mich noch um den Verstand. Es ist schon wieder falsch!«

»Dominis!«, korrigierte sich Thomas schnell.

»Warum machst du stets dieselben Fehler?«, ärgerte sich Bruder Jacobus. »Du bist sehr flüchtig in deinen Gedanken.«

»Verzeiht.«

Reuig senkte der Schüler sein Haupt. Es gefiel dem Mönch ein wenig, den Erbosten zu spielen. Obgleich er den Zorn, den er vorgab, nicht wirklich in sich spürte, half es, die Leistungen seines Schützlings zu steigern.

»Dominis, dominos«, wiederholte Thomas schnell, in der Hoffnung, dem Ende der Klausur näher gekommen zu sein. Er griff nach seinem Umhang, stand auf und komplettierte: »Dominis.«

Auch der Mönch griff nach der Kutte, legte seine Hand darauf und sagte lächelnd: »Schön, dass wir heute so gut vorankommen.«

Thomas seufzte und setzte sich wieder. Der Mönch fuhr fort: »Auch wenn ich dich das eine oder andere Mal rüge – ich denke, du bist begabt genug, es weit zu bringen.«

Als ob die Geduld des Jungen nicht schon auf das Äußerste strapaziert wäre, fügte er hinzu: »Aber ich habe den Eindruck, du versuchst, den Fleiß durch dein Talent zu ersetzen. Was Gott dir mitgegeben hat, ist ein Geschenk, das die Verpflichtung in sich birgt, sorgsam mit ihm umzugehen.« Der Mönch war sich nicht sicher, seine Kritik angemessen genug vorgetragen zu haben, deshalb fügte er aufmunternd hinzu: »Du wirst schon noch pünktlich zu deiner Verabredung kommen. Vorerst lass uns aber die Adjektive bezwingen.«

»Bonus, boni, bono, bonum, bono, bone.«

»Bravo! Siehst du nun, wie gut es ist, dass wir uns heute die Zeit nehmen, das Gelernte einer gründlichen Überprüfung zu unterziehen?«

Es schien mit dem Teufel zuzugehen, dass Bruder Jacobus ausgerechnet heute eine besondere Geduld an den Tag legte.

»Du bist ein fleißiger Junge«, sagte der Mönch. »Bisweilen beneide ich deinen Vater um dich.«

Noch ehe Thomas erneut daran erinnern konnte, dass er längst gehen wollte, kramte Bruder Jacobus in einer alten Truhe, fand darin tief unten einen Leinensack, in dem es klapperte, und ein Brett. Beides legte er vor den Schüler.

»Als Belohnung für deine heutige Mühe werde ich dich jetzt in das Geheimnis des Schachspiels einweihen.«

35

Die Gedanken rasten durch Hovemanns Kopf. Das Haarbüschel ging ihm nicht mehr aus dem Sinn. Er versuchte, sich mit der Erklärung zu beruhigen, dass es vielleicht das freiwillig hergegebene Erinnerungsstück an eine Jugendliebe war. Zudem war sein Interesse anderer Art. Er sorgte sich noch immer um den Schuldschein. Die Zeit drängte. Von Erp ging zielstrebig seinem Abenteuer entgegen. Hovemann tänzelte rückwärts laufend vor ihm.

»Seht, lieber von Erp, Ihr selbst habt doch gesagt, dass ich darauf vertrauen kann, den Schuldschein zu bekommen.«

Von Erp schritt unbeirrt voran und schob Hovemann beiseite, wenn dieser ihm den Weg verbaute.

»Ihr sägt an meinen Nerven.«

Hovemann war klar, dass er den Schuldschein bekommen musste, bevor von Erp auf das Mädchen traf. An der Scheune angekommen, stellte sich vor die Tür.

»Ich kann mich doch auf Euch verlassen?«

Von Erp schien nicht zu hören. Er atmete tief. Es roch nach allem, was der Frühling bereits hatte sprießen lassen. Dann stieß er Hovemann von der Tür fort.

»Nicht ich bin in Eurer Schuld, sondern Ihr in meiner. Damit sollte sich die Frage nach der Verlässlichkeit erübrigt haben.«

Die Tür knarrte. Die Luft war trocken und staubig. Von Erp stand breitbeinig da, wie ein Feldherr, der sich des Erfolges einer bevorstehenden Schlacht sicher ist. Hovemann hielt inne. Die Ahnung, dass an diesem Ort bald etwas Abscheuliches geschehen würde, ließ ihn zögern.

»Kommt nur herein«, forderte von Erp ihn auf. »Ihr kennt Euch ja hier aus, also fühlt Euch wie zu Hause.«

Hovemann trat näher. »Aber Ihr werdet ihr doch nichts antun?«

»Antun? Was meint Ihr damit?«

Hovemann wagte nicht, die Frage zu beantworten. Er wollte nicht das Risiko eingehen, seine Ahnung bestätigt zu bekommen. Es ließ sich nicht mehr verdrängen. Vor ihm stand der Mörder von van Törsels Tochter. Hovemann bekreuzigte sich und ging aus der Scheune. Von Erp legte mehrere Säcke nebeneinander und baute sich ein Lager.

»Was steht Ihr herum und glotzt? Helft mir und öffnet die Fenster.«

Hovemann umrundete das Lagerhaus und stieß einen Verschlag nach dem anderen auf.

»Nicht alle«, schrie von Erp. »Sonst wird es gar so ungemütlich.«

Hovemann gehorchte, indem er einige Fenster wieder schloss. Anschließend setzte er sich vor die Scheune und grub sein Gesicht in die Hände. Ächzend zerrte von Erp die Säcke auseinander. Hovemann wurde klar, dass er die letzte Chance, dem Scheusal Einhalt zu gebieten, verstreichen lassen würde.

36

Knickohr erwies sich als gelehrig und ließ sich nicht mehr betrügen. Marta nahm ein Stöckchen und hielt es ihm vor die Nase. Der Hund fixierte die Beute. Marta holte weit aus und schleuderte ihren Arm nach vorn, ohne den Stock freizugeben. Knickohr begleitete mit seinem Körper die Bewegung, ohne nur einen Schritt zu setzen, um dann die Spielverderberei mit forderndem Bellen zu ahnden. Das half. Marta schleuderte das Stöckchen weit von sich. Der Jäger rannte los. Im Flug schnappte er sich die Beute, rannte zurück und legte sie Marta zu Füßen, nicht ohne in ihrer Nähe abermals zu niesen.

»Übertreib nicht, Knickohr!«

Marta setzte sich. Sie freute sich auf das Treffen. Vielleicht würde nun alles gut werden. Thomas ist vielleicht schon da, dachte sie.

»Komm her!«, befahl sie dem umhertollenden Hund und wunderte sich, dass er gehorchte.

Außerhalb der Scheune war niemand zu sehen. Sie werden beide drin arbeiten, dachte sie. Die Tür stand offen. Sie trat an den Eingang – klopfte zaghaft an die Tür.

»Thomas?«

»Thomas ist nicht da.«

Von Erp schraubte sich von seinem Lager und näherte sich. »Er ist sehr beschäftigt und kann leider erst später kommen.«

Knickohr knurrte leise.

»Ruhig!«, ermahnte ihn Marta. »Und Ihr seid Christian Hovemann, der Vater von Thomas?«

Von Erp grinste: »Nicht ganz, oder soll ich sagen, eher nein? Aber er wird sicherlich gleich kommen.«

»Na, dann werde ich später wieder kommen.«

»Halt, warte, Täubchen.« Von Erp versperrte ihr den Weg. »Wir können uns doch inzwischen ein wenig die Zeit miteinander vertreiben.«

Ängstlich schob sich Marta an der Wand entlang. Von Erp bebte. Seine zitternde Hand fingerte in ihren Haaren. »Du bist ein wunderschönes Kind.«

Marta versuchte sich wegzudrehen. Von Erp lief rot an.

»Ja, wehre dich, zeig mir deine Leidenschaft.«

Marta schrie. Von Erp hielt ihr den Mund zu. Nun war Knickohr nicht mehr zu bremsen. Er fegte mit einem Satz auf von Erp zu, biss ihm in die Wade und ließ nicht mehr los.

»Verdammte Töle!«, schrie von Erp und versuchte sich zu befreien. Dabei umklammerte er Marta.

Hovemann hatte sich hinter der Scheune verschanzt und beobachtete alles. Er steckte sich die Faust in den Mund und biss darauf, bis Blut floss.

Marta wehrte sich mit aller Kraft. Von Erp schlug ihr ins Gesicht. Sie stürzte der Länge nach hin. Er versuchte, den Knüppel zu erreichen, der in der Ecke stand. Noch immer hing Knickohr an seiner Wade. Der Hund knurrte, bis ihn ein Schlag auf den Kopf traf. Jaulend rollte er zur Seite. Marta sprang auf.

»Nein!«

Von Erp stellte sich ihr in den Weg und schrie:

»Ich will endlich meinen Lohn!«

Die Schreie des Mädchens waren bis über die Spree zu hören. Der Wind schlug die Fenster in den Rahmen. Zwei Ratten flitzten vorbei. Martas Blicke trafen Hovemann, der verängstigt durch das Fenster sah. Dann war es still. Nur schweres Keuchen war zu hören. Hovemann schlug die Fensterläden zu und stürzte davon.

37

Thomas nahm die Dame und führte sie quer über das Brett.

»Nein!«, stoppte ihn der Mönch. »Die Dame ist eine schwache Figur. Ein Feld darf sie gehen. Dann muss sie ruhen.«

»Aber sie sieht so groß und stark aus.«

»Trotzdem, die Regel sagt: ein Feld. Jede Regel willst du umstoßen. Aber das Schachspiel ist schon so alt, da wirst auch du nichts ändern können.«

Thomas zuckte mit den Schultern. Der Mönch spottete: »Na, vielleicht wird dein Wunsch eines Tages erhört und die Regeln werden beiseite gelassen, damit du mit Läufer und Dame kreuz und quer über das Spielfeld huschen kannst, gerade so, wie es dir beliebt. Bis dahin aber sollten wir uns an die Grundsätze halten, die seit Jahrhunderten von den Arabern überliefert sind.«

Trotz aller gebotenen Höflichkeit konnte Thomas seine Ungeduld nicht länger zügeln.

»Bruder Jacobus, verzeiht, das Schachspiel ist sehr spannend. Denkt nicht, dass Ihr mich damit nicht neugierig macht, aber ich habe eine Verabredung, deren Zeit ich schon zu lange überschritten habe.«

»Was kann wichtiger sein als die Lehre, die sich bietet, wenn der Limes den Turm bedroht?«, konterte der Mönch beleidigt.

»Ich komme zu spät, und Ihr seid es gewesen, der stets darauf bestand, Pünktlichkeit als oberstes Prinzip zu achten.«

Bruder Jacobus gab sich mit seinen eigenen Waffen geschlagen. Er nahm Brett und Kiste und verstaute schweigend beides in der großen Truhe. Noch nie war er so zurechtgewiesen worden von einem Schützling.

»Dann geh.«

»Seht mir meine rüde Art nach, aber …«

»Schon gut«, gab Bruder Jacobus zur Antwort. »Was soll ich dir nachtragen? Aber was ist es denn, was dich treibt, die Lehre zu vernachlässigen?«

»Mein Vater hat eingewilligt, sich mit Marta zu treffen. Was soll es anderes bedeuten, als dass er seine Weigerung ihr gegenüber einer wohlwollenden Prüfung unterziehen will?«

Bruder Jacobus setzte sich. Ihm hatte der alte Hovemann gesagt, es ginge um ein Geschäft zu Thomas' Gunsten, von dem der Junge nichts erfahren sollte. Warum versuchte er es vor Thomas zu verschleiern, mit einer Ausflucht, die den Verliebten eher neugierig machte, als ihn abzuhalten? Zudem würde die Lüge schon in der nächsten Stunde aufgedeckt.

Bruder Jacobus unterdrückte das Gefühl, als Figur in einem Spiel gesetzt zu werden, das er nicht durchschaute.

»Geh schnell, Thomas. Du hast es recht gelernt. Pünktlichkeit ist ein hohes Gut. Wir haben uns etwas vertrödelt. Grüß mir den Vater.«

Warum Bruder Jacobus plötzlich Eile an den Tag legte, wunderte Thomas zwar, aber es war ihm recht. Ohnehin war er viel zu spät, und die Gedanken an Marta verdrängten alle Fragen. Er stellte sich vor, wie sie und der Vater vernünftig miteinander sprachen und er mehr und mehr von ihr bezaubert würde.

Als das Tor des Klosters hinter Thomas ins Schloss fiel, fühlte er sich frei. Er sprang zur Mühlendammbrücke, überquerte die Spree in Richtung Cölln. Als er das Lagerhaus am anderen Ufer sah, beschleunigte er seine Schritte. Das Herz schlug ihm bis zum Hals, so schnell war er gerannt. Die Fensterläden waren geschlossen. So still war es, dass Thomas den Wind hören konnte. Nichts wies darauf hin, dass der Vater und Marta sich getroffen hatten. Er ging zur Tür, die anders als üblich einen Spalt geöffnet war. In der Scheune war es dunkel. Zaghaft tastete er sich vor und stieß gegen ein weiches Hindernis. Thomas bückte sich. Im schummrigen Licht war es nicht zu erkennen. Er tastete danach, und kaum dass er es berührt hatte, schreckte er zurück. Er fühlte ein Fell und wusste, dass es Knickohr war.

Thomas rannte aus der Scheune, riss die Läden auf.

Knickohr lag bewegungslos, alle viere von sich gestreckt, auf dem Boden. Das Tuch um seinen Hals war von Blut durchtränkt. »Marta!«, schrie Thomas. »Marta!«

Leises Wimmern wies ihm den Weg. Das Mädchen lag verrenkt auf den Säcken. Das Kleid, das sie spärlich bedeckte, war zerrissen. Die Haare waren ihr abgeschnitten worden. Marta schluchzte. Thomas nahm sie in die Arme.

»Wer war das?«

Er drückte sie fest an sich.

»Wer war das?«

Antworten konnte sie nicht. Die Ohnmacht ersparte ihr weiteren Schmerz.

38

Hovemann saß in der Stube, die Ellenbogen auf den Tisch gestützt. Seine Hände gruben sich in das Gesicht. Wenn er die Augen schloss, waren sie wieder da – das Mädchen und ihr Blick. Die Bilder verfolgten ihn wie ein Fluch. So sehr er sich auch bemühte, es gelang ihm nicht, sie aus seinem Kopf zu verbannen. Er beruhigte sich damit, dass dieser Blick ihn nur zufällig gestreift hatte und Marta ihn gegen das Licht wahrscheinlich gar nicht hatte erkennen können.

Er schaute zu Friedelinde, die der Mutter am Herd zur Hand ging. Was sollte er tun, wenn Marta zu sich kam und ihn doch erkannte? Er bereute, sich auf dieses Spiel eingelassen zu haben. Zudem hatte er nichts erreicht. Der Schuldschein war noch immer in den Händen von Erps. Er konnte nur hoffen, dass Bruder Jacobus Thomas so lange aufgehalten hatte, dass er nicht auf von Erp getroffen war.

Friedel legte die Putzlappen zusammen. Der Vater schlug sich auf die Knie. »Kommst du zu mir?« Friedelinde legte die Lappen beiseite, setzte sich auf den Schoß des Vaters und umarmte ihn.

Er versuchte, in den Augen seiner Tochter Ruhe zu finden, aber auch in ihren Blicken meinte er einen Vorwurf auszumachen.

Er drückte seine Tochter fest an sich, bis es an die Tür donnerte. Jemand versuchte, sich mit Fußtritten Einlass zu verschaffen. Der Vater ließ Friedel von seinem Schoß gleiten. Er ängstigte sich über den stürmisch begehrten Einlass. Friedel öffnete. In der Tür stand Thomas. Auf seinen Armen hielt er Marta. Ihr Kopf hing leblos herunter. Friedelinde stand mit gefurchter Stirn und halb geöffnetem Mund daneben. Die Mutter legte ihre Hausarbeit beiseite und stand auf. Die Blicke des Vaters suchten nach Halt. Sie sprangen von Marta zu Thomas, wanderten über Tisch und Wände. Hovemann rang um Fassung und stellte sich Thomas in den Weg.

»Nein!«

Thomas bemühte sich, am Vater vorbeizukommen, der sich noch dichter vor ihn stellte.

»Nein! Ich erlaube es nicht.«

Thomas erkannte seinen Vater nicht wieder.

»Was soll das? Es ist Marta.«

Er drängte sich an Hovemann vorbei zu seinem Bett und legte das Mädchen darauf. »Ihr muss etwas Schreckliches widerfahren sein.«

Der Vater schloss eilig die Tür.

»Wie stellst du dir das vor?«

Thomas verstand nicht. »Sie wird hier bleiben, bis sie gesund ist. Was ist los mit Euch, Vater?«

Hovemann zitterte. »Sie kann hier nicht bleiben!«

»Wo soll sie dann hin?«, fragte Thomas, ohne eine Antwort zu erwarten.

»Was muss es mich kümmern? In das Heiliggeistspital.«

Der Vater lief ziellos durch die Stube.

»Wir haben weder Nahrung noch Platz für einen Gast«, bekräftigte er seine Ablehnung.

Walburga Hovemann stand da und musterte ihren Mann von oben bis unten. Vieles hatte sie mit ihm erlebt. Manche Starrköpfigkeit war sie bereit zu ertragen, weil sie sich in einem sicher war – sein Herz würde jede seiner Fehlentscheidungen korrigieren. So herzlos, wie er sich jetzt verhielt, war er ihr nie zuvor begegnet. Sie stellte sich ihm in den Weg.

»Wenn sie nicht bleiben darf, gehe ich mit Thomas zu Menschen, die ihr helfen werden.«

Um ihre Worte nicht durch Zweifel schwächen zu lassen, drehte sie sich um und sortierte aus einer Truhe die nötigste Kleidung zusammen. Hovemanns Augen wurden feucht. Friedel fing ebenfalls an zu weinen und klammerte sich an Thomas.

»Geh nicht. Bitte.«

Sie lief zum Vater und umarmte ihn. »Du darfst sie nicht fortlassen!«

»Du wirst nicht gehen. Ich verbiete es dir!«, polterte der Vater und wischte sich die Augen frei.

Thomas warf sich den Beutel um. »Doch, Vater. Ihr habt mich zu Bruder Jacobus geschickt, dass er mich lehren soll, der inneren Stimme zu folgen. Es waren Eure Worte, die mich ermahnten, sorgsam das Handeln an den Geboten Gottes auszurichten. Ihr könnt nicht anzweifeln, dass Marta Hilfe braucht.«

Die Mutter hatte inzwischen kalte Umschläge gemacht und Marta aufgelegt. Friedel holte eifrig frisches Wasser aus dem Brunnen.

Der Vater raufte sich das Haar. »Für eine Nacht. Nicht länger.«

39

Thomas bemühte sich, wach zu bleiben. Aber gegen Morgen besiegte ihn die Müdigkeit. Sein Kopf lag auf Martas Arm. Hovemann hatte sich die ganze Nacht im Bett hin und her geworfen. Wie konnte er sich jemals aus dieser Situation befreien? Gegen Morgen reifte in ihm der Gedanke, den Schuldschein ultimativ einzufordern, nötigenfalls unter der Androhung, von Erp der Gerichtsbarkeit auszuliefern. Im Haus war es noch immer ruhig. Er erhob sich aus seinem Bett, spritzte sich etwas Wasser ins Gesicht, zog sich an und verließ das Haus.

Er fragte sich, ob es ratsam war, von Erp mit dem Verdacht zu konfrontieren, der Mörder der Kaufmannstochter zu sein. Hovemann entschloss sich, seine Vermutung so lange wie möglich für sich zu behalten, wie eine Waffe, die man bei sich trägt, aber auf der Hut ist, sie zu gebrauchen.

»Ein Fladenbrot?«, wurde er von einem fliegenden Händler aus seinen Gedanken gerissen. Er war auf dem Fischmarkt angekommen.

»Ja, gebt her, ich sollte mich etwas stärken.« Hovemann bezahlte, ging und aß.

Als er vor von Erps Haus angekommen war, hielt er noch einen Rest des Brotes in der Hand und stopfte ihn in den Mund. In dem Moment öffnete sich die Tür. Von Erp stand im Türrahmen, fein gekleidet, und war dabei, das Haus zu verlassen.

»Was wollt Ihr hier?«

Durch den Schreck hatte Hovemann den Bissen tief eingeatmet und rang nun nach Luft. Der Husten ließ die Krümel umherfliegen. Von Erp drehte sich angewidert weg. Als Hovemann rot anlief, schlug er ihm mit der linken Hand auf den Rücken. Hovemann schluckte und erlangte seine Fassung wieder.

»Ich muss mit Euch sprechen.«

Von Erp wischte sich einen feuchten Krümel vom Mantel.

»Warum?«

»Gebt mir den Schuldschein.«

»Ihr langweilt mich.«

Hovemann plusterte sich auf. »Wenn ich den Schuldschein heute nicht bekomme, dann ...«

»Dann?«

»Dann werde ich Euch der Gerichtsbarkeit ausliefern.«

Von Erp zog den ungebetenen Gast in das Haus und stieß ihn auf einen Stuhl. Innerlich frohlockte Hovemann, weil er es als Erfolg wertete, dass von Erp die Fassung verlor.

»Das Mädchen ist bei mir. Wenn es nicht durchkommt, seid Ihr der Mörder. Das ist klar!«

Allmählich gewann von Erp seine Ruhe zurück. »Dann wird es uns wohl beiden sehr schlecht ergehen.«

»Nein, nein, nein.« Hovemann schüttelte den Kopf. »Ich habe damit nichts zu tun.«

»Nein? Zumindest habt Ihr bei dem kleinen Abenteuer die Lampe gehalten.«

Hovemann sackte in sich zusammen. »Ich werde diese Schuld mein Leben lang zu tragen haben. Warum habt Ihr das getan?«

»Zugegeben, die Zügel sind mir etwas durchgegangen. Aber sie hat sich gesträubt und gekratzt. Und gebissen hat mich das Luder.«

»Aber musstet Ihr es so weit treiben?«

»Der Vorschlag kam doch von Euch«, spottete von Erp. »Nun spielt Euch nicht als Hüter der Moral auf.«

Hovemann erhob sich.

»Ihr habt bekommen, was Ihr wolltet. Gebt mir jetzt das Papier. Dann bin ich frei, und wir haben uns weder zu geben noch zu nehmen.«

Von Erp ging zur Kochstelle, brach sich von einem Brotlaib etwas ab und hielt es Hovemann entgegen.

»Wollt Ihr ein Stück?« Ohne die Antwort abzuwarten, zog er es wieder zurück. »Ach nein, lieber nicht, sonst bringt Ihr Euch damit noch um, und mir wird die Schuld angelastet.« Er steckte es sich in den Mund und ging um Hovemann herum.

»Wenn ich es mir recht überlege – diese vielen Abenteuer sind

105

nichts mehr für einen Mann wie mich. Ich sollte ruhiger werden. Vielleicht ist es auch an der Zeit, eine Familie zu gründen. Was meint Ihr, Hovemann?«

Hovemann drehte den Kopf, um sein Gegenüber nicht aus den Augen zu verlieren.

Von Erp schnaubte auf den Boden.

»Inzwischen sollte es Euch ebenso langweilen wie mich. Ich will Eure Tochter. Schlagt endlich ein.«

Wenn Hovemann bisher im Zweifel war, das Richtige zu tun, half ihm, dass von Erp den Bogen derart überspannte.

»Ihr habt das Mädchen beinahe umgebracht, und wahrscheinlich seid Ihr auch schuld am Tod der Kaufmannstochter. Ihr seid in meiner Gewalt. Gebt mir den Schuldschein, und ich werde Schweigen wahren über das, was Ihr dem Mädchen angetan habt.«

Von Erp brach sich noch etwas von dem Brot ab.

»Diese Anschuldigung solltet Ihr beweisen können, wenn Ihr sie in die Welt setzt. Ich bin ein angesehener Mann. Es könnte Euch schlecht ergehen.«

Er baute sich breitbeinig vor Hovemann auf.

»Die Mädchen waren minderwertig, so wie Euer Roggen.«

40

»Bunter Vogel, lass mich nicht allein!«

Die Sonne brennt in die Haut. Marta läuft weg. Je schneller sie wird, desto mehr zerreißen ihre Kleider. Wo sie ihren Schutz versagen, bemüht sie sich, die bloßen Stellen ihres Körpers mit den Händen zu bedecken. Nur noch der Vogel spendet Schatten. Kurz. Dann fliegt er weg.

»Das Fieber wird stärker. Geh, Friedel, hol frisches Wasser.«

Die Mutter zog die Tücher aus der Schale. Das Wasser plätscherte zurück. Mit großen Schritten sprang Friedelinde hinaus zum Brunnen und füllte den Eimer mit frischem Wasser. Als er voll war, brauchte sie beide Hände, um ihn in das Haus tragen zu können.

Marta stöhnte. Thomas stürzte zu ihr. »Ich bin da!«

Er strich ihr über die feuchte Stirn. »Marta?«

Die Mutter zog ihren Sohn behutsam beiseite und erneuerte die kühlenden Wickel. »Lass es gut sein. Sie kann dich nicht hören, Thomas.«

»Ich will den Kerl erwischen, der das getan hat!«

»Mit Rache hilfst du ihr nicht.«

Der Junge ging zurück an den Tisch. In seinem Kopf hämmerten die Gedanken. Nichts wollte zusammenpassen. War alles Zufall? Wer konnte wissen, dass Marta zur Scheune gegangen war? Wo ist der Vater gewesen?

Friedel schaute ihren Bruder an, aber sein Blick ging ins Leere. Er brauchte jemanden, der ihm seine Gedanken ordnen half. Es gab nur einen, der das konnte – Bruder Jacobus. Wortlos stand Thomas auf, schaute nochmals zu Marta und verließ das Haus.

Das Wetter passte nicht zu den düsteren Gedanken, die ihn quälten. Der Frühling war nicht mehr aufzuhalten. Die Sonne war aufgewacht, alles wurde bunt. Thomas musste die Augen zukneifen, sonst hätte sein Kopf geschmerzt.

Der Bruder Pförtner öffnete bereits das Tor, als er Thomas von weitem sah. »Du willst zu Jacobus?«

»Ist er zu sprechen?«

»Er sitzt im Garten beim Studium neuer Bücher. Ich führe dich zu ihm.«

Bruder Jacobus saß auf einer Bank, das Gesicht zur Sonne gewand, die Augen geschlossen. Ein Buch lag halb geöffnet neben ihm und hatte ihm offensichtlich ein Mittagsschläfchen beschert.

»Bruder Jacobus, unterbrecht Euer Studium. Ihr habt Besuch.«

Der Mönch gab einen grunzenden Laut von sich und schreckte hoch.

»Wie? Was? Ja!«

Er blinzelte in die Sonne und nahm als Schattenriss den Jungen wahr.

»Thomas?«

»Bruder Jacobus, ich brauche Eure Hilfe.«

Der Mönch richtete seine Kleidung und räusperte sich. »Nur zu.«

Thomas setzte sich. »Marta ist Schreckliches widerfahren. Sie ist überfallen worden und so verletzt, dass ich denke, das Fieber wird sie mir nehmen.«

»Wann ist das passiert?«

»Als der Vater mit ihr verabredet und ich bei Euch war.«

»Konnte sie benennen, wer es tat?«

Thomas schüttelte den Kopf. »Sie ist seitdem nicht wieder aufgewacht.«

Obwohl sich auch Bruder Jacobus keinen Reim darauf machen konnte, fragte er sich, ob Hovemann nicht andere Gründe gehabt haben mochte, seinen Sohn von dem Treffen fernzuhalten.

Er ahnte, bei einem Spiel benutzt worden zu sein, das er hätte durchschauen müssen.

Thomas schwankte zwischen Trauer und Zorn. »Wenn ich den Kerl erwische!«

Bruder Jacobus nahm ihn in den Arm.

»Gerichtet wird er ohnehin. Deine Rache darf dich nicht vergiften.«

Die beruhigenden Worte und die Umarmung ließen die Dämme brechen. Thomas konnte seine Tränen nicht mehr halten.

»Wo war der Vater? Er war mit ihr verabredet.«

»Wann wollte er sie treffen?«, fragte der Mönch.

»Wenn die Glocken zwölf Mal läuten.«

»Der Vater hat sich vielleicht verspätet, weil er aufgehalten wurde. Wenn Marta zu sich kommt, frag sie, ob sie die Mittagsglocke hat schlagen hören.«

Thomas wischte sich die Tränen mit dem Ärmel vom Gesicht.

»Danke, Bruder Jacobus. Ich muss zurück. Vielleicht ist sie inzwischen aufgewacht.«

Der Mönch gab ihm ein sauberes Tuch mit auf den Weg.

»Ja, geh nur. Gott sei mit dir.«

Thomas beschäftigte nur noch, wo der Vater zur Zeit der Tat gewesen war. Aber ihn beherrschte auch die Sorge, dass die Antwort den Zusammenhalt der Familie in Gefahr brachte.

Als er das Haus betrat, nahm er kaum wahr, dass Friedelinde auf ihn zu rannte. Durch ihr Tempo warf sie ihn beinahe um.

»Sie hat die Augen geöffnet. Ganz kurz. Und gelächelt hat sie und nach dir gefragt.«

Thomas eilte an das Bett und ergriff die Hände von Marta.

»Ich bin es. Thomas.«

Ihr Körper war kalt.

»Kannst du dich an die Mittagsglocke erinnern? Hat sie geschlagen?«

Thomas griff fester zu.

»Marta, wach auf.«

Die Mutter zog ihn sanft weg.

»Lass ihr die Ruhe, Thomas. Du quälst sie.«

Thomas hörte nicht. »Marta, hast du die Glocken gehört?«

Die Tür ging auf. Der Vater trat herein. »Hör auf deine Mutter und widersprich nicht!«

41

Von Erp schraubte sich aus dem Bett. Er war nicht zur Ruhe gekommen. Sein Kopf schmerzte. Der Darm rumorte. Die Andeutung Hovemanns, er wisse, wer das Kaufmannskind getötet habe, beunruhigte ihn mehr, als er sich eingestehen wollte. Van Törsel war reich. Er konnte eine Untersuchung bewirken, die den Verdacht gegen ihn lenken würde. Auch ein so reicher Kaufmann wie er war in Gefahr, wenn ihm der Mord nachzuweisen wäre. Aber mit Angst hielt sich ein von Erp nicht lange auf. Vielmehr wühlte ihn der Gedanke an Friedelinde auf, die ihn ohne ihr Wissen beherrschte. Sie vermochte ihm das Herz zu wärmen, ein Gefühl, das er vorher nicht gekannt hatte. Das erste Mal in seinem Leben spürte er nicht Lust am Besitz, sondern Fürsorge.

Von Erp warf sich den Mantel über und öffnete die Tür zum Hof. Es nieselte. Die Bretter, die zum Brunnen führten, waren glitschig. Vorsichtig schob von Erp einen Fuß vor den anderen.

Das Wasser war kalt. Es weckte die Kraft, die er für den heutigen Tag brauchte. Hovemann war es gelungen, ihn mit der Drohung zu beunruhigen, die Gerichtsbarkeit auf ihn als Mörder hinzuweisen. Er durfte nicht übermütig werden.

Von Erp ging zurück ins Haus und kleidete sich an. Vielleicht, dachte er, ist es doch besser, etwas verbindlicher gegenüber Hovemann aufzutreten. Dann schwelgte er wieder in der Phantasie einer Familie. Er stellte sich vor, mit Friedelinde einen Sohn zu haben, der nach ihm geriete und eines Tages die hansischen Geschäfte übernehmen würde.

Nachdem er an seinem Spiegelbild Gefallen gefunden hatte, machte er sich auf den Weg. Er schlenderte über den Markt, kaufte einen Apfel. Vielleicht war es gar kein schlechter Anfang, wenn man der Angebeteten ein Geschenk mitbrachte.

42

Walburga Hovemann zog den Kessel vom Feuer. Der Geruch von gekochtem Brot und Möhren durchdrang die Luft.

»Wenn das Mädchen nichts isst, kann sie nicht zu Kräften kommen.«

Thomas hielt Marta in den Armen. Er schaute zur Kochstelle. Seitdem Marta im Haus war, hatte sich die Mutter verändert. Sie schien aufgeweckt worden zu sein, als habe sie nur eine Aufgabe erwartet, der sie alle Kraft widmen könnte.

Als Thomas den Löffel vor Martas Mund hielt, grummelte sein Bauch. Zuerst ihr zu geben, dann sich zu nehmen, ließ ihn sicher sein, das Richtige zu tun. Der Vater schritt missmutig durch die Räume.

Thomas schwenkte den dampfenden Holzlöffel vor Martas Lippen, aber sie erwachte nicht. Als läge es daran, dass die Suppe zu heiß sei, pustete er darüber und hielt ihn ihr erneut entgegen. Der Löffel berührte Martas Lippen, da klopfte es. Es klopfte nicht, als würde um Einlass gebeten, es polterte, als wolle der Gast sich beschweren, dass das Haus nicht offen stand. Die Mutter zuckte zusammen. Friedel lief zur Tür, und ehe die Mutter »Warte!« rufen konnte, hatte sie sie schon geöffnet. Das Zimmer wurde heller. Ein Mann, der nur als Schattenriss wahrzunehmen war, trat herein. Es war von Erp, dessen Augen sich nur schwer an das Dunkel gewöhnten. Zuerst nahm er Friedelinde wahr. »Meine Königin!«

Seine breiten Finger tasteten nach dem Kopf des Mädchens. Durch eine geschickte Drehung entzog es sich der drohenden Liebkosung. Von Erp ließ demonstrativ den Arm in der Luft, senkte ihn nur langsam und grinste. Dann nahm er den Apfel und hielt ihn Friedelinde entgegen. »Ein kleines Geschenk, Prinzessin.« Friedelinde schüttelte den Kopf. Von Erp biss in den Apfel und kommentierte lächelnd die Zurückweisung. »Störrisch wie der Vater.«

Christian Hovemann trat dem Gast entgegen.

»Was wollt Ihr?«

Ehe von Erp antworten konnte, erblickte er Marta. Die Freundlichkeit verflog.

»Ihr habt Besuch?« Ohne die Antwort abzuwarten fuhr er fort. »Lieber Hovemann, Ihr wisst, warum ich komme, und so will ich unsere Zeit nicht rauben.«

Von Erp nestelte in seinem Pelz und ließ eine Ecke des begehrten Schuldscheines herausgucken. Hovemann hielt ihm seine Hand entgegen.

»Nicht hier!«, wehrte von Erp ab.

Hovemann zog ihn am Ärmel in den Nebenraum. »Gebt ihn mir.«

Von Erp schüttelte den Kopf. »Was seid ihr nur für ein Vater? Ihr überzieht Eure Familie mit Unglück und verschweigt es ihr.«

»Was wollt Ihr? Gebt mir endlich den Schuldschein, und wir sind im Reinen.«

»So gerne ich es tun würde, Hovemann, aber ich habe nicht den Eindruck, ausreichend bezahlt worden zu sein. Ihr erinnert Euch? Bei guten Geschäften sind beide Seiten zufrieden. Und ich bin nicht zufrieden.«

Hovemann legte den Zeigefinger vor den Mund und mahnte den ungebetenen Gast, etwas leiser zu sprechen.

»Allem, was Ihr gefordert habt, bin ich nachgekommen.« Er strich sich durch das Haar. »Ihr habt das Mädchen beinahe umgebracht. Ich kann mich selbst nicht mehr anschauen.«

»Mit solchen Vorwürfen solltet Ihr bei Euch beginnen. Immerhin kam der Vorschlag von Euch«, erwiderte von Erp.

Hovemann stürzte sich auf ihn, aber von Erp wehrte den unentschlossenen Angriff mit einer Hand ab.

»Es hilft nichts, Hovemann, wenn wir uns in die Haare kriegen. Wir wollen eine so lange gewachsene Freundschaft doch nicht auf's Spiel setzen wegen des schnöden Geldes. Ihr wisst, wie Ihr mich entlohnen könnt.«

Hovemann spürte, wie die Kraft aus seinen Knien schwand. Er setzte sich.

Von Erp nahm gegenüber Platz und gab sich nachsichtig. »Meint Ihr tatsächlich, ich neide Euch den feuchten Roggen und die baufällige Scheune?« Er legte seine Hand auf Hovemanns Arm. »Hovemann, es war mir nie vergönnt, eine Frau zu finden, die mich auf meinen Wegen begleitet, ohne dass sie dafür als Ausgleich Geld oder ähnliche Entschädigung gefordert hätte.«

Hovemann wusste nicht, wie er mit diesem Geständnis umgehen sollte. Von Erp den Ratschlag zu geben, es versuchsweise mit Zuneigung zu probieren, traute er sich nicht. Er war sich nicht sicher, ob er verstanden worden wäre.

»Aber Ihr habt doch alles. Gut gehende Geschäfte, Verbindungen in alle Welt.«

»Ja, ja, ja«, unterbrach von Erp ihn. »Aber das Herz, wie soll ich es sagen? Mein Herz ist auch nicht aus Stein.«

Wenn von Erp vom Herzen redet, dachte Hovemann, lohnt es

vielleicht doch den Vorstoß. »Vielleicht ... mit zärtlicher Werbung ... also nicht dem Gaukler gleich, der wilde Tiere zähmt, sondern wie ein Gärtner, der gießt und blühen lässt.«

»Hovemann, erzählt mir nichts, was soll ich, ein Mann, dem die Haare ausfallen, der sich bald in gebücktem Gang vorwärts bewegen wird, mit zärtlichem Geschnatter erreichen?« Er schlug sich leicht auf das Wams, unter dem der Schuldschein knisterte. »Ich bin ein Kaufmann. Verabredungen sichere ich gern schwarz auf weiß, um wenigstens etwas Verlässlichkeit im Leben zu erreichen.«

Hovemann stand auf. »Mehr als das, was Ihr bekommen habt, kann ich nicht bezahlen.«

»Entweder könnt Ihr mich nicht verstehen, oder Ihr wollt es nicht. Seitdem ich Eure Tochter kenne, verändert sich mein Leben. Ich wälze mich nachts auf meinem Lager und kann nicht schlafen. In meinen Gedärmen rumort es, dass nur die exzessive Einnahme brandenburgischen Spargels die Kanone unter Kontrolle hält. Ich verspüre keine Lust mehr auf leicht zu habende Weiber. Hovemann, Eure Tochter bringt mich um den Verstand. Und mein Herz ist es nicht gewohnt, Entscheidungen zu treffen. Gebt sie mir zur Frau. Ich will gut für sie sorgen.«

Hovemann überlegte, wie er reagieren sollte. Auf den Vorschlag einzugehen, hieße, ihn im Grundsatz anzuerkennen. Jedes Zögern musste von Erp als wohlwollende Überlegung werten.

»Ausgeschlossen!«, platzte Hovemann heraus. »Wie stellt Ihr Euch das vor?«

Von Erp schob den Stuhl beiseite, schritt durch den Raum, baute sich vor Hovemann auf und zuckte mit den Schultern.

»Ganz einfach: Brautwerbung, schönes Kleid an, ab zur Kirche, Segen vom Pfaffen und von Euch, Kinder kriegen, glücklich sein und fertig.«

»Nein, niemals!«

Die rüde Ablehnung bestätigte von Erp in seinem Schmerz, um ein Frauenzimmer mit Liebe kaum erfolgreich ringen zu können.

»Aber etwas werdet Ihr geben müssen, wenn Ihr mir die Tochter vorenthalten wollt. Zahlt Eure Schuld, oder es passiert ein Unglück. Ich gebe Euch letztmalig sieben Tage Zeit, zur Vernunft zu kommen und Eure Schulden zu bezahlen. Ich rate Euch, zögert nicht länger!«

Von Erp drehte sich um, verließ den Raum und wendete sich in der Diele Friedelinde zu.

»Auf Wiedersehen, schönes Kind.« Sein Gesicht verzog sich. Er bemühte sich zu lächeln, aber es war nicht zu verbergen, dass er wenig Übung darin hatte. Er verneigte sich leicht vor dem Mädchen.

»Meine Prinzessin.«

Während von Erp Friedels Hand für einen Kuss ergreifen wollte, schrie Marta auf. Die Stimme ihres Peinigers hatte sie erwachen lassen. Thomas rannte zu ihr. Die Augen des Mädchens waren weit aufgerissen. Christian Hovemann schob von Erp zur Tür. Der wehrte die Hand ab, ging betont gemächlich aus dem Haus und zischte Hovemann zu:

»In Eurem Interesse solltet Ihr dafür sorgen, dass sie bald erlöst ist.«

43

Das Licht flackerte, als die Tür ins Schloss fiel. Thomas wischte Marta den Schweiß von der Stirn.

»Marta? Marta, hörst du mich?«

Er griff sie an den Armen und richtete sie auf. Ihre Atmung war angestrengt und schwer. Der Körper spannte sich, aber die Augen fanden kein Ziel. Sie schlief wieder ein.

Friedelinde wären gern ein paar tröstende Worte für den Bruder eingefallen, aber so sehr sie sich auch mühte, wollte es ihr nicht gelingen. Thomas stand auf, sah, wie unbeholfen seine Schwester neben ihm stand. Er lächelte sie an und blickte zur Mutter, die still arbeitete. Sie legte wie abwesend die Tücher zusammen, die sie zuvor von der Leine genommen hatte. Thomas stellte sich neben sie und nahm ihr ein Tuch aus der Hand. Sie zeigte keine Reaktion. Das Gespräch zwischen seinem Vater und von Erp war eindringlich, aber zu leise geführt worden. Thomas legte das Tuch zu den anderen. Dann baute er sich vor dem Vater auf.

»Seit wann treibt Ihr Handel mit von Erp?«

»Warum fragst du mich das?«

»Ich habe gehört, was Ihr mit von Erp besprochen habt.«

»Es war nur ein unbedeutendes Geschäft«, wiegelte der Vater ab. Thomas zweifelte, weil unbedeutende Geschäfte selten in derart grobem Ton verhandelt wurden.

Der Vater wurde ungeduldig. »Es war nichts weiter!«

»Schulden wir ihm Geld?«, provozierte Thomas.

»Das geht dich nichts an. Wie sprichst du mit deinem Vater?«

Die Mutter legte die geordneten Tücher in die Truhe. Sie ahnte, was es für ein Geschäft gewesen sein könnte. Als sie ihm seinerzeit vorgestellt worden war, hatte er hohe Schulden, weil er der Versuchung erlegen gewesen war, durch das Spiel dem Glück hinterherzujagen. Insofern war er damals keine gute Partie gewesen. Aber sie wurde mit ihm verheiratet, weil er es vermochte, seine tatsächliche finanzielle Situation zu verschleiern. Durch umsichtige Haushaltsführung, beginnende Liebe und Geduld war es ihr gelungen, die damaligen Schulden abzutragen und dafür zu sorgen, dass die Familie in soliden Verhältnissen lebte. Er war ihr dafür dankbar und fragte nie, was sie getan hatte, um dies zu erreichen. Ihre Blicke trafen sich, obgleich er sich mühte, ihr auszuweichen.

»Wie viel?«, fragte sie.

»Wie viel?«, stellte sich Hovemann ahnungslos.

»Wie viel Ihr verloren habt?«

Der Kaufmann schaute auf den Boden wie ein reuiger Sünder. Die Blicke seiner Frau hielten ihn fest. »Es war nicht meine Schuld. Von Erp hat mich betrogen.«

Noch nie hatte Thomas seinen Vater so schwach und seine Mutter so stark erlebt.

»Wie viel!«, setzte sie nach.

»Den Roggen in der Scheune und in den Prahmen für Hamburg.«

»Also alles«, fasste Walburga Hovemann den Schaden zusammen und schaute wieder auf die Hausarbeit.

Thomas ging auf den Vater zu.

»Aber wenn er Euch betrogen hat, dann müsst Ihr Euch doch wehren. Was kann er denn gegen uns tun, wenn er nicht bezahlt wird?«

Christian Hovemann fuhr sich mit den Händen über das Gesicht.

»Er hat einen Schuldschein, der ihm zusichert, dass er in nunmehr sieben Tagen die Scheune voller Roggen zu bekommen hat.«

»Aber wenn er Euch doch betrogen hat?«, wiederholte Thomas.

»Er hat einen Schuldschein. Auch wenn ich betrogen wurde, wird ihm im Zweifel Recht gegeben. Und nun kümmere dich nicht länger um Dinge, die dich nichts angehen«, schloss er barsch.

Der rüde Ton gab Thomas Kraft. Er hielt es für unangemessen, dass ein Mann, der alles im Spiel riskiert und verloren hatte, das letzte Wort behielt. Daran änderte auch nichts, dass er der Vater war.

»Ich werde ihn zur Rede stellen.«

»Nein, das wirst du nicht«, schrie Hovemann.

Thomas warf sich seinen Umhang über.

»Vater, es darf nicht sein, dass dieser Teufel den Lauf unseres Lebens lenkt. Wie konntet Ihr zulassen, dass er solche Macht über Euch hat? Ihr müsst umkehren. Ich werde Euch helfen. Mich kann das Böse nicht verfolgen. Ich habe nicht gespielt.«

Christian Hovemann stellte sich seinem Sohn in den Weg.

»Ich verbiete dir, zu ihm zu gehen.«

»Warum haltet Ihr mich zurück, Vater?«

»Du wirst dich in Gefahr bringen.«

»Wie soll mich dieser alte Mann gefährden? Wenn er nicht red-

116

lich gespielt hat, so wird er auf seinen Gewinn verzichten müssen.«

Thomas küsste Marta zärtlich auf die Stirn und schickte sich an, Stube und Haus zu verlassen. Vor dem Ausgang stand, fest entschlossen, den Sohn aufzuhalten, der Vater.

»Ich will nicht, dass du gehst.«

»Egal! Ich werde ihn zur Rede stellen.«

Hovemann stellte sich vor, wie sein Sohn reagieren würde, wenn er die Ursache für Martas Zustand erführe. Aber er merkte auch, dass ein Verbot kein taugliches Mittel war, ihn aufzuhalten.

»Und wer kümmert sich in der Zeit um Marta?«

Thomas sah zu seiner Mutter. Die erwiderte fast unmerklich seinen fragenden Blick.

»Geh, mein Sohn, und steh dafür ein, wozu du dich berufen fühlst.«

Dem Vater war klar, dass bald nichts mehr so sein würde, wie es einmal gewesen war.

44

Der weichende Winter zeigte sich von seiner schrulligsten Seite. Eben noch schien die Sonne, und von Erp öffnete seinen dicken Pelz, weil er ins Schwitzen geraten war, da fielen ihm, als triebe der Himmel Schabernack, taubeneigroße Hagelkörner auf den Kopf.

»Au!«, schimpfte er. »Auf nichts ist mehr Verlass. Jetzt werde ich schon vom Regen erschlagen.« Er schloss seinen Pelz und flüchtete vor den Himmelsgeschossen.

Er war ohnehin schlechter Stimmung. Er vermutete, Sauertaig habe sein Versprechen gebrochen und Hovemann doch aus der misslichen Lage geholfen. Die Vermählung der beiden Kinder wird der Grund sein, schimpfte der Jäger und lief durch die Stadt, getrieben von der Angst um seine Beute. Wenn er an sie dachte, spürte er den Schlag seines Herzens bis in den Hals. Er war so vernarrt in die Vorstellung, mit Friedelinde einen Hausstand zu gründen, dass ihn alles, was dieses Ziel gefährden konnte, aufs Höchste beunruhigte. Er wollte den alten Sauertaig aufsuchen, um sich dessen Zusage nochmals zu sichern. Doch Sauertaig war reich. Vielleicht sogar so reich wie er selbst und ebenso mächtig. Er würde kaum Druck ausüben können, wenn sich Sauertaig doch noch für Hovemann entschied.

Von Erp lief die kleine Treppe zu Sauertaigs Anwesen hinauf. Mit der Hand kontrollierte er sein Gesicht. Die Stirn war wieder in Falten geschlagen. Er massierte sie locker und zog an der Glocke.

»Wer ist da?«, flötete es dahinter.

»Von Erp! Sieglinde, bist du es?«

»Ja.«

»Ist dein Vater zu sprechen?«

»Ja.«

Von Erp stieg eine Stufe höher, aber die Tür blieb verschlossen.

»Sieglinde?«

»Ja.«

»Willst du mich nicht hereinlassen?«

Zaghaft öffnete sie einen Spalt und lugte hervor. Von Erp drückte sie sanft beiseite und trat in das Haus. Sauertaig kam ihm entgegen.

»Ahh, von Erp. Was führt Euch zu mir?«

»Es ist nicht leicht, Einlass in Euer Haus zu bekommen.«

Sauertaig bat ihn, Platz zu nehmen.

»Die Zeiten sind gefährlich. Ihr müsst verstehen … Die Färbergesellen hat man überführt, die Tochter des Kaufmannes van Törsel getötet zu haben.« Sauertaig setzte sich zu von Erp. »Kann man sicher sein, dass sie allein schuldig waren? Vielleicht läuft der Mörder noch frei umher. Vielleicht befindet er sich in unserer Nähe …«, er deutete auf seine Tochter, »… und hält bereits nach dem nächsten hübschen Mädchen Ausschau?«

Von Erp schaute zu Sieglinde hinüber, deren Zeigefinger in der Nase abhanden gekommen war. Verträumt sah sie aus dem Fenster, allein mit ihren Gedanken und zufrieden. Von Erp schüttelte den Kopf.

»Ich glaube, Eure Befürchtungen müssen nicht so groß sein.«

Sauertaig horchte auf. »Ihr sprecht gerade so, als läge es in Eurer Entscheidung.«

Von Erp war abgelenkt, denn ihn beeindruckte, wie zwei Drittel eines Zeigefingers in einem Nasenloch Platz finden konnten.

»Nein«, bekräftigte von Erp. »Nein, wirklich nicht.«

Sauertaig warf zerstoßene Blätter in einen kleinen Topf, goss heißes Wasser darauf und servierte das Gebräu.

»Was führt Euch zu mir?«

»Es geht um Hovemann.«

»Schon wieder Hovemann?«

Von Erp hob beschwörend die Hände.

»Sauertaig, wir schätzen uns, und deshalb lasst mich frei heraus reden: Ihr habt mir zugesagt, Hovemann nicht vorschnell aus seiner misslichen Lage zu befreien, und ich habe Anlass zu denken, dass Ihr unsere Verabredung gebrochen habt.«

Sauertaig schüttelte den Kopf. »Warum sollte ich?«

»Also habt Ihr Euch an unsere Verabredung gewiss gehalten?«

»Ja! Er begehrte zwar Kredit, aber ich habe ihn zum Teufel gejagt.«

»Kennt Ihr andere Kaufleute, die ihm Kredit gewährten?«

»Nein, aber er ließ etwas von Geschäften verbreiten, die demnächst und gut laufen würden. Vielleicht war ihm St. Nikolai gewogen, und er konnte sich sanieren.«

»Hovemann? Gute Geschäfte? Das blinde Huhn findet die Körner doch nur, wenn sie ihm in den Schlund gestopft werden«, scherzte von Erp. »Aber ich will Euch nicht länger aufhalten. Ihr habt mir sehr geholfen. Auf Eure Zusage kann ich mich auch weiterhin verlassen?«

»Ihr habt einen Ehrenmann vor Euch.«

»Nun denn, dann werde ich gehen und dem Rätsel auf der Spur bleiben. Verzeiht mein Misstrauen.«

Sieglinde hielt von Erp die Hand zum Abschied entgegen. Von

Erp zögerte. Er hob seine Hand zum Gruß, nickte zum Ausgleich höflich und verschwand.

45

Hovemann schaute zu seiner Frau. Er hatte nie vermocht zu erkennen, was sie in ihrem Kopf verborgen hielt. Im Gegenzug lag alles, was er dachte, vor ihr wie ein offenes Buch. Meist genügte ein Blick, und sie durchschaute ihn. Viel sagte sie nicht, aber sie schob nichts auf, was getan werden musste. Walburga Hovemann war eine Frau, bei der sich ein gestandener Mann nach verlorenen Kämpfen Trost holen konnte. Aber sie war auch klug genug, den Trost nicht vorschnell zu verschwenden. Noch war der Mann nicht bereit.

Die ersten Frühlingsblumen hatten sie ermahnt, einige Kleidungsstücke zu flicken, die im Winter vernachlässigt worden waren. Sie nahm sich die Strümpfe von Friedelinde vor. Die Abstände zwischen den Löchern wurden von Jahr zu Jahr kleiner.

»Friedelinde, komm doch mal bitte her.«

Der Ton, in dem die Aufforderung ausgesprochen wurde, ließ nichts Gutes ahnen. Langsam, mit gesenktem Haupt ging sie zur Mutter.

»Schau dir diese Löcher an.«

Friedelinde schaute und sah, was sie schon vorher gewusst hatte. Die Strümpfe waren kaputt.

»Das war ich nicht.«

Die Ausflucht war so absurd, dass die Mutter nicht böse sein konnte. Sie schaute Friedelinde an und zog fragend die Stirn zusammen.

»Es ist ganz von allein passiert«, wagte Friedelinde einen zweiten Erklärungsversuch.

»Friedelinde, zeig mir, wie du sie anziehst.«

Das Mädchen zögerte. Die Mutter hielt ihr die Strümpfe hin.

»Na los!«

Friedelinde nahm die Prüfungsaufgabe zaghaft in Empfang. Mit spitzen Fingern spreizte sie die Öffnung und schob ihren Fuß hinein, der nicht gleich die Richtung fand. Der Zeh hakte sich fest und bohrte sich in den Stoff. Friedelinde zog stärker. Der Strumpf wurde länger. Die Fasern knirschten. Friedelinde schaute in das strenge Gesicht der Mutter. Dann zog sie den Fuß zurück, raffte den Strumpf bis zur Spitze und schlüpfte betont langsam hinein.

Die Mutter wollte den Erkenntnisprozess mit ein paar lobenden Worten begleiten, da stieß Smeralda, die Ziege, die Tür auf. Meckernd erinnerte sie daran, dass sie noch nicht versorgt worden war.

Das Mädchen war froh, der Lehrstunde über das schonungsvollere Ankleiden von Strümpfen entgangen zu sein, nahm die Ziege beim Ohr und zog sie zurück in den Hof.

Christian Hovemann hatte die Lektion für seine Tochter zwar verfolgt, aber was beredet worden war, hätte er nicht wiedergeben können. In seinem Kopf spukte noch immer der Satz von Erps: »In Eurem Interesse solltet Ihr dafür sorgen, dass sie bald erlöst ist.« Hovemann schloss die Augen, aber auch dann wurde er das feiste Gesicht von Erps nicht los. Im Gegenteil. Je mehr er sich bemühte, dagegen anzukämpfen, desto aufdringlicher wurde das Bild. Der Ratschlag war nicht zu missdeuten, und Marta lag vor ihm. Wasser, das die Linderung des Fiebers bewirken sollte, lief an ihrem Hals entlang. Die kurzen, stoppeligen Haare ließen sie aussehen wie einen frisch geschlüpften Vogel. Sie bewegte den Kopf. Hovemann schreckte zurück. Von Erp hatte Recht. Wenn Marta aufwachen würde, könnte sie ihn, Hovemann, als den wieder erkennen, der an dem Überfall beteiligt gewesen war. Hovemann malte sich aus, wie die Familie auseinander brechen würde. Welche Vorwürfe er von Thomas zu ertragen hätte. Er hob die Hände, besah sie sich. Es fröstelte ihn, seine Hände zitterten. Zaghaft legte er sie um den schmalen Hals. Sie würde nicht länger leiden müssen. Es würde schnell gehen. Hovemann standen die Tränen in den Augen. Er drückte leicht zu, als wolle

er probieren, ob er den Vollzug seines Vorsatzes aushalten könne. Dann etwas stärker. Es ist sicherlich ganz leicht, dachte er.
Vielleicht wacht sie ohnehin nicht wieder auf. Dann würde er ihr
den Kampf mit dem Tod eigentlich nur erleichtern. Seine Gedanken kreisten, bis ihm schwindlig wurde und er unter Tränen zu-
drückte. Marta röchelte. Alle Muskeln ihres Körpers spannten
sich. Da Hovemann sie am Hals festhielt, stemmten sich die Füße
in das Bett. Der Unterkörper richtete sich auf, als wolle sie fortgehen. Hovemann erschrak, wie viel Gegenwehr der zierliche
Körper leistete. Damit hatte er nicht gerechnet. Das Leben wollte nicht aus ihr weichen.

»Ich habe Wasser geholt.«

Hovemann sprang auf. Friedel ging mit der schwappenden
Schüssel durch die Stube und verschüttete die Hälfte.

Vor Erregung lief Hovemann in die gegenüberliegende Ecke
des Zimmers. Er biss sich in den Handrücken und schaute sich
um. Alles erschien ihm fremd.

»Das ist gut, Friedel. Gut.« Hovemann nickte hektisch.

Friedel freute sich über das Lob, ging zur Feuerstelle und füllte
Suppe in die Holzschale. Der Vater lief umher, nicht fassend, was
er getan hatte.

»Friedelinde, geh hinaus und hilf der Mutter.«

Das Mädchen verstand nicht, warum es erst gelobt und nun
weggescheucht wurde. Sie tröstete sich damit, dass vieles in letzter Zeit schwer zu verstehen war, und ging aus dem Haus. Hovemann wusste nicht, warum er mit Marta allein sein wollte. Die
Kraft für einen zweiten Anschlag hätte er nicht aufbringen können. Vielleicht wollte er sich auch nur versichern, dass er keinen
weiteren Angriff vorhatte. Er ließ sich zurück auf den Stuhl fallen und strich ihr über den Kopf. Zart, fast so, als wolle er Abbitte leisten. Er wäre bereit gewesen, alles zu geben, um die Begeg-
nung mit von Erp ungeschehen machen zu können. Als er
darüber nachdachte, wurde ihm klar, dass er schon alles gegeben
hatte, außer Friedelinde.

Marta atmete schwerer. Hovemann richtete sie ein wenig auf

und legte eine weitere Decke unter ihren Oberkörper. Da öffnete sie die Augen. Groß waren sie. Traurig. Ihr Gesicht war bleich. An ihrer Stirn zeigte sich ein blaues Äderchen.

»Wo bin ich?«

Hovemann schreckte zurück. Nach kurzer Überlegung sagte er:

»In Sicherheit.«

»Wo ist Knickohr?«

Der Vater verstand nicht.

»Mein Hund.«

Offenbar war das Letzte, das Marta bewusst mitbekommen hatte, wie der Hund erschlagen worden war.

Hovemann überlegte, ob es einfacher wäre zu lügen. Dann entschloss er sich für die Wahrheit.

»Thomas hat ihn an der Scheune begraben.«

Die braunen Augen füllten sich mit Wasser.

»Helft mir«, hauchte sie.

Der Vater beugte sich über sie, um sie besser zu verstehen.

»Lasst mich so nicht vor den Schöpfer treten.«

»Möchtest Du beichten?«

Marta nickte leicht. Wenn es zur Beichte kommt, wusste der Vater, ist alles aus. Dennoch rief er ohne zu zögern nach der Tochter, die die Enten scheuchte.

»Friedel, komm schnell. Lauf zum Franziskanerkloster, frag nach Bruder Jacobus, und bitte ihn rasch her. Sag ihm auch, er soll sein Handwerkszeug nicht vergessen, denn es gibt etwas zu beichten. Nun lauf.«

Friedelinde rannte, was die Kräfte hergaben. Die Mutter kam herein und sah die Gelegenheit, Marta etwas zu stärken. Sie nahm die Holzschüssel, füllte sie mit Suppe und hielt dem Mädchen den gefüllten Löffel hin. Sie schlürfte etwas, aber bald verließ sie wieder die Kraft. In ihr Gesicht kehrte Ruhe ein. Der Vater nahm seiner Frau die Schüssel aus der Hand.

»Ich mache das schon. Geh du und suche Thomas. Wir wissen nicht, wie lange sie bei Bewusstsein bleibt.«

»Ist es denn nicht besser, wenn ich um das Mädchen sorge und du nach Thomas schaust?«

»Widersprich nicht, zänkisches Weib!«, polterte Hovemann.

So kannte Walburga ihn, wenn er unsicher war. Sie fügte sich ihrem zornigen Mann in der Hoffnung, ihn bei der Wiederkehr freundlicher vorzufinden, und lief los.

Inzwischen war die Suppe kühl geworden. Hovemann ging zur Feuerstelle, füllte heiße Suppe nach, damit Marta etwas aß.

»Weißt du, was dir geschehen ist?«

Aus dem Gesicht war die Antwort nicht zu erforschen, obgleich er meinte, ein zufriedenes Lächeln ausmachen zu können. Ihre Blicke wanderten über den gebückten Mann, langsam, von oben nach unten. Das konnte alles bedeuten. Dieses Lächeln verunsicherte Hovemann mehr, als wenn sie ihm Vorwürfe gemacht hätte. Dann wäre ihm die Entscheidung abgenommen worden.

So kniete er sich nieder und ließ schluchzend seinen Kopf auf ihren Körper fallen.

»Vergib mir! Mein Gott, vergib mir!«

46

Thomas war außer Atem, so schnell war er gerannt. Er ließ den Schlachthof an der Spree und die neue Brücke hinter sich. Die Luft war klar. Schon von weitem war die Scheune zu sehen. Thomas hielt an. Ein Schatten schlich um sie herum. Es war nicht genau zu erkennen, was er dort tat. Thomas legte an Tempo zu. Als er näher kam, sah er, dass es von Erp war, der bei der Scheune stand.

»Was habt Ihr hier zu suchen?«, entrüstete sich Thomas.

»Ihr haltet mich auf, junger Freund.« Von Erp schob den Jungen beiseite und wollte gehen. Thomas stellte sich ihm in den Weg.

»Ich frage Euch, was habt Ihr hier zu schaffen? Noch gehört der Roggen uns!«

Ehe von Erp antworten konnte, roch Thomas Qualm. Aus allen Fugen und den undichten Fenstern quoll er hervor. Thomas öffnete einen Fensterladen. Feuer loderte. Im hinteren Teil der Scheune ergriff es das Stroh und fraß sich durch die Säcke.

Von Erp raffte den Mantel und rannte schnaufend davon. Thomas hinterher.

»Halt!«, rief er und warf sich auf den Brandstifter. »Schuft! Warum habt Ihr das getan?«

Von Erp schrie und bemühte sich, den Schlägen auszuweichen. Thomas zielte gut. Ein Faustschlag nach dem anderen prasselte auf von Erp nieder, bis das Geräusch eines Messers zu hören war, das aus der Scheide gezogen wurde. Thomas schreckte zurück. Von Erp richtete sich auf. Ohne Hast. Das Messer blitzte in seiner Hand. Von Erp wischte sich das Blut von der Nase.

»Na komm! Komm schon! Komm her, du kleiner Bastard!«

Thomas atmete keuchend. Hinter ihm knisterte das Feuer. Von Erps Augen funkelten herausfordernd. »Komm! Ich warte!«

Schreiend nahm Thomas die Herausforderung an. Er stürzte sich dem Messer entgegen und schlug es von Erp aus der Hand.

Der bückte sich nach der Waffe, aber ein Tritt schickte ihn erneut in den Schlamm. Thomas stürzte sich auf ihn. Er dachte an Marta, an die brennende Scheune und Friedelindes Holzspielzeug. Er dachte an alles, was zu Ende gegangen war oder niemals fertig werden würde, und schlug nur noch blind um sich.

Von Erp gelang es, sich zu befreien und in Richtung Mühlendamm zu verschwinden. Ein Teil der Scheune war bereits von den Flammen erobert. Die Hitze schmerzte im Gesicht, Thomas stürzte sich auf den flüchtenden Mann und riss an dessen Umhang. Von Erp fiel und kroch auf allen vieren weiter. Thomas schrie:

»Du Lump! Warum hast du das getan? Warum hast du meinen Vater betrogen?«

Ehe von Erp in der Lage war, sich zu rechtfertigen, schlug Thomas ihm abermals ins Gesicht. Das Blut tropfte auf den Umhang. Von Erp schrie erbärmlich.

»Ich habe ihn nicht betrogen! Er wollte mich betrügen!«

»Was sagst du da?«

Thomas ergriff ihn und schob ihn in Richtung Scheune.

»Sieh, was du angerichtet hast.« Thomas heulte. »Es war alles, was wir hatten. Sieh hin!« Thomas schob ihn tiefer hinein.

»Lass mich gehen!«, schrie von Erp.

Von Erps panische Blicke konnten Thomas nicht aufhalten. Er stieß ihn den Flammen entgegen. Von Erp stürzte. Die Scheune ächzte. Thomas griff in den Umhang. Blitzschnell kam von Erp ihm zuvor und zog den Schuldschein heraus.

»Suchst du hiernach? Du wirst ihn nie bekommen!«, triumphierte er.

Das Lachen ließ Thomas erschaudern. Er griff nach dem Pergament. Gewandt zog von Erp es zurück, wedelte damit über seinem Kopf, lockte Thomas.

»Ja, kommt ruhig, junger Freund. Du hast noch mehr zu verlieren, als du glaubst. Komm ruhig! Folge mir.« Von Erp sprang auf ein Fass und hielt Thomas den Schuldschein entgegen.

»Was ist, mein Freund? Hat Euch der Mut so schnell verlassen? Ohhhh«, spottete von Erp. »Ihr seid Eurem Vater ähnlich. Aber zwei Hasenfüße werden dennoch keine Tigerkralle.«

Die Flammen schlugen Thomas entgegen. Er ist der Teufel, dachte er. Nur dem Teufel kann diese Feuersbrunst nichts anhaben. Das Dach knarrte laut in seiner Verankerung. Von Erp zuckte zusammen, drehte sich um und sah, wie ein brennender Balken herabstürzte.

Thomas sprang beiseite.

Die Scheune verschob sich. Thomas rannte. Krachend und knirschend fiel sie in sich zusammen.

Bürger eilten herbei und riefen durcheinander.

»Es brennt! Helft alle!«

»Holt Eimer, Schüsseln, Fässer, dass wir die Flammen eindämmen können.«

»Gnade uns Gott, wenn wir das Feuer nicht aufhalten!«

Die Flammen gierten nach Roggen, Holz und von Erp.

Ein Schrei offenbarte, dass ihm nicht mehr zu helfen war. Thomas bekreuzigte sich und haspelte: »… vergib uns unsere Schuld, wie auch wir vergeben unseren Schuldigern. Und führe uns nicht in Versuchung, sondern erlöse uns von allem Übel ...«

Das Stoßgebet wurde unterbrochen, als wäre von Erp in der Hölle angekommen. »Zwei Hasenpfoten sind keine Tigerkralle und werden von Erp niemals zur Gefahr.«

Starr schauten die Umstehenden auf Thomas.

»Der da war's!«, keifte eine Frau.

»Mörder! Brandstifter! Der Sohn vom alten Hovemann war's!«

»Von Erp ist tot und Hovemann war's!«, rief ein Mann.

Das Feuer hatte bereits ein paar Bäume ergriffen und bedrohte auch das Wollhaus. Thomas lief, was die Kräfte hergaben.

47

Friedelinde brachte in ihrer Aufregung die Sätze völlig durcheinander. Dennoch konnte sich Bruder Jacobus zusammenreimen, dass seine Hilfe als Seelsorger gefragt war.

»Lass uns eilen, Friedelinde.«

Bruder Pistorius hatte Pfortendienst und öffnete das Klostertor. Jacobus horchte auf. Er vernahm Schreie. Qualm machte sich breit.

»Hast du gesehen, ob in der Stadt Feuer ausgebrochen ist?«

Friedelinde schüttelte den Kopf. Sie hob ihre Nase in die Höhe, schnupperte und stellte fest, dass sie nichts roch.

»Lass uns eilen«, meinte Bruder Jacobus. »Ich ahne Schlimmes.«

Am Wohnhaus der Hovemanns angekommen, roch sogar Friedel, dass es brannte. Der Vater stand im Türrahmen.

»Ich befürchte, Ihr seid zu spät.«

Bruder Jacobus beschleunigte seinen Gang, betrat das Zimmer und betrachtete Marta.

»So rosig sieht keine aus, die der Herrgott bereits zu sich genommen hat. Wenn ich Euch bitten dürfte, uns nun allein zu lassen.«

Hovemann verließ den Raum, und Bruder Jacobus setzte sich an Martas Bett. Sie schlief.

»Marta«, sagte er leise. »Ich bin Bruder Jacobus. Kannst du mich hören?«

Er drückte Martas Hand. Und da, vielleicht, weil er es sich so sehr wünschte, schlug sie die Augen auf.

»Hast du mir etwas zu sagen, mein Kind?«

Über Martas verschwitztes Gesicht huschte ein Lächeln.

»Wenn ich all meine Sünden beichte und in den Himmel komme, darf ich Knickohr mitnehmen?«

Bruder Jacobus verstand nicht, wer oder was ein Knickohr ist, aber er spürte, wie wichtig es ihr war. In der Gefahr, das Falsche zu erwidern, entschied er sich für den Satz, der immer hilft, wenn Zweifel stärker ist als Klarheit.

»Wenn du beichtest, mein Kind, wird alles gut.«

Im Nebenraum stand der Vater und hielt ein Ohr an die Tür. Friedelinde kam herein.

»Vater, es brennt!«

Hovemann schreckte auf.

»Wo?«

Friedelinde zog den Vater vor die Tür und zeigte mit den Fingern in Richtung Cölln.

»Dort!«

Hovemann hielt die Nase in den Wind.

»Ich muss zur Scheune und retten, was zu retten ist!«

Er beugte sich zu Friedelinde hinunter.

»Friedelinde, du musst jetzt genau aufpassen, was ich dir sage. Du bleibst hier und wartest, bis deine Mutter zurück ist. Hier kann dir nichts passieren. Die Spree wird das Feuer aufhalten.«

»Warum gehst du weg?«, fragte sie ängstlich.

»Ich werde die Mutter suchen und mich um die Scheune kümmern. Wenn Thomas kommt, sag ihm, auch er soll hier warten.«

Friedelinde stand starr.

»Hast du mich verstanden?«

Sie nickte. Anweisungen ohne Widerworte zu akzeptieren, war nicht ihre Art, aber sie merkte an der Stimme des Vaters, dass es keinen Verhandlungsspielraum gab. Hovemann nahm das Mädchen in die Arme. Heute war alles anders.

»Gib Bruder Jacobus einen Teller Suppe.«

Dann riss er sich los und verschwand. Nun spürte auch Friedelinde – nichts wird mehr so sein, wie es war.

48

Der Himmel sah aus, als habe der Herrgott ihn mit Blut gefärbt. Thomas hastete durch die Stadt, ständig die Richtung ändernd, weil er sich nicht sicher war, ob er nicht doch verfolgt wurde.

Nun war er müde, setzte sich und sah sich um. Die Mauer kannte er. Den Kirchturm auch. Er war beim Franziskanerkloster.

Thomas stand auf und zog an dem Glöckchen. Nichts. Er musste sich wieder setzen. Die Flucht hatte ihn alle Kraft gekostet. Der Rauch war bereits bis hierher zu riechen. Hinter den Mauern vernahm er Stimmen. Die Mönche schrien durcheinander. Die Befürchtung, der Brand könne auf das Kloster übergreifen, die kostbaren Bücher, aber auch ihr Leben vernichten, sorgte für hörbare Aufregung. Thomas fror. Er zog ein zweites Mal das Glöckchen, ein drittes Mal. Eine Stimme rief: »Gib Ruhe!« Aber die Pforte blieb verschlossen. Erst als er mit der Faust gegen das Tor schlug, wurde es geöffnet, und Bruder Franz trat heraus. Seine Augen tasteten den Besucher ab.

»Bist du vor dem Feuer geflüchtet? Was erzählt man sich in der Stadt? Was ist geschehen?«

»Ich möchte zu Bruder Jacobus.«

»Der ist nicht da, aber komm herein und erzähle, was geschehen ist.«

Thomas überlegte, ob es nicht vernünftig wäre, sich hinter den schweren Mauern zu verbergen.

»Ist Euch bekannt, wann Bruder Jacobus wiederkommen wird?«

»Er kommt und geht, wann er will. Gesagt hat er, ein Sünder brauche die Beichte.«

»Ich muss weiter«, rief Thomas und lief los.

»Bleib doch hier und berichte«, rief Bruder Franz ihm nach, aber da war Thomas schon in einer Seitenstraße verschwunden.

Die Gedanken stürmten durch seinen Kopf. Was hatte er getan? Es ging nur um den Roggen, den er zurückholen wollte, und nun war alles verloren. Von Erp war tot, durch seine Hand. Thomas war sich sicher: Eines Tages würde seine Flucht ihr Ende finden müssen und er seiner gerechten Strafe zugeführt werden. Vielleicht, dachte er, ist Gott mit mir, wenn ich mich dem Unvermeidlichen stelle.

49

Außer ihrer Liebe zu Thomas hatte Marta nicht viel zu beichten, ein paar gestohlene Äpfel ausgenommen. Bruder Jacobus, der umfangreichere Lebensabrechnungen gewohnt war, betete, dass der Herr einen besonderen Platz in seiner Nähe für sie bereithalten sollte. Aber auch darüber hinaus hatte er erfahren, was es zu erfahren gab. Als ihre Stimme leiser wurde, die Sätze kürzer, merkte Bruder Jacobus, dass sie dem Herrgott entgegenging. Sie wird es gut haben, dachte der Mönch.

»Welche Art Liebe ist es, die dich an Thomas denken lässt?«

Er war sich nicht sicher, warum ihm die Frage in den Sinn gekommen war und ob sie seiner Aufgabe, die Beichte abzunehmen, entsprach.

Marta atmete tief. Die Lippen bebten, aber ihre Kraft reichte nur, einen leisen Seufzer auszustoßen. Dann riss sie ihre Augen auf.

Bruder Jacobus hatte viele Sünder in den letzten Stunden begleitet. Auch wenn die Menschen das Ende erwarten, sind sie, wenn es naht, überrascht. Bruder Jacobus strich mit seiner Hand über die Augenlider des Mädchens. Er faltete ihre Hände und vergewisserte sich, dass er mit ihr allein war. Als er sicher war, stand er auf, beugte sich über sie und gab ihr, stellvertretend für Thomas, einen Kuss auf die bleiche Wange. Das Leinentuch, das über ihr lag, ordnete er und nahm sich vor, im abendlichen Gebet auch Knickohr zu bedenken, damit sie auf der bevorstehenden Reise Gesellschaft habe.

50

Die engen Straßen waren zuerst betroffen. Nur Minuten wütete das Feuer, und die Strohdächer der Häuser lagen in Asche. Wer Vieh hatte, ließ die Tore öffnen. Kühe, Schweine, Kälber nutzten ihre Chance, tobten durch die Gassen. Die Langsameren hinterließen den Geruch von verbranntem Fleisch.

Walburga Hovemann sprang zur Seite. Sie folgte jedem jungen Mann, der Thomas ähnlich sah.

»Habt Ihr meinen Sohn, den Thomas Hovemann, gesehen?«

Meist reagierten die Angesprochenen nicht einmal. Kaufleute transportierten ihre Ware auf Karren, um sie vor dem Feuer in Sicherheit zu bringen. Frauen und Kinder liefen schreiend durcheinander. Manche hatten sich Bündel übergeworfen, in denen sich alles befand, was ihnen geblieben war. Das Feuer hatte sie gezwungen, wichtige Habe von unbedeutendem Besitz zu trennen. Anderen war nichts geblieben als ihr Leben.

Walburga Hovemann lief zur Petrikirche. Sie hoffte, Thomas dort zu finden, die Kirche stand neben dem Cöllner Rathaus auf dem großen Marktplatz. Hier traf, wer sich finden wollte. Sie schaute in das gehetzte Gesicht eines alten Mannes und fragte ihn: »Kennt Ihr Thomas Hovemann?«

Der alte Mann nickte

»Habt Ihr ihn gesehen?«

Er schüttelte den Kopf. »Aber seid gewiss, er wird seiner gerechten Strafe nicht entgehen.«

»Was meint Ihr damit?«

Der alte Mann drehte sich um und wollte davonlaufen. Walburga Hovemann hielt ihn am Ärmel.

»Guter Mann, was meint Ihr?«

Der Mann schüttelte nur den Kopf. Sie packte zu und rüttelte ihn.

»Redet mit mir!«, schrie sie. »Wo ist er? Wo ist Thomas Hovemann?«

»Alle sagen, dass er die Stadt in Brand gesetzt hat. Sie suchen ihn, um Gericht zu halten.«

Walburga Hovemann ließ den Mann frei und stürzte auf den Marktplatz. Aber Thomas war nicht zu entdecken. Lange würde sie hier nicht stehen bleiben können. Das Feuer spielte bereits mit der Kirche. Der heiße Wind drückte die Glocken hin und her und schien eine Melodie auf ihnen zu spielen. Nicht der gewohnte kräftige Schlag, sondern ein zögerliches Wimmern. Bald würde der Turm in Flammen stehen. Verzweifelt kam der Priester herausgelaufen. In beiden Händen trug er Eimer aus Leder.

»Helft! Helft! Es ist doch euer Gotteshaus.«

Aber jeder rettete sich selbst, so gut er konnte.

Er hielt Walburga Hovemann einen Eimer hin.

»Nehmt, gute Frau. Da hinten ist der Brunnen. Gemeinsam werden wir es schaffen.«

Walburga Hovemann sah, wie die Flammen im Glockenturm züngelten.

»Habt Ihr meinen Sohn gesehen?«

»Ja, gute Frau, ja«, versuchte der Priester eine List, damit sie nicht weiterging.

»Wo?«

»Er war hier und kommt gleich wieder. Bei Gott. Jeden Moment kommt er wieder. Gute Frau, in der Zwischenzeit …« Der Priester hielt ihr den Eimer entgegen. »Da hinten ist der Brunnen.«

Die Mutter wusste nicht, wo sie noch hätte suchen können. So hielt sie sich an die Hoffnung, der Mann Gottes würde die Wahrheit sagen, obgleich Zweifel an ihr nagten. Sie lief mit ihrem Eimer zum Brunnen, füllte ihn und schleppte das Wasser zurück. Die kleinen Güsse konnten nichts verhindern. Die Petrikirche stand in Flammen. Knarrend drehten sich die Balken. Der Turm neigte sich. Ein kleines Mädchen kreischte, als es die Glocken fallen sah. Der Pfarrer schaute nach oben.

»Vater unser im Himmel.«

Mit lautem Getöse schlug der Glockenstuhl auf dem Boden auf. Die brennenden Balken begruben die Umstehenden.

51

Obgleich Christian Hovemann sah, dass nichts mehr zu retten war, wurden seine Schritte schneller. Er wollte die Zerstörung nicht fassen, die der Brand angerichtet hatte. Der Wind gab dem Feuer Nahrung. Wie kleine Glühwürmchen tanzte der Roggen über den tiefrot leuchtenden Brettern der Scheune. Kleine Flammen lechzten nach frischer Nahrung. Der Anblick entsetzte Hovemann. Gleichsam fühlte er eine Last von sich genommen.

Cölln lag in Schutt und Asche. In jeder Zerstörung wohnt die Chance, dachte Hovemann, und je radikaler der Verlust, desto größer die sich ergebenden Möglichkeiten. Nun kann es nur noch aufwärts gehen. Nie war so viel Anfang. Er hoffte, es möge von Erp mindestens gleichermaßen getroffen haben.

Die Ufer der Spree waren aufgeweicht. Die Bewohner hatten Eimerketten gebildet, um mit Wasser den Brandherd einzudämmen. Viel hatte es nicht geholfen. Ihre Füße standen bis zu den Knöcheln im Morast. Das Feuer schien die Bewohner zu verhöhnen.

»Reih dich mit ein!«, riefen einige. Hovemann stapfte, ohne die Aufforderung zu beachten, über den aufgeweichten Boden, die Spree entlang. Am Hafen lagen die Prahme, die noch nicht aus der Stadt verbracht waren. Hovemann sah, wie der brave Wolk sich mit seinen Gehilfen mühte, den Prahm in der Mitte des Flusses zu halten, aber der Wind wurde stärker und drückte die Boote ineinander.

»Hovemann, verdammt noch mal. Da seid Ihr ja endlich.«

Hovemann stellte sich an das Ufer.

»Habt Ihr von Erp gesehen?«

»Nein! Wie kommt Ihr darauf? Wir müssen ablegen. Lange können wir den Prahm nicht mehr halten!«

»Ein wenig Geduld noch!«, rief Hovemann zurück und entfernte sich in Richtung Cölln.

Wolk hob hilflos die Arme. »Wohin wollt Ihr? Cölln ist nur noch Asche. Der Hovemann muss den Verstand verloren haben«, rief er den Gehilfen zu.

Hovemann hatte nur ein Ziel. Er wollte sehen, ob das Haus von Erps noch stand. Sehr weit musste er nicht gehen. Schon von der Brücke aus war die Petrikirche zu sehen. Der Turm fehlte. Der Rest war aus massivem Stein und hatte den Flammen standgehalten. Ringsum war alles verwüstet. Hovemann war erleichtert. Auch das Haus von Erps hatte es getroffen. Nur noch an dem Brunnen im Hof erkannte Hovemann, dass dies die richtige Adresse war. An den Rändern der Straße lagen die Toten aufgereiht. Wenige waren verbrannt. Die meisten waren dem Qualm nicht entkommen. Hier lagen sie alle nebeneinander, ohne Unterschied zwischen Arm und Reich. Hovemann schritt die Reihen ab, wünschte sich, von Erp unter ihnen zu finden.

Die Gesichter waren unterschiedlich. Manche schienen gelöst, andere waren Fratzen, von Schreck und Anstrengung verzerrt. Er studierte jede einzelne Miene. Von Erp war nicht unter den Toten. Enttäuscht ging Hovemann die Gasse entlang, bis ihm ein Schuh auffiel, den er zu kennen fürchtete. Er ging schneller und hoffte, dass er mit seiner Vermutung Unrecht haben würde. Er zog ihn aus dem Schlamm. Er erkannte den Schuh, blickte sich um. Eine Frau lag in der Nähe. Ihr Körper war verdreht. Die Kleidung schmutzig und mit Blut getränkt. Hovemann faltete die Hände und schrie seinen Schöpfer an: »Was habe ich getan, dass Du mich so strafst?«

Er kniete sich zu seiner Frau und sank in sich zusammen.

»Es ist genug! Hab Einsehen. Es ist genug.«

Bruder Jacobus war besorgt, denn er musste Friedelinde zurücklassen. Obwohl er ihr angeboten hatte, sie in das schützende
Kloster zu bringen, beharrte sie darauf, den Anweisungen des
Vaters Folge zu leisten und seine Heimkehr abzuwarten. Sie stellte sich vor das Haus und winkte Bruder Jacobus nach, als der den
Rückweg ins Kloster antrat. Aber nicht nur Friedelinde sorgte
ihn. Er dachte an seine Brüder. Das Feuer würde ihnen hinter
dicken Mauern hoffentlich wenig anhaben, aber die Aufregung
könnte das eine oder andere Herz überfordern. Der Wind wehte
Funken über Berlin. Bruder Jacobus betete zu Gott, dass er den
Wind nicht auf das Kloster richten möge. Wenn der Qualm zu
dicht wurde, hielt er sich die Kutte vor die Nase, um atmen zu
können. Zwei dunkel gekleidete Gestalten kamen auf ihn zu. Ihre
Kleidung war abgerissen und schmutzig. Aber Brandspuren wies
sie nicht auf. Es lag an mangelnder Pflege, dass sie so schmutzig
war. Der eine hielt eine Axt in der Hand. Jeden, dem sie begegne-
ten, sprachen sie an. Bruder Jacobus wehrte ab.

»Haltet mich nicht auf. Ich bin in Eile und muss zu meinen
Brüdern.«

»Nur eine Frage, bleibt doch stehen.«

Bruder Jacobus verlangsamte seine Schritte.

»Was wollt Ihr? Ihr seht mir danach aus, als würdet Ihr Böses
im Schilde führen.«

»Kennt Ihr einen Mann, der auf den Namen Hovemann hört?«

Bruder Jacobus blieb stehen. »Ja, warum fragt Ihr? Ich kenne
zwei.«

»Einen Mann namens Thomas Hovemann suchen wir.«

Bruder Jacobus verschränkte die Arme.

»Was wollt Ihr von ihm?«

»Er ist beschuldigt, Cölln in Asche gelegt zu haben.«

Bruder Jacobus schüttelte den Kopf.

»Das kann nicht sein.«

Der Mann mit der Axt schnäuzte sich in den Ärmel.

»Es gibt Zeugen.«

»Wer soll das sein? Gesellen wie ihr?«

»Ja, Gesellen wie wir. Ehrbare Bürger.«

Bruder Jacobus wäre seines Weges gegangen, wenn nicht eine Frau hinzugetreten wäre.

»Ja, es stimmt, ich habe es auch gesehen.«

Um ihrer Zeugenaussage mehr Gewicht zu verleihen, fügte sie hinzu: »Zwei Kinder hat er auch erschlagen und ein Schwein. Dann hat er unsere Stadt in Brand gesetzt. Verflucht sei er!«

Die beiden Männer und die Frau waren sich einig, dass es einen finstereren Gesellen als Thomas Hovemann auf Gottes weiter Erde nie gegeben habe und sie alles daransetzen würden, ihn seiner gerechten Strafe zuzuführen.

»Ich habe ihn nicht gesehen«, entzog sich Bruder Jacobus und eilte davon.

Als er am Kloster ankam, fing es an zu regnen. Bruder Jacobus wertete es als Einsehen des Herrgotts mit den Bewohnern der Stadt. An der Mauer saß zusammengekauert eine frierende Gestalt. Bruder Jacobus erkannte sie sofort.

»Thomas, um Gottes willen, was hast du getan?«

Der Junge weinte bitterlich. »Ich habe es nicht gewollt. Ihr müsst mir glauben. Ich habe es nicht gewollt.«

Bruder Jacobus zog an der Glocke. Die Pforte öffnete sich. Ein verschreckter Mönch empfing die beiden.

»Der Guardian hat gesagt, wir sollen uns zum Gebet einfinden. Man hat Euch gesucht.«

»Beruhigt Euch. Es fängt an zu regnen. Eure Gebete sind erhört worden.«

Bruder Jacobus zog seinen Schützling in die Kleiderkammer.

»Hier, wirf dir diese Kutte über, und gib ihr mit der Kordel die rechte Form.« Der Mönch stöhnte. »Was für ein Tag.«

Thomas schlüpfte in die ungewohnte Kleidung. Die Kutte war etwas zu groß für ihn, und Bruder Jacobus lächelte.

»In den Habit wird man nicht hineingeboren, man kann allenfalls hineinwachsen. Du wächst bestimmt noch hinein.«

»So lange werde ich sie nicht brauchen«, erwiderte Thomas.

»Wer weiß, wer weiß«, sagte Bruder Jacobus. »Und nun beeile dich. Spricht man dich an, schweigst du und lässt mich antworten. Es ziemt sich nicht für einen Novizen, den Mund eher zu öffnen als sein Lehrmeister.«

Thomas hob den Finger und tat, als würde er mit einem Schlüssel den Mund verschließen. Bruder Jacobus gab ihm einen leichten Klaps auf den Hinterkopf.

»Kindskopf.«

Thomas war erleichtert. Die Kutte wärmte, und Bruder Jacobus war mehr als ein Mann der Kirche. Er war ein Freund.

Draußen auf dem Hof übte sich der Guardian in Organisation. Die Brüder rannten durcheinander. Die einen schrien, die anderen wehklagten. Er stellte sich in die Mitte des Hofes und verfügte: »Holt Eimer, Töpfe, Krüge, so viel ihr tragen könnt, und füllt sie mit Wasser.«

Noch ehe der Guardian seinen Plan vollständig verkünden konnte, tippelte Bruder Franz bereits kreischend davon. Am Brunnen griff er eine Schale, füllte sie mit Wasser und lief ziellos mit ihr umher.

»Dann stellt ihr alles bereit, damit wir gewappnet sind gegen das Feuer.«

Bruder Franz stellte die Schüssel vor sich hin und stampfte, auf das Unglück wartend, von einem Bein auf das andere. Die übrigen Mönche rannten durcheinander, weinten und wehklagten.

»Silentium!«, stellte der Guardian die nötige Autorität her. »Sind wir hier auf einem Hühnerhof?«

Augenblicklich ging das Gekreisch in Flüstern über. Nicht weniger heftig, aber leiser. Der Guardian zeigte mit dem Finger auf jeden einzelnen Mönch und verteilte die Arbeit. Das Chaos war durchbrochen. Leise entfernte sich jeder, die ihm aufgetragene Aufgabe zu erfüllen. Ehe Bruder Jacobus eingebunden werden konnte, verzog er sich und schob Thomas eilig aus dem Tor.

»Thomas, nun erzähle, was geschehen ist.«

»Ich habe einen Menschen getötet.«

Es waren zu viele Eindrücke, die an diesem Tag auf Bruder Jacobus eingestürzt waren. Deshalb fragte er nicht einmal, wer das unglückliche Opfer war.

»Was willst du nun tun?«

»Ich weiß noch nicht, was ich machen werde, nur, dass ich fortgehen muss. Marta wird die Reise nicht überstehen, aber kann ich sie zurücklassen?«

Bruder Jacobus griff nach der Hand des Jungen.

»Du wirst sehr stark sein müssen.«

Der Junge blickte Bruder Jacobus an, der nickte.

»Ihre letzten Gedanken waren bei dir.«

53

Christian Hovemann trug seine Frau auf den Armen. Er ging langsam und schaute nur geradeaus. Die Füße tasteten sich über Geröll und Pfützen. Mal sank er ein, mal stolperte er. Nichts konnte Hovemann aufhalten.

Sein Haus war vom Feuer verschont geblieben. Friedelinde wartete davor. Das Holzpferd hielt sie umklammert. Als sie den Vater kommen sah, lief sie ihm entgegen. Auf halber Strecke erkannte sie, wen der Vater auf den Armen trug, und ihre Schritte wurden langsamer. Es zerriss Hovemann fast das Herz, als er seine Tochter weinen sah. Es war kein Weinen, wie er es kannte, wenn sich die Geschwister stritten. Es waren Empörung und Schmerz, die so tief aus ihrem Herzen traten, dass sie nur in Schüben das Freie fanden. Nie hatte er sie so weinen hören. Aber er war zu erschöpft, um noch trauriger zu werden.

Friedelinde lief um den Vater herum und griff nach der herunterhängenden Hand der Mutter. Hovemann betrat das Haus und legte seine Frau auf das Nachtlager. Friedelinde warf sich über sie. Sie presste ihr Gesicht eng an den toten Körper, sodass ihr Schmerz nur noch dumpf zu hören war.

Hovemann setzte sich auf den Stuhl. Sein Kopf war schwer.

Er ließ ihn auf die Tischplatte sinken. Eine Ahnung beschlich ihn, was es bedeutete, ohne seine Frau leben zu müssen. Er war allein. Wieder ein Spiel, das er verloren hatte. Er spürte Zorn gegen Gott und musste sich gleichzeitig eingestehen, dass er lange nicht mehr gebetet hatte. Er richtete sich auf und faltete die Hände.

Pater noster, qui es in caelis:
sanctificetur nomen tuum.
Adveniat regnum tuum.
Fiat voluntas tua, sicut in caelo, et in terra.
Panem nostrum catidianum da nobis hodie.
Et dimitte nobis debita nostra,
sicut et nos dimittimus debitoribus nostris.
Et ne nos inducas in tentationem,
sed libera nos a malo.
Quia tuum est regnum et potestas et gloria
in saecula.

Die Tür ging auf. Bruder Jacobus und Thomas traten ein.

»Amen.«

Thomas lief zu Friedelinde, die noch immer bei der Mutter saß, während Bruder Jacobus mit dem Vater flüsterte.

»Thomas muss weg von hier. Er wird verfolgt. Seht Ihr eine Möglichkeit?«

»Warum soll er flüchten?«, antwortete der Vater. »Er wird hier gebraucht wie nie zuvor.«

»Man sagt ihm nach, er sei schuld, dass Cölln in Asche liegt.«

»Warum?«

»Aus Habgier soll es geschehen sein. Der Angriff galt von Erp. Deshalb muss er fort von hier.«

Der Vater senkte die Augen.

»Es ist alles meine Schuld.«

»Ich weiß.« Bruder Jacobus nickte. »Ich weiß.«

»Was wisst Ihr?«, schreckte Hovemann auf.

»Marta ist in Zufriedenheit gegangen. Nun sorgt dafür, dass Thomas Euch bleibt.«

Hovemann nickte. Weil seine Stimme versagte, gab er Bruder Jacobus ein Zeichen, Thomas zu rufen. Der Plan war einfach. Thomas würde die Stadt verlassen, und alle wussten, dass es ein Abschied für lange würde.

54

Der Lappen, der das Handgelenk vor den Schnitten des Seils schützen sollte, zeigte Spuren von Blut. Trotzdem zog Michael Wittelbach kräftig am Seil, damit die Kähne in der Mitte des Flusses blieben.

»Warum machen wir das? Der alte Kaufmann ist vielleicht längst tot. Wir sollten uns endlich selbst in Sicherheit bringen.«

Wolk starrte in die lodernde Stadt. Er versuchte, Hovemann auszumachen.

»Nein! Wir warten!«, brüllte er zurück. Caspar, der Jüngste auf dem Boot, seufzte. Dichter Qualm umhüllte die Kähne. Er hustete. Die Funken brannten auf der Haut und wurden bereits zur Gefahr für den Roggen.

»Da, sieh!«, rief er.

Die Erwarteten kämpften sich durch die Stadt. Der Vater ging voran. Friedelinde lief neben Thomas. Bruder Jacobus murmelte, die Hände gefaltet:

»›Da ließ der Herr Schwefel und Feuer regnen auf Sodom und Gomorrah und vernichtete die Städte und die ganze Gegend und die Einwohner der Städte und was auf dem Lande gewachsen war.‹«

Thomas nahm seine Schwester bei der Hand, damit sie nicht verloren ging. Der Vater mahnte zur Eile.

»Danke! Danke, Wolk, dass Ihr gewartet habt.«

»Ich habe gewusst, dass Ihr kommt.«

»Und ich habe darauf vertraut, dass ich mich auf Euch verlassen kann.«

Er legte seine Hand auf die Schulter seines Sohnes. »Ich möchte, dass Ihr wie geplant nach Hamburg fahrt. Weist den Jungen ein in das Schiffshandwerk. Von dem Erlös des Roggens nehmt Euren Lohn und gebt Thomas, was an Gewinn verbleibt. Ich verlasse mich auch in diesem Punkt auf Euch. Und nun macht schnell, dass ihr fortkommt.«

Der Vater schob Thomas sanft zum Prahm. »Eines Tages werde ich dir alles erklären können.«

Thomas blieb stehen. »Was werdet Ihr erklären können, Vater? Ich habe alle, die um mich waren, ins Unglück gestürzt. Was bleibt da zu erklären? Niemals kann mir das verziehen werden.«

Christian Hovemann ergriff die Hände seines Sohnes. »Komm erst wieder, wenn ich dir Nachricht gebe.«

Bruder Jacobus zog aus der Kutte eine Kette hervor, an der ein silberner Anhänger hing. »Für dich, Thomas.«

»Was ist das?«

»Er soll Kraft geben und dir den richtigen Weg weisen.«

Thomas öffnete den Schmuck. Darin war das Bild eines Mädchens, mit langen, schwarzen Haaren und braunen Augen. Thomas umarmte Bruder Jacobus und flüsterte: »Woher wusstet Ihr, wie Marta aussah?«

»Es gab wenige Stunden, in denen du nicht von ihr erzählt hast, und es gab keine Minute, in der ich nicht aufmerksam zugehört hätte.«

Friedelinde drängte sich zwischen sie und schluchzte bitterlich. »Ich will mitkommen.«

Thomas schüttelte den Kopf, gab ihr einen Kuss und schob sie sanft zum Vater.

»Wie lange soll das weitergehen? Seht, meine Hände haben nicht mehr lange die Kraft, den Kahn zu halten«, schimpfte Michael.

Thomas sprang auf den Prahm. Hovemann und Bruder Jacobus machten die Leinen los, Thomas zog sie in den Kahn. Michael und Wolk nahmen lange Stangen, stakten den Prahm vom

Ufer ab und nahmen Kurs auf die Havel. Obgleich die Flammen näher kamen, schauten die Zurückgebliebenen ihnen nach, bis der Prahm hinter einer Biegung der Spree verschwunden war.

Thomas kauerte sich in die Ecke, wie ein Häuflein Unglück. Wolk drückte ihm eine Stange in die Hand.

»Hier, nimm und hilf uns, oder willst du lieber in der Ecke bleiben und dein Selbstmitleid pflegen?«

Das half. Thomas war erwachsener geworden.

55

Wie ein ausgeweidetes Tier lag Cölln darnieder. Die Reste der Fachwerkhäuser ragten wie Knochen spitz empor. Lange noch glühte aus den Wunden schwach das Feuer. So wie die Stadt geschunden war, ging es auch den Bewohnern nicht besser. Neid und Missgunst breiteten sich aus, wo Hab und Gut genommen waren.

Die Anzahl der armen Teufel, die verdächtigt wurden, den Brand gelegt zu haben, war so groß, dass sie das Kurfürstentum Brandenburg und die Markgrafschaft Lausitz an allen Ecken hätten gleichzeitig anzünden können. Noch bevor den Beschuldigten der Prozess gemacht werden konnte, starben sie meist unter den Händen der ermittelnden Folterknechte. Zu hartnäckig sträubten sie sich, die Tat einzugestehen. Je mehr Verdächtige auftauchten, desto misslauniger wurde die Bevölkerung. Die Cöllner bezichtigten die Berliner, ihre Bürgerschaft bestünde nahezu vollständig aus Brandstiftern. Die Berliner konterten, dass die Cöllner ihre »Drecksbud« sicherlich selbst angezündet hätten, und im Übrigen sei das, wenn es bei Lichte besehen werde, auch allzu verständlich. Die Kaufleute untereinander, die vorher von ihrer Einigkeit profitiert hatten, beschuldigten sich nun gegenseitig des unlauteren Handels. Die Quelle, aus der die Stadt zur Handelsmetropole gewachsen war, schien versiegt zu sein. Erst als der Bürgermeister Peter Blankenfelde verkünden ließ, er werde, wenn derart Gezänk auch weiterhin die Stadt beherrsche, dem Zustand angemessen begegnen, gingen die Bewohner wieder aufeinander zu und suchten den Schuldigen nur noch außerhalb der Stadt. Auch dem Verdacht gegen Thomas wurde nicht weiter nachgegangen.

Doch für Christian Hovemann war nichts mehr so wie vorher. Er lebte mit seiner Tochter allein in dem nun zu großen Haus. Das Mädchen sorgte dafür, dass es reinlich war. Zwei Mal am Tag bereitete sie das Essen, aber so sehr sie sich auch mühte – den Kummer des Vaters über den Verlust der Frau und des Sohnes vermochte sie nicht zu lindern.

Friedelinde sortierte die frisch gewaschene Kleidung und kontrollierte, an welchen Stellen sie geflickt werden musste. Sorgsam fahndete sie nach Löchern. Sie lächelte, als sie sich an die mütterliche Belehrung erinnerte, sorgsamer mit der Kleidung umzugehen. Die Anzahl der Löcher hatte sich seither verdoppelt, aber im Gegensatz zu damals lag es nicht daran, dass sie ihre Kleidung zu grob behandelt hatte. Der Stoff war alt, mürbe geworden und der Verfall nicht aufzuhalten. Im Nebenraum bereitete sich der Vater auf das tägliche Ritual vor. Erst besuchte er seine Frau, die vor den Toren der Stadt begraben war, und wenn er sich dem Kummer hingegeben hatte, versuchte er ihn im Alkohol zu ertränken. Friedelinde wusste nicht, wie sie ihn hätte aufrichten können.

Sie konzentrierte sich auf den Alltag.

»Wenn Ihr nachher auf den Markt geht, schaut doch bitte, ob ein paar Tuche günstig zu erstehen sind. Das ein oder andere will ich gerne selbst schneidern«, rief sie ihm zu.

Hovemann murrte zurück: »Mmhh.«

Er warf sich seinen Umhang über und verließ das Haus.

Überall, wohin man schaute, waren Kaufleute beschäftigt, Bauholz aus den Wäldern vor Berlin anzubieten. Andere lieferten Werkzeuge, die zum Hausbau benötigt wurden. Hovemann beeilte sich, der Betriebsamkeit zu entfliehen.

Aber auch um die Grabstellen herum war es meist laut, weil die

Bewohner der Stadt die Besuche bei ihren Toten meist mit Feierlichkeiten verbanden. Doch heute war es ruhig und Hovemann froh, allein sein zu können. Er setzte sich auf einen Baumstumpf.

»Ach, Frau«, stöhnte er und erzählte ihr, was sich seit dem gestrigen Besuch verändert hatte. Es war nicht viel, und Hovemann ging alsbald zurück in die Stadt.

Nachdem er in der Kirche sein Gebet verrichtet hatte, überkam ihn regelmäßig Durst. Der Ratskeller war leer, so früh am Tag. Hovemann setzte sich an seinen Lieblingstisch, hinten in die Ecke. Von hier aus hatte er den Überblick. Nichts konnte ihn überraschen. Üblicherweise kam der Wirt unaufgefordert, stellte den gefüllten Becher vor ihn auf den Tisch und machte sich erst wieder bemerkbar, wenn er bis zur Neige ausgetrunken war. Heute brachte er keinen Wein, sondern ärgerliche Nachricht.

»Verehrter Herr. Sicherlich habt Ihr noch keine Zeit gefunden … aber der Wein von elf Tagen … äh … er ist noch nicht beglichen.«

Hovemanns Mund wurde trocken. »Ihr traut mir nicht?«, erregte er sich.

»Das ist es nicht, mein Herr. Ich glaube Euch, dass Ihr zahlen wollt, aber vielleicht könnt Ihr es nicht?«

Der säumige Zahler sprang auf. »Ihr seid sehr dreist. Bringt mir endlich Wein, oder ich werde mir überlegen müssen, ob ich in Zukunft hier einkehre.«

Die Mundwinkel des Wirtes zuckten vor Erregung.

»Mein Herr, es geht nicht gegen Eure Ehre, aber auch ich muss den Wein bezahlen.«

Hovemann merkte, dass sein Wutausbruch nicht zum gewünschten Ziel führte. Ohne ein weiteres Wort verließ er das Gasthaus. Der Wirt dienerte ihm hinterher, für den Fall, dass es dem Gast irgendwann wieder besser gehen würde.

Auch auf dem Markt gab es Wein in Schläuchen und Karaffen, aber Hovemann lief voller Zorn nach Hause. Er stieß die Tür auf. Friedelinde fuhr zusammen. Ohne Gruß setzte er sich an den Tisch, und Friedelinde setzte sich zu ihm.

»Habt Ihr Stoff mitgebracht?«

»Deine Flickarbeit kann warten. Geh auf den Markt zum Weinhändler und hole eine Karaffe. Sag ihm, wir zahlen später.«

56

Die Vögel begleiteten mit ihrer Melodie das eintönige Plätschern des Wassers. Gemächlich trieb der Prahm auf der Havel. Seit sieben Tagen schob er sich stromabwärts. Wenn die Fahrt nicht schnell genug ging, stakten Wolk und Michael mit Stangen ins Ufer. Caspar saß daneben. Er war noch zu klein und wäre wahrscheinlich ins Wasser gefallen, wenn er versucht hätte, es den beiden gleichzutun. So hielt er sich an Thomas, der von Wolk geschont wurde, weil er der Sohn des Auftraggebers dieser Reise war. Thomas hatte sich aus mehreren Säcken ein Lager gebaut, auf das er sich fallen ließ.

Er schloss die Augen und hielt sein Gesicht der Frühlingssonne entgegen. Buntes Feuer flackerte, umkreist von Pfeilen, die zu tanzen schienen. Er war müde, hatte aber Angst, einzuschlafen, denn im Schlaf waren sie wieder da – die Bilder vom Brand, Marta, die Mutter und Friedelinde, die er nur weinend in Erinnerung hatte. Er riss die Augen auf. Er konnte die Bilder nicht ertragen. Und noch nie zuvor hatte er eine so lange Reise vor sich gehabt. Nie zuvor war er so allein gewesen. Und nie zuvor so müde.

Wolk lief über den Prahm. Er strich mit der flachen Hand über die Säcke und zog die Stirn in Falten.

»Wir müssen den Roggen auf dem Prahm verteilen. Wenn er länger in den Säcken bleibt, ist er bis Hamburg verfault.«

Michael Wittelbach stand sofort bereit, griff sich den erstbesten Sack, öffnete ihn, schüttete den Inhalt auf den Boden des Schiffes und warf den leeren Sack in die Ecke. Dann den zweiten und den dritten.

»Ob uns der feine Herr wohl auch etwas zur Hand gehen könnte?«, fragte er Wolk.

»Wenn du mir etwas zu sagen hast, musst du nicht den Umweg
wählen«, ärgerte sich Thomas, stand auf und griff sich einen
Sack. Er hob ihn mit beiden Händen und lief in die Mitte des
Prahms. Michael stellte ihm ein Bein, Thomas stolperte, stürzte
der Länge nach in den Roggen und verschwand in einer Staub-
wolke. Michael zog sein Bein zurück und höhnte: »Du läufst
wohl noch nicht lange?«

Thomas grub seine Hand in den Roggen. Langsam richtete er
sich auf und schleuderte, was er greifen konnte, in das Gesicht
seines verdutzten Gegenübers. Mit dieser Gegenwehr hatte Michael nicht gerechnet. Mit einem Satz sprang er auf die Säcke und
wischte sich den Staub aus dem Gesicht. Die Augen schienen Feuer zu speien. Er duckte sich wie eine Raubkatze, die den nächsten
Sprung abzirkelt. Thomas stand bereit, die Herausforderung anzunehmen. Er musste nicht lange warten. Michael warf sich über
ihn, seine Fäuste schlugen und trafen, was zu treffen war. Thomas wehrte sich. Der Prahm schaukelte hin und her.

»He, he, he. Aufhören!« Wolk wusste, wen er zu greifen hatte,
damit der Streit sein Ende fand. Er brauchte beide Hände, um
Michael zu bändigen.

»Morgen sind wir in Havelberg. Da werden wir es uns gut gehen lassen«, versuchte Wolk, Frieden zu stiften. Als er merkte,
dass der Zorn so schnell nicht verrauchen wollte, schickte er Michael ans andere Ende des Prahmes, in der Hoffnung, dass die
Nacht die Gemüter abkühlen würde.

57

Das Gebet zur Tertia war abgehalten, da raffte Bruder Jacobus
seine Kutte und lief zielstrebig zum Tor. Der Mönch musste mit
ganzer Kraft daran ziehen, bevor es sich knarrend öffnete.

»Bruder Jacobus?«

Der Mönch erstarrte. Mit dieser tiefen Stimme, die seinen Namen erfragte, kam nichts Gutes auf ihn zu.

»Ja.«

Zaghaft drehte sich der Ertappte um. Der Guardian stand mit verschränkten Armen vor ihm.

»Fast hätte ich Euch nicht erkannt, Bruder Jacobus. Wir sehen uns in letzter Zeit sehr selten, und Ihr habt es schon wieder eilig?«

»Besorgungen. So viele Besorgungen treiben mich auf den Markt.«

»Besorgungen?«

»Grün!«

»Grün?«

»Die Farbe Grün ist ausgegangen, und im Skriptorium wartet viel Arbeit, deren Erledigung gerade nun mal eben die Farbe Grün benötigt.«

Der Guardian strich sich über das Kinn. »Bruder Jacobus, wann habt Ihr das letzte Mal ein Buch illustriert? Ich kann mich nicht erinnern. Und bitte vergesst nicht, dass ich Euch einen gewissen Freiraum ließ, weil Ihr ein Meister des Bildes und ein Jongleur der Farben seid. Was aber muss ich im Skriptorium entdecken? Bücher, die zwar fleißig abgeschrieben wurden, aber denen die kunstvollen Anfangsbuchstaben fehlen. Und ein wahrer Jammer sind die leeren Blätter dazwischen, auf denen mich Heilige anblicken sollten.«

Der Sünder sackte in sich zusammen. Dennoch versuchte er kleinmütig eine Rechtfertigung.

»Aber wenn ich doch auch das Leben außerhalb unseres Schutzes brauche, damit eben die Bilder so werden, dass ihre Kraft weithin strahlt?«

Der Guardian zog die Stirn zusammen.

»Bruder Jacobus, an Eindrücken, die Eure Kunst beflügeln, sollte es nicht gefehlt haben. Aber was nutzt es Euch und uns, wenn Ihr den Speicher, in dem Ihr sie sammelt, überlaufen lasst? Es ist an der Zeit, ihn abzuschöpfen und uns an Euren Erlebnissen teilhaben zu lassen. Ora et labora.«

Reuig trat der Mönch den Rückzug an.

»Bruder Jacobus, wo wollt Ihr hin?«

Der Mönch senkte sein Haupt und heftete seine Augen auf den Boden. »Dahin, wo mich das Gebet erwartet und viel, viel Arbeit.«

»Aber sagtet Ihr nicht, Euch fehle Grün, um sie zu verrichten?«

»Ja.« Bruder Jacobus hob das Haupt. Der Guardian schaute milde.

»Dann werdet Ihr es wohl besorgen müssen. Aber ich meine, es sollte bis zur Sexta geschafft sein, das Nötigste heranzuschaffen.«

Bruder Jacobus wusste, dass die Rüge berechtigt war.

»Und nun geht und besorgt das grüne Farbpulver. Ich werde Euch im Skriptorium besuchen, um zu schauen, ob Euer Ausflug erfolgreich war.«

Der Mönch nickte demütig, hängte sich an das Tor, dass unter seiner Last den Weg freigab, und lief durch den schmalen Spalt hinaus, ehe der Guardian es sich hätte anders überlegen können.

58

Hovemann musste sich setzen. In letzter Zeit brauchte er viele Pausen. Seitdem er allein mit der Tochter lebte, war er müde. Auf dem Markt herrschte der übliche Tumult. Handwerker riefen, Sägen durchfraßen Holz, und Rollen quietschten, mit deren Hilfe das Baumaterial in die höheren Stockwerke gebracht wurde. Hovemann ging das alles nichts an. Der alte Kaufmann wusste nicht, ob ihn die Trauer müde machte oder ob er traurig wurde, weil er müde war.

Er atmete tief durch, nahm alle Kraft zusammen und lief vor die Tore der Stadt. Seit dem Brand pflückte er jeden Tag eine Blume und ließ sie auf die große Wiese fallen, unter der die vielen Toten der Pest und des Brandes begraben waren.

»Im Tode sind alle vereint.«

Hovemann drehte sich um. Hinter ihm stand Sauertaig. Er trug einen großen Strauß mit sich, den er auseinander pflückte. Bedächtig verteilte er die Blumen auf dem Boden. Als er fertig war, schaute er in den Himmel.

»Kein einziges Wölkchen.«

Hovemann war etwas verwundert, dass Sauertaig ihn ansprach. Er schaute ebenfalls empor und bestätigte: »Mmhh.«

»Ihr hättet Eure Frau auch lieber für sich begraben?«

»Es waren zu viele. Sie wussten nicht wohin mit den vielen Toten.«

»Da geht es Euch wie mir. Auch meine Frau starb. Obwohl es nicht die Pest war, die sie von mir gerissen hat, wurde sie hier begraben.«

Hovemann überlegte, ob er fragen sollte, woran die Frau gestorben war. Sauertaig kam ihm zuvor.

»Ich hätte ihn gleich nach der Geburt taufen lassen sollen, dann wäre er mir nicht genommen worden.«

Hovemann richtete sich auf. »Ihr hattet einen Sohn?«

Sauertaig nickte. »So ist mir nur die Tochter geblieben, die ich, wenn ich sie nicht verheiratet bekomme, dem Kloster anvertrauen werde.«

Hovemann drehte sich zu Sauertaig. »Aber Thomas kommt doch wieder!«

Sauertaig kratzte sich am Kinn.

»Man erzählt sich, dass er es sehr eilig hatte damals, als der Brand ausgebrochen war.«

Hovemann sprang auf. »Was wollt Ihr damit sagen?«

»Das, was ich gesagt habe. Er hatte es eilig.«

Hovemann konnte seine Verunsicherung nicht verbergen. Sein Gesicht zuckte. Sauertaig hob die Hand. »Viele hatten es eilig, als es brannte.«

»Ja, viele«, bekräftigte Hovemann, »sehr viele.«

Sauertaig streckte seine Glieder. »Der Frühling räumt vieles von der Seele.«

Hovemann schaute auf die verstreuten Blumen. »Wie lange dauert es, bis man von einem Menschen Abschied genommen hat?«

»Ich habe mich mit Arbeit abgelenkt, und wie Ihr an dem Umfang meines Handels erkennen könnt, war mein Bedarf an Zerstreuung sehr groß.« Sauertaig drehte sich zu Hovemann.

»Wie ist es mit Euch? Wie gehen die Geschäfte?«

»Gut. Sehr gut«, versicherte der.

»Wie viele Außenstände habt Ihr?«

»Thomas bringt einen Prahm voller Roggen nach Hamburg...«

»Der Euch gehört?«, fragte Sauertaig misstrauisch.

»Ja.«

Sauertaig hielt den Kopf schräg.

»Wo ist eigentlich von Erp geblieben?«

Hovemann schnäuzte sich. »Er soll beim Brand umgekommen sein. Sicherlich ist auch er mit den anderen unter dieser Wiese begraben.«

Sauertaig wiegte den Kopf hin und her. »Möglich. Das ist möglich. Ihr habt mit ihm Geschäfte gemacht, erzählt man sich.«

»Unbedeutende. Nichts Großes«, gab Hovemann zurück.

Sauertaig fixierte ihn. »Groß genug!«

Dann wurde seine Stimme geschäftsmäßig.

»Hovemann, meldet Euch in diesen Tagen. Ich denke, ich kann Euch ein Geschäft vorschlagen.« Dann ging er fort, ohne sich umzudrehen. Hovemann rief ihm hinterher.

»Gerne! Ich komme morgen.«

59

Die Nacht war frisch. Michael lag achtern und behielt seinen Feind im Auge. Die Strömung ließ das Gefährt ruhig dahingleiten. Wolk achtete darauf, dass der Prahm nicht mit dem Ufer kollidierte oder den stromaufwärts Treidelnden in die Quere kam. Thomas schaute in den Himmel. Indem sie sich ehrgeizig vor den

Mond schoben, kämpften dünne Wolken darum, die Nacht zu verdunkeln. Der Mond schien in den Wellen einen Tanz aufzuführen.

Thomas war eingeschlafen. Michael streckte und dehnte sich. Wolk saß etwas müde am Ruder und war bemüht, die Augen offen zu halten.

»Wer übernimmt? Ich werde mich etwas zur Ruhe legen.«

Michael tat so, als habe er die Frage nicht gehört, lehnte sich über Bord und spritzte sich Wasser ins Gesicht. Vom Schnaufen wachte auch Thomas auf.

Wolk wurde ungeduldig. »Wenn sich niemand freiwillig meldet, wird geknobelt.«

Thomas rieb sich über das Gesicht.

»Ich übernehme.«

Schlaftrunken torkelte er zum Ruder. Wolk legte sich in die Ecke.

»Vertragt euch. Ich will mich zur Ruhe legen.«

Dann atmete er einmal tief durch und war eingeschlafen. Michael kramte in einer Kiste und holte einen großen Krug sowie zwei Becher hervor. Dann ging er auf Thomas zu.

»Friede?«

»Friede.«

Michael stellte die beiden Becher vor sich hin und goss sie voll, bis zum Rand. »Wer kleckert, hat verloren.«

Thomas war misstrauisch. Er ahnte, dass hinter dem breiten Grinsen von Michael eine Gemeinheit zu erwarten war. Er beugte sich über das Getränk. Es roch seltsam, aber nach Alkohol. »Was ist das?«

»Branntwein.«

»Aus welchen Früchten?«

»Aus Früchten. Weiß der Teufel. Willst du kneifen?«

Thomas rutschte hin und her. »Gut, das Spiel ist klar, aber worum soll es gehen?«

»Einer muss auf dem Prahm bleiben, wenn wir in Havelberg sind. Und das wird der sein, der verliert.«

Thomas sicherte das Ruder mit einem Seil und näherte sich dem Branntwein.

»Halt«, rief Michael, »aufrecht hinsetzen, gegenseitig angucken und in einem Zug runter. Sonst kann es ja jeder. Ich beginne.«

Michael schaute seinem Rivalen ins Gesicht. Mit der rechten Hand tastete er sich vorsichtig an das Getränk. Michael wusste, dass Zögern die Hände nur zittrig macht. Langsam, aber kraftvoll führte er den Becher zum Mund, kippte den gesamten Inhalt mit einem Schluck in sich hinein und knallte ihn leer auf den Schiffsboden. Thomas war begeistert. Michael brauchte nur einmal zu schlucken. Kein Tröpfchen war danebengegangen. Michael lehnte sich souverän zurück und verwies mit der Hand auf den Becher.

»Nun du!«

Thomas hatte genau aufgepasst, wie seinem Rivalen die Lösung der Aufgabe gelungen war. Ebenfalls mit festem Griff führte er den Becher an den Mund und kippte todesverachtend den Inhalt in sich hinein. Aber er hatte die Menge unterschätzt. Prustend ergoss sich das Getränk über den Schiffsboden. Der Verlierer stand fest. Michael schnäuzte sich und verließ wie ein Platzhirsch nach gewonnenem Kampf das Feld.

60

Hovemann konnte den neuen Tag kaum erwarten. Der erste Hahnenschrei machte ihn hellwach. Er sprang aus dem Bett und rief: »Friedelinde, mein Goldschatz, soll ich etwas aus der Stadt mitbringen?«

Friedelinde versuchte sich an ihren Traum zu erinnern. Ein großes Tier kam darin vor. Es lag auf der Stadt. Den Rest hatte sie vergessen.

Schade, dachte sie und widmete sich der Frage des Vaters:

»Wenn Ihr vom Tuchhändler etwas Stoff mitbringen wolltet.«

»Ach ja«, unterbrach sie der Vater. »Verzeih, ich habe es gestern vergessen. Aber ich gelobe Besserung.«

Der Vater sah, wie Friedelinde den Eimer griff, um Wasser zu schöpfen.

»Du bist ein fleißiges Mädchen und mein einziger Schatz.«

Friedelinde freute sich über das Lob. Zugleich war sie verunsichert, weil sie den Anlass seiner guten Laune nicht kannte. Hovemann verabschiedete sich mit einem Kuss und verließ das Haus. Obgleich die Sonne genau wie am vorigen Tag schien, nahm er die Umgebung anders war. Er beobachtete, wie sich zwei Spatzen um einen allzu großen Brocken stritten. Hätten sie sich einigen können, wäre für beide mehr als genug geblieben. So aber jagten sie sich gegenseitig von ihrer Beute, und Hovemann amüsierte, dass er ihnen auf dem Rückweg wahrscheinlich noch immer im Streit und daher hungrig begegnen würde.

Sauertaigs Haus sah schmutzig aus, denn der Ruß hatte sich auf ihm abgesetzt, aber sonst war es vom Feuer verschont geblieben. Hovemann suchte den Zug der Glocke, fand ihn aber nicht. Zaghaft klopfte er gegen die Tür. Nichts regte sich. Dann etwas kräftiger.

Hovemann hielt sein Ohr an die Tür.

»Ich komme«, klang es heraus. Hovemann richtete seinen Hut. Die Tür wurde geöffnet. Sauertaig lächelte und bat den Gast herein.

»Willkommen, Hovemann. So schnell habe ich nicht mit Euch gerechnet.«

Der Gast trat ein. »Ich dachte, warum soll man auf die lange Bank schieben, was schnell zu erledigen ist.«

»Das lob ich mir«, scherzte Sauertaig. Sieglinde machte artig einen Knicks zur Begrüßung und strahlte über das Gesicht, als Hovemann sagte: »Mein Kind, du wirst immer schöner.«

Sauertaig bat den Gast in den anliegenden Raum.

»Hovemann, ich will es nicht allzu spannend machen. Es gibt noch einen zweiten Grund, aus dem ich Euch gebeten habe, mich aufzusuchen. Ich habe eine Frage an Euch.«

Hovemann hob die Augenbrauen. Sauertaig fuhr sich durch die Haare und ging ein paar Schritte. »Nicht, dass es mir den Schlaf rauben würde, wenn ich es nicht erführe, aber sagt, Ihr wisst doch, dass ich mit von Erp Handel getrieben habe, oder?«

Hovemann nickte. Sauertaig fuhr fort. »Und ihr wisst, dass ich auch mit Tuchen handele?«

Hovemann begriff nicht. »Ja, aber was wollt Ihr mit der Fragerei? Ihr handelt mit Tuchen, seitdem van Törsels Tochter nicht mehr lebt und dieser die Geschäfte nicht mehr führen wollte.« Kaum hatte Hovemann den Satz ausgesprochen, erschauderte er. Sauertaig war der Einzige, der Nutzen daraus zog, dass van Törsel seine Geschäfte aufgegeben hatte. Hovemann musste sich setzen. Hatte Sauertaig ihn absichtlich auf diese Spur gebracht? Was war es, was er wirklich von ihm wissen wollte?

»Seid Ihr bereit, Geschäfte mit mir zu machen?« Sauertaig hatte sich neben Hovemann gesetzt. Der Kaufmann rieb sich die schwitzenden Hände an seinem Umhang.

»Was für Geschäfte meint Ihr?«

»Sehr einträgliche, auch in Hamburg wird viel gebaut.«

Hovemann saß voller Spannung aufrecht am Tisch. »Ich verstehe, aber wie kann ich Euch behilflich sein?«

Sauertaig stand auf und entwickelte seinen Plan: »Wenn Ihr den Transport bis zum Hafen verantwortet, bezahle ich Euch trefflich, denn ich verschiffe das Holz mit meinen Prahmen nach Hamburg und verkaufe es dort auf dem Markt. Höchstpreise sind uns sicher. Die Hamburger können ihre Wälder nicht ewig abholzen, sonst haben sie bald ringsherum nur öde Heide, vielleicht sogar bis hin nach Lüneburg«, spottete er.

Hovemann nickte, obwohl er noch nicht wusste, wie er die Aufgabe bewerkstelligen sollte. Ein Fuhrwerk war nicht in seinem Besitz. Pferde besaß er auch keine. Dennoch sagte er:

»Das hört sich gut an.«

Sauertaig streckte ihm die Hand entgegen. »Und nehmt es nicht so ernst, was wir eben besprochen haben. Ich kann mich auf Euch verlassen?«

Hovemann stand auf, ergriff die Hand und schüttelte sie mit leichtem Druck, so lange, bis Sauertaig sie zurückzog.

»In zwei Tagen brauche ich die erste Lieferung. Das Holz liegt geschlagen bereit am Rande des Waldes. Ihr müsst es nur zum Hafen transportieren. Verladen wird es von meinen Leuten.«

Die Aufgabe war zu verlockend, so verlockend, dass Hovemann das seltsame Gespräch nicht weiter hinterfragen wollte. Er war voller Tatendrang, wieder nach dem Leben zu greifen. Nur ein Fuhrwerk war noch zu besorgen. Er erinnerte sich an den Färbermeister, dessen Knechte umgekommen waren, weil man sie für den Tod der Tochter van Törsels verantwortlich gemacht hatte. Vielleicht würde er den Wagen samt Pferden verkaufen wollen. Auf dem Weg überlegte er, welches Angebot er ihm unterbreiten könnte. Zwanzig Anteile am Gewinn würde er nicht ausschlagen, dachte er und rechnete durch, dass das, was übrig bliebe, seine Finanzen solide sanieren würde.

Die Färberei war verwüstet. Schon von Ferne war zu sehen, dass die großen Rahmen zum Trocknen der gefärbten Stoffe verkohlt waren. Hovemann frohlockte, weil er daraus schloss, das Fuhrwerk samt Pferden günstig bekommen zu können. Der Färbermeister würde es ohnehin nicht mehr brauchen. Hovemann beschleunigte seinen Schritt. Von dem einst prächtigen Haus stand nur noch eine baufällige Wand. Als habe das Feuer sein Opfer verspotten wollen, war ein kleiner Schuppen, der nur Trödel in sich barg, verschont geblieben.

Der Meister saß davor und ließ sich die Sonne auf den nackten Bauch scheinen.

»Was führt Euch zu mir?«

»Ihr wirkt recht zufrieden, so, wie Ihr dasitzt«, erwiderte Hovemann.

Der Färber schloss die Kleidung.

»Was soll ich mit meinem Schicksal hadern? Ihr seht, viel ist nicht geblieben von dem, was einst die beste Färberei weit und breit genannt wurde.«

Hovemann setzte sich und schaute in den Himmel. »ER scheint

sorgsam darauf bedacht zu sein, dass wir genügend Gepäck zu schultern haben, um nicht zu leichtfüßig zu werden. Euch hat der Zufall übel mitgespielt.«

»Zufall?« Der Färbermeister richtete sich auf. »Was nennt Ihr Zufall?«

»Das Schicksal, wie es Euch getroffen hat«, antwortete Hovemann kleinlaut.

»Einem Manne, der schon die Kindheit damit verbracht hat, Leinen zu färben in der Größe von Häusern, muss der Glauben an Zufälle abhanden gekommen sein, sonst wird das eine Ende grün und das andere gelb. Zufällig ist etwas nur, wenn man das Rezept nicht kennt.«

»Verzeiht«, wich Hovemann zurück. »Ich wollte nicht in alten Wunden rühren.«

Der Färbermeister stand auf. »Sie heilen, Hovemann. Der größte Schmerz ist nicht, dass mein Geschäft zerstört wurde. Das wichtigste Werkzeug ist mein Talent. Das kann mir nicht genommen werden. Aber an dem Verdacht, meine ehrbaren Gesellen seien am Tode von van Törsels Tochter schuldig, trage ich schwer. Dabei gab es nur eine einzige Person, die Vorteil aus dem Tod des Mädchens zog.«

Er nahm sich ein Schnupftuch und schnäuzte hinein. »Wenn ich mich recht entsinne, wollte doch van Törsel mit Euch reisen, nicht wahr.«

Hovemann brauste auf. »Ich habe nichts mit dem Tod seiner Tochter zu tun!«

»Regt Euch nicht auf. Das habe ich nicht gesagt. Aber es gab einen Kaufmann, der seinen Handel erweitern wollte – mit edlen Tuchen, die sich in Flandern großer Beliebtheit erfreuen.«

»Von Erp!«, platzte es aus Hovemann heraus, und er spürte, dass es ihm ein Bedürfnis war, den Namen Sauertaig nicht zu nennen. »Der ist aber tot.«

Der Färbermeister schüttelte den Kopf und lächelte.

»Ihr wisst recht wenig Bescheid, wer in unserer Stadt den Handel dominiert. Von Erp war ein Kleingeist, tückisch, aber mit dem zufrieden, was er hatte. Vielleicht hielt er auch seine Finger mit im Spiel, aber Auftraggeber war er nicht.«

Hovemann saß mit halb geöffnetem Mund da.

»Wer dann?«

»Nachweisen werde ich es ihm nicht können. Was hätte es auch jetzt noch für einen Sinn, da alles in Scherben liegt.« Er wandte sich Hovemann zu. »Wenn Ihr das nächste Mal mit Sauertaig Kontakt habt, fragt ihn doch mal, wie seine Geschäfte in Flandern laufen.«

Hovemann brauchte eine Weile, um zu verstehen. Dann schüttelte er den Kopf.

»Sauertaig? Das will ich nicht glauben. Ihr seid verbittert, und keiner wird es Euch nachtragen bei dem, was Ihr erleiden musstet.«

Der Meister atmete tief durch. »Lasst es gut sein. Aber der Grund Eures Besuches war doch nicht, dass Ihr Euch an meinem Unglück weiden wolltet, oder?«

»Ihr habt Recht. Deshalb bin ich nicht gekommen. Ich wollte Euch ein Geschäft vorschlagen.«

Der Färbermeister lachte. »Mir ein Geschäft? Wie soll ich das bewältigen, ohne Rahmen und Gehilfen? Überdies – welchen Menschen steht heute noch der Sinn nach bunten Tüchern?«

»Nein, es geht um Euer Fuhrwerk.«

»Mein Fuhrwerk!« Der Meister grinste.

Hovemann schaute sich um. »Ihr werdet es doch vor den Flammen haben retten können?«

»Vor den Flammen ja. Vor den Räubern nicht.«

Hovemann stieg das Blut zu Kopf. Auf alles war er gefasst, dass der Handel um das Fuhrwerk sich schwierig gestalten könnte, aber nicht darauf, das es nicht mehr vorhanden war.

»Wisst Ihr, wer es hat?«

»Nichts ist so wertvoll heutzutage wie ein Fuhrwerk. Vielleicht ist es noch in der Stadt, und der Tunichtgut bietet seine Dienste beim Transport von Baumaterial an, vielleicht ist es aber auch schon längst über alle Berge.«

»Und Ihr lasst es Euch so gefallen? Habt Ihr die Suche schon aufgegeben?«

Der Färbermeister zuckte mit den Schultern. »Was ich besitze, braucht kein Fuhrwerk mehr. Die Zeit ist reif, dass ich mich einem Schiff nach Flandern anschließe. Dort wird es Verwendung für mein Handwerk geben, und meinen Lebensunterhalt werde ich allemal damit bestreiten können.«

Hovemann fühlte sich allein gelassen. Der Färber lächelte. »Wenn Ihr den Karren entdeckt, könnt ihr ihn Euch nehmen. Ich schenke ihn Euch.«

»Woran kann ich ihn erkennen?«

»Es ist der Wagen eines Tuchfärbers. Vierrädrig und an den Rädern bunt, weil er durch manche Farbpfütze gezogen wurde.«

Hovemann bedankte sich und wünschte gute Reise.

61

Streng ragte der Dom St. Marien hinter den Bäumen hervor. Die Mönche des Prämonstratenserordens hatten ihn erbaut. Die an Havelberg Vorbeifahrenden grüßte er von Ferne. Den Verweilenden war die gewaltige Basilika Mahnung, ihr Tagwerk mit ähnlichem Fleiß zu begehen wie die Mönche.

Thomas war der Erste, der aus dem Prahm sprang. Er geriet aus dem Gleichgewicht und stolperte. Nach langer Fahrt war er es nicht mehr gewohnt, festen Boden zu betreten. Er legte das Seil um den großen Stein, der am Ufer lag. Michael sprang von der Spitze des Prahms und tat es ihm nach. Thomas warf die Schuhe von sich und genoss es, barfuß durch das Gras zu laufen. Wolk, Caspar und Michael richteten ihre Kleidung. Michael hatte seine graue Schifferskluft abgelegt und sich in bunte, enge Hosen gezwängt. Er trug einen Tappert, der dem Jungen trotz der bunten Tracht ein würdevolles Auftreten verlieh. Wolk lächelte.

»So, wie du dich herausgeputzt hast, hast du viel vor. Da werde ich darauf achten müssen, dass wir pünktlich weiterkommen.«

»Meine Geschäfte kann ich in überschaubarer Zeit regeln«, gab Michael den Spott zurück.

Capar konnte seinen Neid kaum noch zügeln. »Er will doch nur kontrollieren, ob sich die Töchter im offenen Haus unter die Röcke sehen lassen!«

Das vorlaute Mundwerk wurde durch einen leichten Schlag auf den Hinterkopf zurechtgewiesen. Lärmend entfernten sich die drei, ihre Unterhaltung in der Stadt zu suchen.

Thomas setzte sich ans Ufer und schaute auf den Prahm, den er bewachen sollte. Er sammelte eine Hand voll Steine, ließ sie über den Fluss springen und fragte sich, ob Marta ihn wohl sehen könne. Dass es ihr gut ging und sie Zuflucht im Himmel gefunden hatte, da war er sich sicher. Er stand auf und trat ans Ufer. Das Wasser war unruhig und seine Sehnsucht so groß, dass er sich einen kurzen Moment fragte, ob er die Kraft haben würde, den Kopf unter Wasser zu halten und nicht mehr aufzutauchen. Dann verwarf er den Gedanken, denn sein Leben zu beenden hieße, eine weitere Sünde zu begehen. Er war sich sicher, da, wo Marta war, hatten Sünder keinen Platz. Er wurde jäh aus seinen Gedanken gerissen. Ein Fischer hatte sich hinter ihn geschlichen und hielt ihm von beiden Seiten Fische vor die Nase. Thomas erschrak und sprang auf.

»Schaut, was wir hier für wunderbare Fänge anbieten können aus Havel und Elbe. Oder wollt ihr Krebse aus Berlin? Ich kann Euch jeden Wunsch erfüllen.«

Thomas wehrte dankend ab. »Weißt du, woher ich Schreibzeug bekommen kann?«

Der Fischer war beleidigt. »Schreibzeug? Ihr seht hungrig aus und verlangt nach Schreibzeug? Schreibzeug brauchen doch nur feine Herren, oder Kaufleute von Rang.« Er taxierte Thomas vom Kopf beginnend bis zu den nackten Füßen, um zu zeigen, dass er Thomas weder für einen feinen Herrn noch für einen Kaufmann von Rang hielt.

Thomas war auf die Hilfe des Fischers nicht angewiesen. Die Neuigkeit war schnell verbreitet, dass ein Prahm aus Berlin angelegt hatte. Die Händler vom Markt schickten ihre Gehilfen, zu schauen, ob die Neuankömmlinge mit den Waren beeindruckt werden konnten. Unter den vielen Handelswütigen befand sich auch ein Herr, dessen Kleidung in besseren Zeiten angeschafft worden war. Sie war reich bestickt und von feinem Samt, aber zerschlissen. Er hob Tintenfässchen und Pergamentrollen in die Höhe. Thomas winkte ihn heran. Die Händler verzogen sich, als sie merkten, dass sie mit so sinnlichen Genüssen wie Feigen, Kräutern und Äpfeln in Thomas keinen Geschäftspartner finden konnten.

»Wo kommt Ihr her, und wohin wollt Ihr mit dem vielen Roggen?«

»Die Reise geht nach Hamburg, und der Roggen kommt aus Berlin«, antwortete Thomas höflich. »Ihr könnt mir Pergament, einen Federkiel und Tinte verkaufen?«

Der alte Mann hielt ihm die Ware entgegen.

»Es ist ungewöhnlich, dass ein junger Mann wie Ihr, der Roggen verschifft, sich für das Schreiben interessiert und es auch beherrscht.«

»Ein guter Lehrer hat mich unterrichtet, der vermochte Wissensdurst zu stillen und Neugier zu entfachen.«

Der Alte setzte sich neben Thomas. »Nach Gottes Glauben ist es wohl das größte Geschenk, das einem jungen Menschen gegeben sein kann.«

»Verzeiht die Frage, aber warum sind die Tage, an denen es Euch offensichtlich besser ging, dahingegangen?«

»Ihr seid wirklich sehr wissbegierig, junger Freund.«

Noch ehe Thomas um Verzeihung bitten konnte, erzählte der alte Mann bereitwillig.

»Früher war ich ein angesehener Schiffsbauer. Ich war erfolgreich, weil meine Prahme auf der Elbe sowie auf der Havel begehrt waren. Ich hatte es zu Ansehen gebracht. Alles Glück sucht den Ausgleich, dachte ich und erwartete in absehbarer Zeit Furchtbares auf mich zukommen. Was liegt näher als die Sintflut, wenn sich zwei Flüsse begegnen, wie hier die Havel und die Elbe?

Also baute ich, das Unglück erwartend, eine Arche. Die Zeit verging. Die Sintflut blieb aus, und so vertrieb ich mir die Zeit mit Pergament und Tinte. Je fleißiger ich schrieb, desto größer wurde die Lust, mit Wörtern Verse zu schmieden, die anderen Menschen wie eine Melodie erscheinen. Ich konnte von der Macht, Freude zu bereiten, nicht mehr lassen. Drum gab ich mein Geschäft auf, um das ersonnene Unglück zu erwarten, und widmete mich nur noch den Versen.«

»Und?«, stocherte Thomas.

»Das Wasser blieb aus, aber das Unglück kam trotzdem. Die Menschen sind zwar erfreut, wenn Licht in das Dunkel ihres Lebens scheint, aber bezahlen wollen sie dafür nicht. Sie reklamieren, dass es nicht nach Hause getragen werden könne. Also sei es in Silber nicht zu bewerten.«

Der alte Mann stöhnte. »Ich kann Euch also nur warnen, mein junger Freund. Federkiel und Pergament treiben so manchen in den Hunger. Und der Verkauf an Euch bestätigt mir, dass ein unbeschriebenes Blatt mitunter einen höheren Preis erzielt als ein beschriebenes.«

»Ich will den Rat gerne befolgen, kann Euch aber gleichsam auch beruhigen. Das Pergament benötige ich, um dem Vater zu berichten, wie es mir bislang auf der Reise ergangen ist.«

»Dann, junger Freund, will ich Euch nicht weiter mit meinem Schicksal ermüden. Gott sei mit auf Euren Wegen.«

Der alte Mann hob die Hand zum Abschied und ging davon – gebeugt durch die Last der schlechten Welt, die er zur Aufgabe sich gemacht hatte, mit Versen zu beseelen. Thomas schaute ihm nach und überlegte, was ihn mehr beeindruckt hatte – das Unglück? Oder dass er es selbst gewählt hatte?

62

Die Frühaufsteher unter den Vögeln machten sich bereits bemerkbar. Bruder Jacobus widmete sich dem Gebet, bis der Morgen graute. Höchste Zeit, an die Arbeit zu gehen, dachte er und schlurfte ins Skriptorium. Der Guardian hatte sich eine persönliche Kopie des Hymnus »Der Sonnengesang« gewünscht. Bruder Jacobus legte sich das Pergament zurecht. Am gestrigen Tag war er mit der Aufteilung des Blattes beschäftigt gewesen und mit der Niederschrift der ersten Zeilen.

»Du höchster, mächtigster, guter Herr, Dir sind die Lieder des Lobes, Ruhm und Ehre und jeglicher Dank geweiht; Dir nur gebühren sie, Höchster, und keiner der Menschen ist wert, Dich ...«

Bruder Jacobus nahm den Federkiel und fügte fein säuberlich »im Munde zu führen« hinzu. Der Mönch ging einen Schritt zurück, besah sein Werk und war zufrieden. Um ihn herum fanden sich seine Glaubensbrüder ein und stellten sich ebenfalls an ihre Tische, die Bibliothek zu kopieren. Das Kratzen der Federkiele wurde nur unterbrochen vom Hüsteln und Schaben, das entstand, wenn ein Buch aus dem Regal gezogen wurde. Es roch moderig, aber Bruder Jacobus war klar, dass er den Geruch nur deshalb wahrnahm, weil er sich zu selten an diesem Ort aufhielt. Er beugte sich über seine Arbeit, murmelte und schrieb.

»Sei gelobt, mein Herr, mit all Deinen Kreaturen. Sonderlich mit der hohen Frau, unserer Schwester Sonne, die den Tag macht und mit ihrem Licht uns leuchtet. Schön in der Höhe und strahlend in mächtigem Glanz, ist sie Dein Sinnbild, Du Herrlicher.«

Bruder Jacobus war so vertieft in seine Arbeit, dass er nicht bemerkte, wie der Guardian um ihn herumschlich.

»Psst.«

Bruder Jacobus erschrak. Der Guardian sah mitgenommen aus. Seine Augen schienen aus den Höhlen zu quellen. Dicke Ränder umrahmten sie. Er hatte sich in seine Kutte eingehüllt, als wolle er sich vor Unheil schützen.

»Ich muss Euch sprechen.«

Bruder Jacobus legte den Gänsekiel beiseite. »Ja?«

»Lasst uns die anderen Brüder nicht stören.«

Bruder Jacobus deutete auf die von ihm verrichtete Arbeit, aber dem Guardian stand der Sinn nicht nach Versen.

»Lasst uns in den Garten gehen. Ich bin in großer Not!«

Der Mönch folgte dem Guardian.

»In Not. Ihr? Wie soll ich …«

Ehe der hilflose Mönch seine Frage formuliert hatte, zog der Guardian die Kapuze vom Kopf, nun war seine Not sichtbar. Die rechte Wange war nahezu doppelt so dick wie die linke.

Bruder Jacobus tastete leicht darüber.

»Auh!«, schrie der Guardian.

»Oh!«, erwiderte Bruder Jacobus und schreckte zurück.

»Ich habe schon alles versucht. Bruder Claudius, der vertraut ist mit der Kunst des Heilens, hat mir angeraten, den Schmied aufzusuchen, dass er mir mit roher Gewalt Erlösung bringe. Bruder Jacobus, das ist doch keine Art, mit mir umzugehen. Wisst Ihr denn keinen anderen Ausweg?«

»Verbena officinalis«, antwortete Bruder Jacobus. Der Guardian schaute hilflos. »Eisenkraut«, übersetzte der Mönch. »Das hilft gegen die Entzündung, hebt allerdings auch den Appetit.«

Der Guardian lächelte, bis es schmerzte, hielt sich aber sofort wieder die Wange. »Nun scheinen sich Eure Interessen jenseits der Buchkunst doch noch auszuzahlen.«

Bruder Jacobus schwieg. Besser war es, die Einsicht des Abtes unkommentiert reifen zu lassen. Geschwind suchte er den Kräutergarten auf und fahndete nach jener rötlich-blasslila Blüte in rutenförmigen Ähren.

63

Die Händler schauten misstrauisch. Der seltsame Mann bückte sich nach jedem Gefährt, fingerte hier und schaute da. Ein besonders dicker Kaufmann schnaufte herbei.

»Was treibt Ihr da?«

Hovemann richtete sich auf. »Ich bin auf der Suche.«

»Was heißt das? Suche?«

Hovemann legte eine Hand auf das Gefährt. »Ich suche einen Wagen wie diesen hier. An den Rädern ist er bunt, vom Durchfahren der Farbe in der Tuchfärberei.«

Der dicke Kaufmann schob seinen Bauch näher an Hovemann heran.

»Aha, und den sucht Ihr bei mir?«

Hovemann nahm die Hand vom Fuhrwerk. »Ich suche überall.«

»Na, dann sucht überall, aber von hier schert Euch fort.«

»Ihr habt neue Räder an Eurem Wagen.«

Ein Stoß mit dem Bauch deutete Hovemann die Richtung, in die er verschwinden sollte. Von allen Seiten stellten sich Kaufleute dazu, die den Streit neugierig verfolgten. Der dicke Kaufmann brachte sie hinter sich, indem er rief: »Jetzt will einen das Gesindel schon am helllichten Tag bestehlen.«

Hovemann zog es vor, sich eilig zu entfernen.

»Gesindel!«, hörte er hinter sich rufen. »Euch Pack sollte man eine gehörige Abreibung verpassen, damit ihr lernt, fremdes Eigentum zu achten.«

Hovemann legte an Tempo zu. Kurz bevor er in die Spandauer Straße eingebogen war, hörte er hinter sich Schritte. Zwei handfeste Burschen waren ihm gefolgt. Hovemann rannte, aber die beiden Verfolger waren jünger. Er hielt seinen Hut fest und lief so schnell er konnte, da wurde er von hinten gepackt und auf den Boden geworfen. Ein Knüppel malträtierte seinen Rücken.

»Das soll dir eine Lehre sein, deine Finger erst nach unserer Ware auszustrecken, wenn du sie bezahlen kannst.«

Ein Tritt traf ihn am Kopf. Ein anderer in den Bauch. Schließlich ließen sie von ihm ab und entfernten sich lachend.

Hovemann schmerzte der Rücken bis zum Hintern. Sachte richtete er sich auf. Erst die Arme, dann hockte er sich auf die Knie. In seiner Nase wurde es warm und feucht. Das Blut tropfte auf seinen Umhang. Die Prügel hatten ihm wieder bedeutet, wie aussichtslos seine Situation war. Er würde seine Zusage gegenüber Sauertaig nicht einhalten können und damit ein weiteres Mal versagen. Hovemann brauchte Trost, und er wusste, wo er ihn finden würde. Zu Hause, bei Friedelinde, die ihm etwas zu trinken besorgen würde.

64

Michaels Mundwinkel reichten bis zu den Ohren. Caspar scharwenzelte um ihn herum.

»Nun sag doch schon.«

»Es war wie immer«, wehrte Michael ab.

»Erzähl.«

»Es war gut.«

Caspar stöhnte. »Warum muss man dir alles aus der Nase ziehen?«

Michael genoss die Beachtung. Er nahm zwei Äpfel aus dem Proviantkorb und wog sie in den Handflächen.

Caspar legte den Kopf schief. »So klein?«

Michael spreizte seine Finger auseinander, hielt sich die leeren, aber Caspars Phantasie beflügelnden Hände unter seinen Oberkörper und wippte mit ihnen auf und ab. Caspar bekam große Augen, »Ooohh«, und schluckte. »Und?«

»Nichts und.«

»Na, ihr müsst doch was gemacht haben? Irgendwas.«

»Na, wir haben's gemacht.«

Wolk nervte das Gewäsch der Knaben.

»Leinen ab und los!«

Caspar war sauer über die Unterbrechung, weil er wusste, dass Michael mit seinen Erlebnissen geizte, wenn er einmal dabei unterbrochen wurde, sie zu erzählen.

»In Wittenberge darfst du vielleicht an Land!«, rief Michael Thomas zu. An Streit war Thomas nicht gelegen, deshalb überhörte er das Wort »vielleicht«.

Daran aber, dass Michael sich sogar Thomas gegenüber großmütiger zeigte, erkannte Caspar, dass es eine sehr spannende Geschichte war, um die Wolk ihn gebracht hatte.

Der Wind blähte das Segel und trieb den Kahn in die Mitte der Havel, auf die Havelmündung zu.

Michael legte sich auf die leeren Roggensäcke und grinste zufrieden. Auf die nicht enden wollende Nerverei Caspars erwiderte er nur noch schroff: »Machs doch einfach selber mal. Dann weißt du, wie es geht.«

»Hab ich doch schon längst«, gab der entrüstet zurück.

Thomas hielt Ausschau nach den entgegenkommenden Schiffen. Mit großer Mühe zogen Treidler an langen Seilen die Prahme stromaufwärts.

»Seid ihr auf dem Weg nach Berlin?«

»Ja.«

»Für wen fahrt Ihr?«

»Für Sauertaig.«

Thomas kramte den Brief an den Vater aus der Tasche und befestigte einen Stein daran. Er zielte auf den Kahn und warf. Der Stein polterte auf das Nachbarschiff.

»Könnt Ihr den Brief in Berlin abgeben? Christian Hovemann ist der Adressat.«

»Machen wir. Gute Reise.«

Wolk holte das Segel ein, da der Wind inzwischen gedreht hatte, aber die Strömung reichte, um den Prahm gleiten zu lassen. Thomas machte es sich an Steuerbord bequem und ließ die Hand ins Wasser gleiten. Wolk lag am anderen Ende und war eingeschlafen. Michael und Caspar achteten darauf, dass der Kahn in der Mitte des Flusses blieb.

»Heute werden wir es bis Wittenberge nicht mehr schaffen«, sagte Michael.

Wolk wachte auf und räkelte sich. »Dann werden wir hier anlegen. Ich möchte ohnehin mal wieder ungestört schlafen.«

Die Pause war allen willkommen. Als der Kahn am Ufer befestigt und die Ladung mit Planen überdacht war, dauerte es nicht lange, und die ersten Schnarchgeräusche waren zu hören. Auch

Thomas schlief fest. Sein Kopf lag auf dem Bündel seiner Habseligkeiten.

65

Nach der Sexta zog sich Bruder Jacobus in die Klosterküche zurück. Er füllte einen Kessel mit Wasser, hängte ihn über das Feuer und beobachtete, wie der Inhalt durch die Schaukelei hin und her tanzte.

Das Gespräch mit dem Guardian beschäftigte ihn. Zwar hielt er allzeit die Gebete von Laudes bis Komplet sorgsam ab, dennoch musste er sich eingestehen, seine Aufgaben tatsächlich etwas vernachlässigt zu haben. Er nahm sich vor, zukünftig beständiger die Liebe zu seinem Herrn zu leben, und er wusste, wie schwer es ihm fallen würde, diesem Vorsatz zu entsprechen. Zu viele Gedanken lenkten ihn ab, die sich ständig zwischen ihn und seinen Herrgott zu schieben drohten. So fehlte ihm, dem leidenschaftlichen Lehrer, seit einiger Zeit sein gelehrigster Schüler.

Wie mochte es Thomas wohl ergehen, fragte er sich.

Das brodelnde Wasser im Topf erinnerte ihn wieder an seine Aufgabe, und er konzentrierte sich auf den Trank, den er zu brauen gedachte. Er warf das zuvor zerstampfte Eisenkraut in den Kessel. Bruder Franzus kam herein, ein kleiner Mönch, der einen immer nur kurz und aus den Augenwinkeln ansah.

»Was kocht Ihr da Schmackhaftes?«

»Es wird ein Kräutertrank, der die Schmerzen lindern soll.«

Bruder Franzus kam näher und neigte sich zur Seite. »Wer hat denn Schmerzen?«

»Der Guardian wehklagt schon den ganzen Tag über Zahnschmerzen, und ich hoffe, dass er Linderung durch meinen Kräutertrunk erfährt.«

»Hat er wieder Euch gefragt?«

Bruder Jacobus verstand die Frage nicht.

Der kleine Mönch raste durch die Klosterküche und schimpfte: »Wieder nur Euch. Bruder Jacobus hier, Bruder Jacobus da, Bruder Jacobus dort … Und Bruder Franzus? Wie ergeht es Bruder Franzus?«

Er stemmte die Arme in die Hüften und äffte nach, was ihn über lange Zeit verletzt hatte. »Bruder Franzus, scher dich hier fort, scher dich da fort, scher dich dort fort. Ihr habt es geschafft, dass Euch stets größere Fürsorge zuteil wird als uns anderen.«

Bruder Jacobus war nicht sicher, wie er dem Vorwurf begegnen sollte. »Was ist Euch widerfahren, Bruder Franzus, dass Euch der Gram zerfrisst?«

Der kleine Mönch rannte aus der Küche. »Nichts!«

Die Schritte hallten durch das Gemäuer. Je weiter der kleine Mönch sich entfernte, umso leiser wurde seine Stimme, blieb aber noch immer so laut, dass Bruder Jacobus ihn hören konnte: »Bruder Jacobus hier, Bruder Jacobus da, Bruder Jacobus dort.«

Der Beschimpfte rührte im Topf. Immer schneller drehte sich das Gebräu und färbte sich dunkel. Durch den Strudel schleuderte es fast heraus. Verspielt steckte der Mönch den Löffel wieder hinein und freute sich kichernd, wie es spritzte.

Er füllte die Flüssigkeit in eine Flasche, die er mit Bast umwickelte, damit die Finger nicht verbrannten. Die Kräuter wickelte er in ein Säckchen aus Leinen, das nicht größer als ein Daumen war. Ausgestattet mit der Medizin, machte er sich auf zu seinem Patienten.

Das Wehklagen des Abtes war bis vor die Tür zu hören. Bruder Jacobus klopfte an. Die Tür sprang auf. Der Guardian streckte dem Mönch die Hand entgegen.

»Was muss ich damit tun?«

»Umspült den Zahn, und danach schluckt es runter.«

»Was haltet Ihr in der anderen Hand?«

»Kräuter. Ihr formt das Säckchen so, dass Ihr es zwischen den Übeltäter und Eure Wange legen könnt.«

Noch ehe Bruder Jacobus empfehlen konnte, das Medikament abkühlen zu lassen, stürzte der Guardian es in sich hinein.

»Aaaaaahhhhh!! Was macht Ihr mit mir?«

Der Guardian sprang durch den Raum. Bruder Jacobus hinterher. »Ihr müsst warten, bis es abgekühlt ist.«

Der Abt schaute voller Vorwurf auf den Mönch. »Reichlich spät kommt Euer Ratschlag, reichlich spät.« Er hielt sich die Hände vor den Mund und gab dem Mönch ein Zeichen, sich zu entfernen.

Bruder Jacobus schlurfte zurück zu Franziskus von Assisis »Sonnengesang«. Als die anderen Mönche sahen, dass er das Skriptorium betrat, senkten sie ihre Augen auf die Bücher.

Das Tintenfass war umgeworfen worden. Der Inhalt hatte sich über den Text ergossen. Nur eine kleine Stelle war noch zu erkennen.

»Sei gelobt, mein Herr, durch jene, die allen verzeihen aus Liebe zu Dir, die Elend tragen und Mühsal. Sie dulden im Frieden! Von Dir, Du Höchster, empfangen sie die Krone.«

Bruder Jacobus setzte sich auf einen Schemel, lächelte und überlegte, wie schnell aus Weisheit Hohn werden konnte.

66

Ob der Körper schmerzte, weil er Prügel bezogen hatte oder weil er am Tisch eingeschlafen war – Hovemann vermochte es nicht zu unterscheiden. Die Hand lag auf dem Tisch. Der Kopf lag auf der Hand. Schwer und fest. Ihn zu heben, hielt er für ein Risiko. Er befürchtete, dann würde sich die Welt um ihn drehen – noch schmerzhafter, schneller und viel zu laut. Hovemann schniefte. Die Nase war geschwollen, und Durst plagte ihn. Die Hand klebte an der Wange, weil Blut aus der Nase gelaufen war.

»Friedelinde«, jammerte er, und weil sie nicht umgehend reagierte, legte er die letzte Kraft und all seinen Schmerz in die Stimme:

»Frie-de-lin-de, wo bist du?«

Das Mädchen schaute traurig auf den Mann, auf den sie bisher so stolz gewesen war. »Ach, Vater.«

»Steh da nicht herum! Hol mir Wasser, ich habe Durst!«

Wie ihr geheißen, nahm sie den Krug und ging zum Brunnen vor dem Haus. Sie hängte den Eimer an das Seil und ließ ihn hinab.

»Ist dein Vater zu sprechen?«

Sauertaig stand hinter ihr und wippte auf den Zehen.

»Er ist im Haus«, gab sie zur Antwort. »Aber er ist krank und kann niemanden empfangen.«

Sauertaigs Gesicht zog sich zusammen. »Krank? Wirklich krank? Oder doch eher besoffen?«, argwöhnte er.

Friedelinde zog den Wassereimer aus dem Brunnen. Sauertaig nahm ihn ihr ab und ging mit ihm bewaffnet ins Haus.

»Krank seid Ihr? Dass ich nicht lache!«, provozierte er Hovemann.

»Es geht mir heute nicht gut. Ich habe Kopfweh.«

»Euren Kopf will ich schon kurieren.« Ehe Hovemann begreifen konnte, dass dieses Angebot zu fürchten war, hatte sich der Eimer über ihm entleert. Als wäre der Blitz in ihn gefahren, schreckte Hovemann auf. Zeit zur Besinnung blieb nicht. Sauertaig war zornig.

»Wo ist das Holz? Ich habe mich auf Euch verlassen. Die Prahme stehen bereit und warten, beladen zu werden. Ich kann den Termin nicht einhalten, weil Ihr Euch, anstatt Euch um das Zugesagte zu kümmern, mit dem Wein verbrüdert habt!«

»Verzeiht.« Mehr konnte Hovemann nicht herausbringen. Er war besorgt, dass, wenn er den Schädel nicht mit beiden Händen hielte, er in tausend Stücke zerbersten würde.

»Hovemann, ich bin enttäuscht. Ich habe Euch eine Chance gegeben. Ihr habt sie nicht genutzt. Kommt mir nicht mehr unter die Augen.« Sauertaig drehte sich um und verschwand ohne einen weiteren Gruß.

»Ich habe Durst. Verdammt noch mal, muss man dir alles dreimal sagen?«, schrie Hovemann seine Tochter an.

Erschrocken nahm sie den Bottich, um ihn im Brunnen aufzu-
füllen.

67

»Heute gehe ich von Bord!«

Michael hob die Schultern, als wäre es ihm egal.

Als sie angelegt hatten, sprang Thomas aus dem Prahm. Diesmal war er darauf gefasst, dass er festen Boden unter die Füße
bekommen würde, und landete sicher. Die Steinstraße, die wenig
später auf die Burgstraße traf, machte der Stadt alle Ehre. Große
Wagen konnten sie passieren, ohne nach den gefürchteten Re-
genschauern im Schlamm zu versinken. Thomas entrichtete das
Portaticum und ging durch das Stadttor. Wohin er wollte, wusste er nicht, unbestimmte Neugier trieb ihn durch die Stadt. Der
Markt war leer. Niemand schien Handel treiben zu wollen. Es
war drückend warm. Thomas ging zum Brunnen und nahm den
Schöpfeimer, um sich mit dem kühlen Wasser zu erfrischen.

»Kann ich Euch helfen, Fremder?«

Thomas sah sich um. Vor ihm stand ein junges Mädchen, auf
dem Kopf eine Haube, und lächelte. Thomas konnte sich nicht
entscheiden, was in diesem Gesicht mehr lächelte, der Mund
oder die tiefschwarzen Augen. Die Augen waren so dunkel, dass
er sich in ihnen verlor.

»Was ist mit Euch?«

Thomas hatte nicht bemerkt, dass sein Mund offen stand. Er
deutete auf die Haube. »Kannst du für mich die Kopfbedeckung
heben?«

Sie zuckte mit den Schultern. »Ich kann noch viel mehr für
Euch heben.« Sie lachte und zupfte an ihrem Kleid. »Ihr müsst
es nur wollen.« Thomas schüttelte den Kopf, als ob er aus einem
Traum erwachte. Unter ihrer Haube verbarg sie lange, schwarze
Haare. Thomas griff nach seinem Amulett, das ihm Bruder Ja-
cobus geschenkt hatte, öffnete es und hielt es neben das Gesicht

des Mädchens. Sie war neugierig, womit sie verglichen wurde. »Halt!«, rief er. »Bleib so.« Er lief um sie herum. Bezaubert von der Schönheit und erschrocken über den rüden Scherz Gottes, ihn zu diesem Mädchen zu führen.

Sie schnappte sich das Amulett. »Das bin ja ich! Woher habt Ihr das?« Thomas griff danach, aber sie war schneller. Kichernd rannte sie um den Brunnen, verfolgt von Thomas, der seinen Besitz zurückwollte. Das Mädchen blieb stehen und hielt das Amulett in die Höhe.

»Ich gebe es erst wieder heraus, wenn ich einen Kuss von Euch bekomme.«

»Und wenn nicht?«

»Dann wird es wohl der Brunnen verschlucken.«

Thomas näherte sich voller Vorsicht, aber sie durchschaute seine List. Blitzschnell ließ sie ihre Beute über der Öffnung des Brunnens baumeln. »Ihr könnt das Original haben. Wozu braucht Ihr das Bild?«

»Ihr seid es nicht, die abgebildet ist«, gab er zur Antwort.

Sie strich sich kokett durchs Haar und stellte eine Frage, die für sie bereits beantwortet war. »Wer ist dann die junge Schöne auf Eurem Bild?«

Thomas zögerte, ob er so viel von sich preisgeben sollte. Aber die äußerliche Ähnlichkeit mit Marta ließ ihn hoffen, dass auch ihre Seele in dem Mädchen eine Entsprechung gefunden hatte, und so begann er zu schwärmen.

»Neben Gott ist sie das Feuer meines Herzens und das Getöse meiner Seele.«

Das Mädchen merkte, dass ihr Gegenüber kaum für Neckereien am Brunnen bereit war. Seitdem sie im Hurenhaus lebte, hatte sie die Wünsche der Menschen abzuwägen gelernt. Sie hielt ihm das Amulett entgegen. Er nahm es mit einer Zärtlichkeit, die sie ahnen ließ, was mit Feuer und Getöse gemeint gewesen war.

Thomas belustigte die Erinnerung, wie Marta und Knickohr über die Wiese an der Spree gelaufen waren. Der Hund bestimmte das Tempo, weil er ihr stets unnützes Zeug vor die Füße legte, das sie dann für ihn fortzuwerfen hatte.

Die Haube lag noch auf dem Brunnenrand. Das Mädchen nahm sie wieder auf, um ihre Haare zu verhüllen, und schaute über den Platz, um sicher zu sein, dass sie ihre Zeit nicht vertrödelt hatte. Sie merkte, in den Gedanken von Thomas fand sie keinen Platz, und ihre Hoffnung war gering, dass sich das ändern würde. Aber weitere Kundschaft war nicht in Sicht.

»Ich wünsche Euch, dass das Feuer ewig lodert und Ihr glücklich werdet.«

Ihr Wunsch riss Thomas jäh aus seinen Träumen. Er hielt ihr beide Handflächen entgegen. Sie wischte ihre Hände an der Kleidung ab und legte sie zögernd in seine.

»Ihr schuldet mir noch einen Kuss.«

Er zog die Augenbrauen hoch, näherte sich vorsichtig und liebkoste ihre Wange. Sie gluckste. »Alles, was mein Herz zum Lodern bringt, ist auf Durchreise oder auf der Flucht.«

68

Der Guardian fühlte sich bestätigt – die Qualen des irdischen Jammertals glichen zuweilen denen der Hölle. Das Blut des gesamten Körpers schien sich in dem einen Zahn zu sammeln. Die Wange wurde dick und dicker. Der Vorrat an Eisenkraut war aufgebraucht. Bruder Jacobus stand hilflos daneben.

»Ob es nicht vielleicht doch besser ist, den Schmied um Rat zu fragen?«

Der Guardian brauste auf und wehrte mit der Hand ab. »Nicht der Schmied. Alles, nur nicht der Schmied. Aber Bruder Jacobus, wart Ihr es nicht, der sagte, dass es von Nutzen sei, dann und wann die Mauern des Klosters zu verlassen, um Lösungen in Fragen des praktischen Lebens zu erlangen? Bruder Jacobus, hier haben wir ein Problem und suchen die Lösung. Bitte, sagt mir nicht, dass Eure Ausflüge in die Welt doch vergebens waren.«

»Ich könnte versuchen, in der Stadt …«

»Ja?«

»Vielleicht bringe ich in Erfahrung … oder kalte Umschläge? Vielleicht?«

Der Guardian wurde ungeduldig. »Für kalte Umschläge werde ich hier wohl sorgen können. Findet irgendein Mittel zur Linderung des Schmerzes.«

Bruder Jacobus zögerte. Der Guardian winkte mit dem Handrücken und forderte, allein gelassen zu werden.

Obgleich die Pflicht zum Erfolg die Freude an dem Ausflug ein wenig trübte, machte das Herz des Mönches einen Freudensprung – bis sich sein schlechtes Gewissen meldete. Denn er wusste, dass der Anlass der leidende Guardian war. Alsbald eroberte ihn aber wieder das Gefühl von Freiheit. Er genoss es, durch die Stadt zu flanieren, und beobachtete, wie emsig die Spuren des Brandes beseitigt wurden.

Ich darf die Zeit nicht vertrödeln, dachte er. Der Markt war wie zu besten Zeiten belebt. Bruder Jacobus hatte ein Ziel, aber er konnte es nicht gleich ausmachen: die Kräuterfrau mit der dicken Warze auf der Nase, von der sie behauptete, sie finge an zu jucken, wenn sich seltene Kräuter in ihrer Nähe befänden. Da sie sehr klein war, musste sich Bruder Jacobus auf die Treppe des Rathauses stellen, um den Überblick über den Markt zu bekommen. Am gegenüberliegenden Ende machte er sie aus. Sie lief über den Markt, so schnell, dass der Mönch Mühe hatte, ihr zu folgen.

»Wartet einen Augenblick, gute Frau.«

Als sie den Kunden sah, heiterte sich ihr Gesicht auf. Sie wusste, Mönche waren immer für den Kauf größerer Mengen an Kräutern und Pflanzen zu begeistern.

»Wie kann ich Euch behilflich sein?«

»Ich brauche ein Mittel gegen Zahnweh.«

»Das ist ganz einfach«, gab sie zur Antwort.

Der Mönch wollte es kaum fassen, dass er so schnell der Lösung des Problems nahe gekommen sein sollte. »Erzählt!«

»Ihr müsst einen Totenkopf besorgen, einen Zahn ausbrechen und ihn in den Mund nehmen. Um Mitternacht sollte der Fall erledigt sein.«

»Was erzählst du altes Weib für dummes Zeug?«, wurde sie von einer konkurrierenden Kräuterfrau zurechtgewiesen.

Dann wandte sie sich dem abzujagenden Kunden zu. »Ihr müsst um Johannis, den vierundzwanzigsten Tag des sechsten Monats, lebendige Maulwürfe, dreizehn an der Zahl, in einen unglasierten Topf legen, ihn zudecken und verkitten. Dann stellt ihn auf glühende Kohlen, bis die Maulwürfe gut durchgebrannt sind, worauf Ihr sie zerstoßt. Dann nehmt Ihr eine Messerspitze voll in die Milch.«

»Du bringst aber auch alles durcheinander! Wahrlich ist es ein gutes Rezept, aber doch gegen die Fallsucht. Linderung bei Zahnweh bietet das Öl aus gepressten Nelken.«

Die andere Frau gab sich geschlagen und nickte. »Oder Nelken. Damit geht es natürlich auch.«

Bruder Jacobus war erleichtert, weil er sich gesorgt hatte, wo er so schnell dreizehn Maulwürfe herbekommen würde. Zudem war Johannis gerade vorbei, und ein weiteres Jahr die Schmerzen zu ertragen, würde dem Abt kaum vorzuschlagen sein.

»Habt Ihr Nelken in Eurem …?«

Die Frage war noch nicht ganz ausgesprochen, da baumelte ihm von beiden Seiten das Gewünschte entgegen.

69

Vielleicht war es die Schelte Sauertaigs, vielleicht aber auch nur das kalte Wasser – Hovemann konnte sich der Erkenntnis nicht länger verweigern, dass vieles von dem, was geschehen war, durch ihn selbst bestimmt war. Von dem Würfelspiel mit von Erp bis zu dem versprochenen, aber misslungenen Holztransport. Er begriff, wie glücklich sein Leben vor dem Zusammentreffen mit von Erp verlaufen war und wie es sich gedreht hatte, als habe er an diesem einen Tag nicht nur den Roggen, sondern auch alle Chancen seines Lebens verspielt.

Hovemann machte sich auf den Weg zum Hafen, um zu schauen, ob noch etwas zu regeln war von dem, was er versäumt hatte.

Offenbar war es Sauerteig gelungen, auch ohne seine Hilfe das Holz zu den Schiffen zu bringen. Die Stämme wurden auf die Prahme gerollt. Hovemann lief das Ufer entlang. Ein Prahm, der offensichtlich aus dem Norden kam, legte an. Ein Mann sprang herunter und rief:

»Ist einer hier, der Hovemann geheißen wird?«

»Ja. Warum fragt Ihr?«

»Ich habe einen Brief für ihn von einem, der Thomas genannt wird.«

Hovemann zog es das Herz zusammen. Er nahm das Pergament, faltete es behutsam auseinander und setzte sich.

»Lieber Vater,

nun sind wir hinter Wittenberge. Der Roggen scheint nicht hoch im Kurs zu stehen, denn die Räuber haben uns bisher verschont. So weit von meiner Heimatstadt entfernt beginne ich, die weite Welt zu begreifen. Sie bietet Erkenntnis, die mir vorher verborgen geblieben war. Dank für Eure starke und leitende Hand, die mich wehrhaft gemacht hat gegen Anfeindungen aller Art. Nur einen Angriff vermag ich nicht abzuwehren. Das Missgeschick der Liebe. Die Furcht ergreift mich, dass alles mir eilends genommen wird, wenn ich es nur beginne zu begehren. So bin ich sehr allein und achte auch darauf, dass es so bleibt, damit der Schmerz nicht alte Wunden aufreißt. Dann vielleicht, so hoffe ich, werden sie heilen. Grüßt bitte meine Schwester und Bruder Jacobus und seid umarmt. Euer Sohn Thomas.«

Hovemann senkte den Brief. Er blickte zum Hafen und fragte sich, warum ihm genau in diesem Augenblick das einfiel, worum ihn Friedelinde seit langem gebeten hatte – Stoff zu kaufen, um die schadhafte Kleidung auszubessern.

Er faltete den Brief sorgsam zusammen, steckte ihn ein und

ging über den Markt. Bruder Jacobus verhandelte noch immer mit den beiden Frauen um den Preis der Kräuter.

»Hovemann!«, rief der Mönch, ließ die beiden stehen und lief auf ihn zu.

Seitdem Jacobus die Beichte von Marta abgenommen hatte, wusste Hovemann nicht, wie er sich dem Mönch gegenüber verhalten sollte.

»Die zwei Kräuterfrauen wollen wohl das Geschäft noch abschließen.«

»Ach was!«, gab der Mönch zur Antwort. »Das kann nur billiger werden. Erzählt, wie ist es Euch ergangen? Habt Ihr von Thomas gehört?«

Hovemann nahm den Brief und faltete ihn auseinander. »Lest. Er enthält auch einen Gruß an Euch.«

Bruder Jacobus nahm den Brief freudig entgegen, setzte sich auf den Rand des Brunnens und begann zu lesen. Die Mundwinkel waren noch immer nach oben gezogen, aber die Augen wurden traurig. Hovemann setzte sich zu ihm. Bruder Jacobus faltete den Brief sorgsam zusammen.

»Und wie ist es Euch ergangen?«

»Es ist seitdem nichts, wie es war.«

Der Mönch wiegte den Kopf hin und her. »Vielleicht solltet Ihr Thomas zurückholen.« Nach einer kleinen Pause fuhr er fort: »Auch wenn Ihr den Wert nie habt erkennen können, so ist ihm, durch wen auch immer, das Wertvollste genommen worden.«

Wie Glockenschläge dröhnten die Worte nach. »... durch wen auch immer.«

Der Mönch gab den Brief zurück.

»Es gibt keinen Neuanfang. Wenn Gott uns auf den Weg schickt, dann gibt es kein Zurück. Aber er ermuntert uns, die Richtung zu korrigieren, wenn wir uns verlaufen haben.«

Ob es nun der Brief oder die Worte von Bruder Jacobus waren – plötzlich war sich Hovemann sicher, welchen Weg er zu gehen hatte.

Michael holte den frisch aufgefüllten Krug hervor und stellte ihn Thomas vor die Füße.

»Rauf mit dem Prahm und runter mit dem Schnaps, heißt es bei uns!«

»Aber wir fahren doch runter mit dem Prahm«, konterte Thomas.

»Wasser hat keine Balken. Auf dem Kahn sind alle gleich. Da hilft kein Geschwätz«, setzte Michael nach. Er hielt Thomas einen Becher hin. Der Schnaps roch ungefährlicher als das vorherige Gebräu. Dennoch war Thomas misstrauisch.

»Woraus ist der denn?«

»Man erzählt sich, dass es schon Menschen gegeben habe, die verdurstet sind, weil sie vor lauter Fragerei nicht zum Trinken gekommen sind«, gab Michael schnippisch zurück. »Komm, Caspar, nimm dir auch einen.« Caspar robbte näher. Die drei Jungen hoben die Becher. Wolk nahm es gelassen. Die Nacht kündigte sich an. Der Himmel war verhangen, und bald würde das Wasser vom Ufer nicht mehr zu unterscheiden sein.

»Helft mir aber noch, den Kahn festzumachen.«

Michael vertäute das Boot. Thomas und Caspar deckten das Korn ab. Wolk legte sich hin und schlief sofort ein.

Michael füllte die Becher nach.

»Ich schlage vor, wir wetten um Geld, wer am meisten trinken kann.«

»Du hast doch gar kein Geld.«

»Ich wette, dass ich schaffe, mehr zu trinken als du. Wenn ich gewinne, bekomme ich dein gesamtes Geld. Wenn ich verliere, will ich dir bis zur Rückreise nach Berlin dienen und all deine Wünsche von den Augen ablesen.«

Für Thomas wäre es leicht gewesen, darauf zu verweisen, dass Michael bereits im Dienste der Familie Hovemann stand.

»Du brauchst immer sehr lange, um dich zu entscheiden«, stichelte Michael.

Thomas wusste nicht, was ihn trieb, die Herausforderung anzunehmen.

»Ich schlage ein. Caspar, du achtest darauf, dass alles mit rechten Dingen zugeht.«

Stolz über die Verantwortung, die dem Amt inne wohnte, griff Caspar nach dem Krug und füllte beide Becher. Michael nahm seinen, hob ihn und sah dabei Thomas tief in die Augen.

»Rauf mit dem Prahm und runter mit dem Schnaps!«, wiederholte er langsam.

Ein Schluck, und der Becher war gelehrt. Thomas hielt den Blicken von Michael stand.

»Rauf mit dem Prahm und runter mit dem Schnaps.«

Er schloss die Augen und stand das Getränk durch. Die Wirkung ließ nicht lange auf sich warten. Als habe der Blitz eingeschlagen und einen Feuerball entfacht, der die Speiseröhre entlangkriecht. Jeder Fingerbreit des Weges war zu spüren. Aber im Magen angekommen, wärmte er wohlig.

»Gut«, dachte Thomas. »Das ist zu schaffen.«

Caspar füllte nach.

Michael schniefte den Inhalt seiner Nase hoch. »Es ist die Aufgabe eines Mannes, das zu tun, was getan werden muss.« Und schon taten sie sich die nächsten Schnäpse an. Thomas blies die Luft, die bei dem Feuerwerk entstanden war, mit einem Ruck aus.

»Beim zweiten Mal schmerzt es weniger.«

»Ich muss mal pinkeln«, gab Michael zur Antwort und stellte sich an den Rand des Prahms. An dem Geräusch, den der Strahl beim Eintritt in die Elbe machte, war zu hören, dass in Michael der Ehrgeiz geweckt war, ihn möglichst gleichmäßig zu verteilen. Caspar goss die nächste Runde ein, bis er durch ein lautes Platschen aufgeschreckt wurde. Michael war in die Elbe gestürzt. Thomas kippte vor Lachen aus seinem Schneidersitz. Caspar schaute besorgt über den Rand. Michael strampelte. Sein Kopf tauchte unter. Dann bäumte er sich auf. »Hilfe!«

Die Hilfeschreie mischten sich mit dem Spottgelächter.

»Hör auf mit den Albernheiten«, rief Thomas zurück.

»Hilf…«

Es gluckerte. Caspar wurde unruhig. »Er kann nicht schwimmen.«

Das Wasser schäumte. So viel Kraft entwickelt nur einer, der dem Tode zu entrinnen sucht. Thomas warf seinen Umhang ab und sprang ins Wasser. Er schwamm zu Michael, griff ihm unter die Arme, um ihn abzustützen, da er, wenn er die Nase hoch streckte, mit den Füßen den Grund erreichte.

»Man kann stehen!«

Michael schlug wild um sich. Thomas versuchte, ihn zu halten.

»Hörst du nicht! Das Wasser ist nicht tief!« Thomas hielt beide Hände über den Kopf. Michael kam zur Ruhe. Thomas stützte ihn. Wolk war von dem Lärm aufgewacht und entsprechend ärgerlich. Er zog Michael zurück in den Prahm:

»Diese Saubande lässt einen nicht zur Ruhe kommen.«

Michael zog seine nasse Kleidung aus und kicherte. »War nur ein Scherz. Ich hab nur Spaß gemacht.«

Es wurde so still, dass zu hören war, wie die Tropfen auf den Boden fielen. Nicht einmal Caspar konnte an einen Spaß glauben. Thomas zog die nasse Kleidung aus und breitete sie zum Trocknen aus. Er warf sich eine Decke über und feixte: »Wasser hat keine Balken, da hilft eben kein Geschwätz.«

71

»Wo habt Ihr so lange gesteckt. Ich erleide Höllenqualen«, klagte der Guardian.

Bruder Jacobus fingerte an dem kleinen Leinensäckchen und fischte eine Nelke heraus. »Kaut hier drauf, und so Gott will, verschwinden die Schmerzen.«

»Gebt zwei.« Der Guardian drückte die beiden Gewürznelken in den schadhaften Zahn und presste das Gebiss aufeinander. Linderung erwartend, starrte er ins Leere. Auch Bruder Jacobus war gespannt. Das Gesicht des Abtes verdüsterte sich zusehends. Die Zähne fest aufeinander gebissen, klagte er: »Der Zahnschmerz ist geblieben und jetzt ist auch noch der Mund verbrannt von der Schärfe des Gewürzes. Bruder Jacobus, was macht Ihr mit mir?«

Der Gescholtene lief ziellos umher. Er war sich der Verantwortung bewusst, aber sein Rat war erschöpft.

»Und wenn vielleicht nun doch … der Schmied.«

»Ihr könnt es wohl nicht lassen? Nicht der Schmied!«

»Und wenn wir dem Übeltäter aus eigener Kraft zu Leibe rücken?«

»Wie meint ihr das?«

Die Konstruktion war so simpel wie viel versprechend. Bruder Jacobus stellte einen Stuhl in die Mitte des Raumes. Dann band er einen Faden an die Verzierung der sich nach außen öffnenden Tür.

»Was habt Ihr nun schon wieder vor?«, argwöhnte der Patient.

»Der Plan ist genial«, erklärte Bruder Jacobus nicht ohne Stolz. »Seit Jahr und Tag beschwert Ihr Euch, dass mangelnder Respekt dazu führt, die Tür ohne Klopfen aufzureißen.«

»Es ist wahrlich ein Kreuz«, bestätigte der Guardian.

»Ihr werdet nicht einmal wissen, wann es passiert. Und so bleibt keine Zeit für Angst und Zögerlichkeit, denn an der einen Seite der Schnur ist Euer Quälgeist, von dem Ihr Euch trennen wollt, und am anderen Ende ist die Tür, die sich, ohne dass Ihr es vorher ahnen könnt, öffnet.«

Das Gesicht des Abtes hellte sich auf. »Ihr seid ein Talent, versiert in Strategie und Technik.« Er setzte sich auf den Stuhl. Bruder Jacobus verband Zahn und Tür mit dem Faden und kauerte sich neben den Guardian. Dann harrten sie der Dinge, die da kommen sollten.

Die Zeit verstrich, und die Glocken kündigten den Vespergottesdienst an. Der Guardian und Bruder Jacobus falteten die Hände. Nach dem Gottesdienst, so hoffte der Guardian, würden wie üblich viele seiner Schützlinge mit ihren Problemen zu ihm kommen. Einer würde genügen, der Erste wäre der Retter, und das Leid wäre ausgestanden.

Der Guardian nutzte in der Zwischenzeit das Gebet, um seinem Herrgott die Frage zu stellen, warum gerade er, der sich nichts habe vorwerfen zu lassen, mit solch einer Strafe belegt wurde. Er bat ihn darum, nunmehr Milde walten zu lassen. Es sei genug, die Schmerzen nicht mehr zu ertragen und ... die Tür solle doch nun endlich aufgehen. Amen.

Auch die Mönche hatten ihre Gebete beendet. Der Guardian und Bruder Jacobus hörten, wie sie aus der Kirche kamen, den Kreuzgang entlangliefen und zu ihren Arbeiten zurückkehrten. Auf dem Flur ertönte die Stimme von Bruder Franzus. Auch Bruder Franzus gehörte zu denen, auf die der Guardian größte Hoffnung setzte, weil sie meist ungehörig in das Zimmer traten.

Entweder hatten den Herrgott die Gebete des Abtes nicht erreicht, oder er hielt die Qual noch nicht für ausreichend, denn ausgerechnet diesmal klopfte es. Der Guardian presste zwischen Stöhnen und Jammern ein »Ja!« hervor.

Die Klinke wurde heruntergedrückt. Zaghaft öffnete sich die Tür und zog den Guardian vom Stuhl. Bruder Franzus war gekommen, sich über die Hochnäsigkeit Bruder Jacobus' zu beschweren. Nun stand er da und brachte kein Wort heraus. Er sah den Guardian, der in der Mitte des Raumes stand, leicht gebückt, und Bruder Jacobus, den Grund seines Kommens. Bruder Franzus zischte etwas vor sich hin, warf Bruder Jacobus einen verächtlichen Blick zu, drehte sich um und verschwand.

72

Hovemann sah seiner Tochter in die Augen. Der Glanz, der ihn sonst stets erfreut hatte, war verschwunden. Als schaue sie bewusst an ihm vorbei, um nicht noch trauriger zu werden. Es brauchte diesen Blick nicht mehr. Hovemann hatte verstanden, und er war dankbar und befreit.

Bruder Jacobus hatte ihm bestätigt, was er vorher nur geahnt hatte: So konnte es nicht weitergehen.

»Friedelinde, ich werde nach Hamburg reisen«, teilte er seiner verdutzten Tochter mit. Sie war inzwischen ziemlich misstrauisch geworden bei allem, was der Vater sagte. »Zuvor werde ich regeln, wie du unterkommst, denn die Reise wird gewiss beschwerlich, und ich werde dich nicht mitnehmen können.«

Friedelinde hockte sich zu ihm und legte ihre Hände in seinen Schoß. So, wie sie ihn jetzt von unten anschaute, meinte er ein winziges Flackern in ihren Augen auszumachen. Er streichelte ihr über Kopf und Wange.

»Es wird alles wieder gut, Friedelinde.«

»Werdet Ihr Thomas treffen?«

»Ich hole ihn zurück.«

Friedelinde nahm die Karaffe, in der sich noch ein Rest Wein befand.

»Braucht Ihr Stärkung?«

Hovemann sah auf die Karaffe, dann winkte er ab.

»Nein.« Er stand auf. »Ich muss noch einmal fort. Es wird nicht lange dauern.«

Dann drehte er sich um und verließ das Haus. Er wollte Sauertaig aufsuchen, um Abbitte zu leisten. Genau wusste er nicht, was ihn so sicher machte, dass der ihm vergeben würde, aber die Worte von Bruder Jacobus hatten ihn ermahnt, sein Scheitern nicht vorschnell zu akzeptieren.

Auf dem Weg zu Sauertaig wusste er noch sehr genau, was er ihm sagen wollte. Vor dem Haus angekommen, traute er sich jedoch nicht, die Glocke zu ziehen. Er schlich um das Haus und hoffte, Sauertaig vielleicht durch das Fenster sehen zu können. Der Kontakt wäre zwangloser herzustellen, als wenn er von der Glocke aufgeschreckt würde.

Die Fenster waren so hoch, dass Hovemann nicht in das Haus sehen konnte. Er stellte sich auf die Zehenspitzen. Aber auch das half nichts. Er hüpfte und sah, dass Sauertaig am Pult saß und schrieb.

183

Aus den Augenwinkeln nahm Sauertaig die Bewegungen vor dem geöffneten Fenster wahr. Er schaute hinaus. »Was hopst Ihr da so albern herum?«

Da Sauertaig keine Anstalten machte, an das Fenster zu treten, sprang Hovemann weiter. Seinen Hut hielt er dabei mit der rechten Hand, der andere Arm verstärkte den Schwung.

»Ich habe mit Euch zu sprechen. Wenn Ihr mich einlassen würdet ...«

Sauertaig konnte es nicht länger ertragen, dass ein erwachsener Mann vor seinem Fenster umhersprang. Er stand auf. Hovemann kam zur Ruhe.

»Ich habe klar gesagt, dass ich kein einziges Wort mehr mit Euch zu wechseln habe. Warum belästigt Ihr mich?«

»Verzeiht, lieber Sauertaig, verzeiht. Ich habe viel Schaden angerichtet und will Euch meine Bereitschaft zeigen, ihn wieder auszugleichen.«

»Schert Euch fort.« Die Antwort war kurz und gab keinen Raum, sie falsch zu deuten. Sauertaig schloss das Fenster. Hovemann hatte es nicht einmal bis in das Haus geschafft.

Sieglinde war neugierig geworden, was den Vater so in Aufregung versetzt hatte. Vielleicht war es die Zuneigung zu Thomas, vielleicht auch nur die Furcht, den Rest ihres Lebens im Kloster verbringen zu müssen. Sie zog den Vater am Ärmel und bat: »Vater, hört Euch doch an, was er zu sagen hat.«

Sauertaig knurrte, aber Sieglinde wusste, dass das kein schlechtes Zeichen war.

Der Kaufmann öffnete die Tür und deutete mit einer flüchtigen Handbewegung an, dass Hovemann eintreten dürfe.

»Erzählt schnell. Ich habe zu arbeiten.«

Hovemann dankte mit einer Verneigung für das Entgegenkommen und begann, wie er es sich auf dem Wege überlegt hatte.

»Ich weiß, ich stehe in Eurer Schuld.«

Sauertaig nickte. Die Einlassung war geglückt, denn er deutete auf einen Stuhl. Hovemann setzte sich, wagte es aber nicht, sich anzulehnen.

»Es tröstet Euch sicherlich nicht, aber in letzter Zeit sind viele der Fäden aus meinen Händen geglitten, auf die ich als Mann und Vorstand meiner Familie hätte Obacht geben müssen. Nun ist die Zeit reif, sie wieder fest zu zurren.«

Sauertaig schüttelte den Kopf. »Wie wollt Ihr das anstellen? Und was macht Euch so sicher, dass es gelingt? Und warum kommt Ihr zu mir, wenn Ihr erkannt habt, dass die Zeit gekommen ist, Eure Probleme zu lösen?«

»Ich reiche Euch die Hand mit dem Versprechen, den von mir angerichteten Schaden auszugleichen, verbunden mit einer Bitte an Euch.«

Hovemann erwartete eine kleine Geste, die ihn hätte ermuntern können, fortzufahren, aber Sauertaig verzog keine Miene. Hovemann spürte, wie der Kloß in seinem Hals wuchs.

»Ich komme, damit Ihr mir behilflich seid.«

»Hab ich es mir doch gedacht.« Sauertaig sprang auf. »Verlasst mein Haus!«

Hovemann hatte sich ebenfalls von seinem Stuhl erhoben.

»Es ist nicht viel, was ich von Euch erbitte.«

Inzwischen war Sauertaig rot angelaufen. »Ihr kommt in mein Haus, obgleich ich mir verbeten habe, mich nochmals zu belästigen. Dann säuselt Ihr mir vor, Ihr wolltet den von Euch verursachten Schaden wieder richten, aber Ihr wollt nichts weiter, als mich anschnorren? Geht Eurer Wege! Ihr habt meine Geduld ausreichend strapaziert.«

Der Gescholtene ging gesenkten Hauptes zur Tür, drehte sich noch einmal um, aber seine Hoffnung, dem Gesagten könnte eine versöhnliche Geste folgen, wurde nicht erfüllt. Mit geprügelter Seele verließ er das Haus, ohne ein weiteres Wort.

Sieglinde hatte den Vater selten so erlebt. Auch nachdem Hovemann bereits verschwunden war, schimpfte er auf den Verfall der Sitten, an dem solch Gesindel wie Hovemann den größten Anteil habe. Sieglinde wusste, dass mit dem Vater kaum zu verhandeln war, bevor er nicht alles aus sich herausgepoltert hatte. Also zog sie sich zurück, die Gelegenheit abwartend, ihren Vater anzusprechen. Zur Beruhigung reichte sie ihm einen Becher Wein. Der Vater trank ein, zwei Schlucke und lächelte. Das war das Signal, auf das Sieglinde gewartet hatte.

»Und wenn Ihr ihn fragt, was er eigentlich wollte? Vielleicht ist es gar nicht viel, und es würde Euch leicht fallen, ihm seinen Wunsch zu erfüllen. Zu verlieren habt Ihr doch nichts.«

Der Vater wäre sicherlich erneut aufgebraust, wenn ihn nicht das strategische Geschick seiner Tochter verblüfft hätte. So kannte er sie bisher nicht.

»Du magst ihn wohl?«

»Wen?«

»Den Thomas.«

Kokett drehte sich Sieglinde um. »Ach, nein.«

Sauertaig schmunzelte und schritt durchs Zimmer. Seine Tochter hatte Recht. Zu verlieren hatte er nichts. Er ging ans Fenster. Hovemann saß vor dem Haus, er schien enttäuscht und nachdenklich. Sauertaig lehnte sich hinaus.

»Hovemann!«

Der Kaufmann schreckte auf und drehte sich um. Er konnte es nicht fassen, dass aus dem Haus, aus dem er wie ein Dieb hinausgeworfen worden war, jemand nach ihm rief.

Mit einer gebieterischen Handbewegung zeigte Sauertaig, dass er bereit war, den Gast erneut willkommen zu heißen.

»Ihr habt in meiner Tochter einen guten Beistand gefunden. Also macht es kurz und sagt, was Ihr von mir erwartet.«

»Danke«, stammelte Hovemann. »Ich habe vor, Thomas nach Berlin zurückzuholen. Aber es fehlt mir an dem nötigen Geld, um bis nach Hamburg zu kommen. Wenn Ihr mir die Aufsicht für eine Fuhre Holz anvertrauen würdet, dann …«

Sauertaig sah, wie Sieglinde in der Tür stand, neugierig und hoffnungsvoll.

»Hovemann, gut, den Wunsch möchte ich Euch erfüllen.«

»Und noch eine kleine Bitte«, wagte sich Hovemann vor.

Erneut zeigten sich Zornesfalten auf Sauertaigs Gesicht.

»Es geht um Friedelinde.«

Blitzschnell waren die Falten verschwunden und wichen einer fragenden Miene.

»Ich würde sie gerne für die Zeit der Reise in Eure Obhut geben.«

Sauertaigs Gesicht verwandelte sich in ein freundliches. »Das will ich mit Freuden übernehmen. Friedelinde ist ein liebes Mädchen und wird sich mit Sieglinde wohl gut verstehen. Der nächste Prahm läuft in vier Tagen aus. Genügend Zeit, um Vorbereitungen zu treffen.«

Hovemann war dankbar und beruhigt.

73

Je dicker die Wange des Abtes, umso schmaler wurde der Raum für Entscheidungen. Bruder Jacobus bemühte sich, den Guardian zu überzeugen, dass dem schmerzenden Übeltäter nunmehr nur noch unter Anwendung roher Gewalt begegnet werden könne. Weil inzwischen auch der Guardian keinen anderen Weg mehr sah, willigte er ein, nun doch den Schmied mit der Lösung des Problems zu betrauen.

Der Mönch musste quer durch die Stadt Berlin und durch Cölln laufen, weil die Schmiede außerhalb der Stadt lag. Noch immer roch es an allen Ecken nach Rauch.

Schon von weitem war zu hören, wie der Hammer mit regelmäßigen Schlägen den Amboss traf. Bruder Jacobus war stets fasziniert, wie wenig es brauchte, aus einem Stück Eisen mit Feuer und gehöriger Kraft etwas Verwendbares herzustellen.

»Schmied!«, rief er. Aber auch das Gebrüll eines Löwen hätte den Lärm in der Schmiede nicht durchdringen können. Also versuchte er, in das Blickfeld des Schmieds oder einer seiner Gesellen zu kommen. Die konzentrierten sich darauf, Hufeisen zu biegen. Der Hammer donnerte auf das glühende Eisen. Bruder Jacobus trat näher. Ein Schlag. Wie in einer Explosion zerstob das Eisen. Funken flogen wie leuchtende Käfer umher und nisteten sich in die Kutte des Mönchs ein. Eine kleine Flamme wuchs und fraß ein Loch.

»Nein!«, rief der Mönch und schlug um sich. Jetzt hatte der Schmied den Gast bemerkt. Er warf das glühende Eisen in einen Trog mit Wasser. Zischend und qualmend kämpften Feuer und Wasser gegeneinander.

»Was wollt Ihr?«

»Schmied, wir brauchen Werkzeug und deine starke Hand, um den Guardian von einem Zahn zu befreien.«

»Ist es eilig?«

Bruder Jacobus deutete an, wie stark die Wange des Leidenden bereits geschwollen war.

»Spann den Wagen an und komm«, rief der Schmied einem Gehilfen zu. »Das Problem sollte lösbar sein.« Er legte verschiedene Zangen und Ledergurte in den Wagen. Die Peitsche trieb die Pferde durch die Stadt.

»Ho, ho«, rief der Schmied. »Macht Platz, ihr Leute. Der Schmied fährt zu einem Notfall.« Die Menschen sprangen beiseite.

Das Tor des Klosters öffnete sich schon, bevor sie angelangt waren. Der Wagen drehte im Hof eine Runde, und der Schmied sprang herunter.

»Führt mich zu dem Leidenden.«

Der Guardian saß wie ein Häuflein Unglück in seinem Stuhl, hielt sich die Wange und wippte mit dem Körper vor und zurück. Die Tür sprang auf. Der Schmied trat herein, in der einen Hand die Zange, in der anderen die Ledergurte.

»Gleich wird das Leid sein Ende finden.« Noch ehe der Guardian um Vorsicht bitten konnte, lagen schon die Ledergurte über seinen Knien und wurden unter dem Stuhl zusammengebunden. Der Guardian, derart fixiert, schaute ängstlich. Niemals zuvor hatte er sich in einer so misslichen Situation befunden. Bruder Jacobus nickte ihm aufmunternd zu, da packte der Gehilfe den Kopf des Leidenden und drehte ihn zur Seite, dass es knackte. Der Guardian riss die Augen auf. Die Zange schob sich in den

188

Mund. Er sah die schwieligen Hände des Schmieds, roch das Leder der Schürze und fühlte den starken Arm des Gehilfen, der jede Bewegung unterband.

Der Schmied blockierte den Kiefer mit einem Eisen.

»Ah, ich sehe schon.«

Zielsicher griff die Zange nach dem Zahn und entriss ihn dem jammernden Mund. Der Schmied hob die blutende Trophäe in die Luft und hielt sie Bruder Jacobus, dem Gehilfen und schließlich dem Guardian entgegen, der vor Erschöpfung zusammengesunken war. Nur langsam spürte er, wie er und die Welt sich wieder miteinander versöhnten. Blut quoll aus der Wunde. Mit der Zunge erkundete er die neue Landschaft. Sein Gesicht verdüsterte sich. Im Stillen zählte er die vorhandenen Zähne. Der fünfte war gezogen. Der Abt wurde blass, denn der Übeltäter war Nummer vier.

»Welchen Schabernack treibst du mit mir?«, schrie er, das Haupt zur Decke gerichtet. Der Schmied fackelte nicht lange, setzte ein zweites Mal an, ehe der Guardian ein weiteres Wort der Klage hervorbringen konnte.

Diesmal wurde der richtige Zahn besiegt. Der Guardian besah sich abfällig den kleinen Lumpen. Jetzt musste er nur noch die Würde zurückerlangen, die er verloren glaubte. Er hob den Kopf und richtete seine Kleidung.

»Bruder Jacobus, habt Ihr nicht im Skriptorium Arbeit zu verrichten?«

Der Mönch wusste, in nächster Zeit war die Pforte des Klosters für ihn verschlossen.

74

Die Strömung hatte etwas nachgelassen. Der Wind kam von vorn und blies Wolk den feinen Roggenstaub ins Gesicht. Aber Lauenburg war nicht mehr weit, und die Hoffnung auf etwas Abwechslung stärkte ihn. Der Roggen erforderte alle Aufmerksamkeit. Er war auch nach der langen Fahrt noch nicht getrocknet. An einigen Stellen roch es bereits faulig. Die drei Jungen waren ausgelastet, ihn mit Holzbrettern unaufhörlich zu wenden. Michael tat sich besonders hervor. Er zeigte Thomas, wie man das Holzbrett richtig hielt, damit man am Abend nicht allzu starke Rückenschmerzen hatte. Thomas hatte ihn nie darauf angesprochen, warum er, der Gehilfe auf einem Prahm, nicht schwimmen konnte. Vielleicht war das der Grund, warum sich Michael im Gegenzug um fremde Rückenschmerzen kümmerte. Die Frotzeleien, die ihm auch nach seiner Rettung dann und wann einfielen, schluckte er hinunter. Und auch gegenüber Caspar versuchte er, nicht mehr den Überlegenen herauszukehren. »Eigentlich ganz einfach«, dachte Thomas. »Man muss ihm also nur das Leben retten, und schon wird man von ihm akzeptiert.«

Als sie Lauenburg erreicht hatten, wurde Michael unruhig. Der Prahm stieß gegen das Ufer. Er nutzte den Schwung und sprang von Bord.

»Warum hast du es so eilig?«, fragte Thomas.

Michael winkte ihn heran und deutete in die Stadt. »Da hinten gibt es auch ein Töchterhaus.«

Thomas grinste. »Und eine Verehrerin von dir?«

»Oh«, schwärmte Michael und hob beschwörend den Kopf zum Himmel. »Sie ist ein Geschenk Gottes.«

»Beschreib sie.«

Michael schnäuzte sich. »Wenn man sie beschreiben könnte, dann wäre sie nicht von Gott. Ich kann nur sagen, dass« – Michael deutete einen Halbkreis vor seinem Brustkorb an – »sie unglaublich üppig ist.«

Thomas lachte. Michael kramte eine Silbermark hervor. »Wenn du willst, kannst du gerne mitkommen.«

Thomas schüttelte den Kopf, aber Michael ließ nicht locker. »He, sei nicht feige.« Er legte seinen Arm um Thomas' Schultern und zog ihn mit. »Du wirst Himmel und Hölle erleben.«

Caspar gefiel die neue Freundschaft nicht. Er bildete sich ein, dass Michael ihn in das Töchterhaus mitgenommen hätte, wenn er nicht von Thomas verdrängt worden wäre.

Der Eingang befand sich neben dem städtischen Badehaus. Michael klopfte an und hielt sein Ohr an die Tür. Keine Regung. Er schlug stärker gegen die Tür. Von drinnen reagierte eine tiefe Stimme: »Ja, nu komm schon, Jung.«

Die Tür knarrte. Thomas blieb dicht hinter Michael. Im Haus roch es muffig. Als die Augen sich an die Dunkelheit gewöhnt hatten, war sie zu sehen. Sie thronte inmitten des Raumes auf einem großen Stuhl und war außerordentlich dick. Die Andeutung, die Michael gemacht hatte, war eher unter- als übertrieben. Zu ihren Füßen lag ein kleines dickes Kind, das der Statur nach offensichtlich ihres war. Es mühte sich, ein halbes Fladenbrot mit einem Mal in den Mund zu stopfen. Wenn die eine Seite verschwunden war, schob sich die andere dafür wieder heraus. Thomas war fasziniert von der Ausdauer des Kindes und konnte sich nicht vorstellen, dass es jemals einen Körperteil bewegt hatte, der nicht der Nahrungsaufnahme diente. Auch ob es ein Junge oder ein Mädchen war, konnte er nicht erkennen.

»Na, da ist er ja, mein kleiner Draufgänger. Hast du einen Freund mitgebracht?«, wurden die beiden begrüßt.

Michael deutete auf Thomas. »Ja!«

Der verbeugte sich artig, ohne das Kind aus den Augen lassen zu können.

»Habt ihr Geld?«

Michael holte die Silbermark hervor, zeigte sie der dicken Frau und warf sie genüsslich in ihren Ausschnitt.

»Du Schlingel«, kicherte sie. »Da nutzt mir das Geld nichts, also musst du es wieder herausholen.«

Michael kniete nieder, kämpfte sich durch mehrere Röcke und war verschwunden. Nur seine Schuhe schauten noch hervor.

Thomas erschrak und hielt sich die Hand vor den Mund. In diesem Moment hatte das Kind sein ehrgeiziges Ziel erreicht. Vom Fladenbrot zeugten nur noch Krümel, die vor ihm verstreut waren.

Michael war noch immer verschwunden. Er begann zu husten. Die dicke Frau kicherte. Sie war besorgt, dass Thomas nicht auf seine Kosten kommen würde.

»Komm her, mein Kleiner. Angele mir das Geld heraus.« Sie hob auffordernd ihren Busen an. Thomas riss die Augen auf und kam zögerlich näher. Er schob sich die Kleidung vom Arm.

»Nu mach schon«, forderte sie. Thomas schloss die Augen und versank.

Die dicke Frau verdrehte ihre Augen und hauchte dem Kind zu: »Griseldis, geh raus – spielen.«

75

Friedelinde hatte all ihre Habseligkeiten geordnet. Auch das Reisegepäck für den Vater stand bereit. Was sie vorbereiten konnte, war getan. Nun saß sie und beobachtete den Vater, der die Fenster schloss und vernagelte. Mit jedem geschlossenen Fenster wurde es schummriger im Haus. Ihre Blicke wanderten die Krüge ab, die oben auf dem Bord standen, die Feuerstelle, den Tisch, die Stühle. Dem Holzpferd fehlte noch immer das rechte Auge. Es schaute freundlich – höhnisch. Als alles dunkel war, widmete sich der Vater dem wartenden Kind.

»Und? Alles fertig?«

Sie nickte. Der Vater setzte sich neben sie.

»Und du wirst Sauerteig folgsam zur Hand gehen und dich mit Sieglinde vertragen?«

»Mmhh.«

Friedelinde wäre gern mitgekommen. Sie verstand nicht, warum sie zurückgelassen wurde. Aber sie wollte nicht widersprechen. Der Vater verbreitete Entschlossenheit, wie man sie nur hat, wenn kein Zweifel die Überzeugung trübt, das Richtige zu tun. Er legte seine Hand auf ihre. »Friedelinde, es ist viel Schlimmes passiert, und ich habe es nicht geschafft, den Schaden von unserer Familie abzuwenden. Der Herrgott hat mir ein Zeichen gegeben, und er wird mich mit der nötigen Kraft versehen, das Versäumte nachzuholen.«

»Ich will Euch ja gehorchen, Vater, aber warum darf ich denn nicht mitfahren?«

»Glaub mir, mein Kind, es ist besser so. Die Fahrt wird anstrengend und ist voller Gefahren. Und nun komm. Wir müssen uns eilen, damit ich pünktlich zur Abfahrt bereitstehe.«

Friedelinde schnürte sich ihr Bündel auf den Rücken und ging langsam zur Tür. Sie drehte sich um, sah in das dunkle Haus, bis der Vater sie sanft ins Freie schob.

Da entwischte sie ihm und rannte zurück. Sie hatte sich das Holzpferdchen gegriffen.

Sauertaig wartete schon. »Ihr seid sehr früh. Das freut mich.« Er stellte ein Glas auf den Tisch. »Ein kleiner Schluck zum Abschied?«

Hovemann schluckte. Seit zwei Tagen hatte er keinen Wein getrunken. Der Abschied wäre ein würdiger Anlass, aber die Furcht, die Kontrolle zu verlieren, hielt ihn ab.

»Ich merke, es scheint Euch ernst zu sein.« Sauertaig gab ihm die Hand und deutete zur Tür. »Gott sei mit Euch auf allen Wegen.«

Der Handschlag Hovemanns war fest. Es war der Handschlag eines Mannes, der kein Hasenfuß mehr sein wollte.

Friedelinde war bereits damit beschäftigt, Sieglinde zu unterrichten, wie man Hühner in die Enge treibt.

Hovemann sah ihr nach. Er hätte sie gern beim Abschied in die Arme genommen, aber er wusste, dass bei Kindern Härte empfohlen ist, damit sie ein edles Gemüt bekommen. Und so sehr es ihn schmerzte, riss er sich los und verschwand. Friedelinde bemerkte erst, dass der Vater gegangen war, als er schon weit entfernt die Straße zum Hafen entlangging. Sie hob die Hand zum Abschied, aber Hovemann gestattete sich keinen Blick zurück.

Am Hafen wurde der Kaufmann bereits erwartet. Während er auf den Prahm sprang, rief er: »Leinen los!«

Matthias Breker, der Gehilfe auf dem Prahm, hieß ihn willkommen.

193

»Wir sind allein. Wir werden wenig Zeit zur Ruhe haben.«
»Ich kann zupacken.« Hovemann hielt ihm seine Hände hin.
Er hatte alles verloren. Nun würde er vieles zurückerkämpfen.

76

Hamburg war bereits in Sicht und machte seinem Ruf alle Ehre.
»Es wird gleich regnen. Wir müssen den Kahn abdecken.«
Wolk schaute grimmig zum Himmel.

Michael ging zum Hinterschiff und zog die Plane hervor.
»Woran merkt ein Treidler, dass in Hamburg der Sommer anbricht?«

Thomas zuckte mit den Schultern. Caspar schob sich dazwischen. »Dass der Regen wärmer wird.«

Kaum hatte Caspar seine Weisheit zum Besten gegeben, öffneten sich die Schleusen des Himmels.

Wolk und die Jungen sprangen auf, verteilten sich an den Enden der Plane und zogen sie über das Schiff.

»So«, meinte Wolk, »jetzt müssen wir es nur noch einigermaßen trocken bis zur städtischen Waage schaffen, dann lacht der Lohn für unsere Mühe.«

Thomas und Michael sprangen an Land, legten sich in die Seile und zogen den Kahn den Treidelpfad entlang.

»Das ist eine Stadt!«, rief Michael begeistert. Er drehte sich zu Thomas, der hinter ihm lief. Thomas blickte traurig. Er war zwar an seinem Ziel angelangt, doch er wusste nicht, wie es nun weitergehen sollte. »Was wirst du tun, wenn wir den Roggen verkauft haben?«, fragte er Michael. »Du machst dir aber wirklich um alles Sorgen. Woher soll ich das jetzt schon wissen?«, antwortete der und lachte. Dann drehte er sich um und legte sich mit dem Rücken in die Seile. »Vielleicht sollten wir uns zusammentun. Ich weiß nicht, wohin ich will. Du weißt es scheinbar auch nicht. Das sind doch die besten Voraussetzungen, um Glück zu finden«, schlug er vor.

»Wer sich mit mir einlässt, stellt sich gegen das Glück«, murmelte Thomas vor sich hin.

»Was hast du gesagt?«

»Nichts.«

Als sie dem Richthaus näher kamen, rochen sie die edlen Gewürze. Die Händler riefen durcheinander, dass kaum ein Wort zu verstehen war. Der Trubel war der Gegensatz zu der viele Tage dauernden Fahrt über das ruhige Wasser. Erst jetzt wurde Thomas klar, wie sehr er das Stadtgeschrei vermisst hatte. Obwohl er so weit von Berlin weg war, überwältigte ihn ein wohliges Gefühl von Heimat. Thomas hielt seine Nase in Richtung Norden, atmete tief durch und strahlte. Das unterschied Hamburg von zu Hause. Die Luft war frischer. Sie roch leicht salzig. Es war der Duft von Ferne.

»Halt an, du Taugenichts!«, rief eine Frau und verfolgte einen kleinen Dieb, der sich scheinbar an ihrem Obst schadlos gehalten hatte.

Michael lachte. »Hier sind wir richtig. Hier ist was los.«

Kaum hatten sie angelegt, kamen die ersten Krämer und versuchten, ihre Kämme, Tücher und anderen Kleinkram zu verkaufen. Andere Kaufleute gingen die Stege entlang und schauten neugierig, was an neuer Ware eingeschifft worden war, um andernorts mit Gewinn weiterverkauft zu werden.

»Jetzt müssen wir nur noch warten, bis sich jemand findet, der unseren Roggen ersteigern will«, rief Wolk.

»Vielleicht sollten wir die Ladung direkt an der Mühle anbieten?«

»Was bekomme ich, wenn es mir gelingt, den Roggen bis zum nächsten Glockenschlag loszuwerden?«, fragte Caspar.

Michael lachte. »Du? Wie willst du das denn anstellen?«

»Ich frage einfach jeden.«

Michael und Wolk sahen sich an. Wolk zuckte mit den Schultern.

»Was soll es schaden? Versuch dein Glück.«

Caspar richtete sich vor Wolk auf und verschränkte die Arme. »Wie hoch ist mein Anteil?«

195

Wolk lachte. »Der Junge wird ein guter Kaufmann. Aber das Fell wird nicht verteilt, bevor der Bär erlegt ist.« Er stampfte mit dem Fuß auf den Schiffsboden. »Scher dich fort, du Strauchdieb!«

Caspar lachte und lief davon.

Auf dem Markt gab es nichts, was es nicht gab. Jeder Wunsch war erfüllbar, jeder Geruch zu spüren, jeder Ton zu hören und jede Farbe zu finden. Caspar schlängelte sich über den Markt. Es roch nach frischem Brot, und das erinnerte ihn daran, dass er Hunger hatte. Geld besaß er keines, dennoch zog es ihn in die Richtung, aus der der verlockende Duft kam.

Zwei Männer stritten sich. Der eine war der Bäcker und hielt ein Brot in der Hand. Der andere war mit einem wattierten Wams und einer um die Hüften geworfenen Kordel bekleidet, die ihm ein offizielles Aussehen verlieh.

»Ich ermahne Euch das letzte Mal. Bereits seit einem Jahr gibt es das Hamburger Bäckerlob, und Ihr haltet Euch nicht daran. Diesem Brot fehlt ohne Frage das rechte Gewicht, und es wird aus diesem Grund von mir beschlagnahmt.«

Der Marktvogt streckte seine Hand nach dem untergewichtigen Laib aus. Der Bäcker versuchte es vor dem Zugriff zu bewahren, packte es und hielt es sich über den Kopf. Durch den Schwung entglitt es seiner Hand, drehte sich in der Luft und landete auf der Straße.

»Was für ein Unglück«, kreischte der Bäcker.

Der Marktvogt fühlte sich in seiner Amtspflicht behindert.

»Ihr habt kein Einsehen. Somit werde ich jetzt Euer gesamtes Lager überprüfen müssen.«

»Das hat man nun davon, dass man sich als redlicher Bäcker abmüht. Ihr zwängt Euch in bunte Ratswämser und wollt alles überwachen. Wisst Ihr überhaupt, was es bedeutet, heutzutage ein Bäcker zu sein? Ihr habt doch nicht mal Ahnung davon, wie man ein gutes Brot von einem schlechten unterscheidet. Wenn das so weitergeht, befinden sich in unserer Stadt alsbald mehr Büttel als Menschen, die einer redlichen Arbeit nachgehen.«

Der Bäcker machte seiner Entrüstung Luft. Doch der so Gescholtene zeigte sich unbeeindruckt und stieß den Schimpfenden in die Backstube.

»Hört auf zu lamentieren. Ich tue nur meine Pflicht. Ich muss kein Brot backen können, um zu bemerken, ob es zu leicht ist.«

Das Brot lag noch immer auf der Straße. Caspar schaute kurz nach links und rechts, hob es auf, steckte es unter den Mantel und flitzte wie ein Wiesel davon.

»Was verloren wurde, kann man auch nicht stehlen«, beruhigte er sein Gewissen.

Die städtische Waage stand nicht weit entfernt. Um sie herum hatten sich Händler verschiedener Güter versammelt. Wenn ein Krämer seine Ware anbot, wurde sie gewogen, und ein anderer erwarb sich den Zuschlag, indem er die Summe rief, die er zu bezahlen bereit war. Caspar besah sich die Kaufleute. Je dicker einer ist, spekulierte er, umso mehr wird er wohl bezahlen können. Er taxierte die Händler. Direkt an der Waage stand ein fülliger Herr mit gutmütigem Gesicht.

»Ich kaufe die zwei Fässer Roggen.«

Caspar sah seine Chance.

»Unser Roggen ist billiger.«

Solche Angebote hörte der Kaufmann gern. »Um wie viel billiger?«

»Wir werden uns einig. Das garantiere ich. Unser Prahm steht nicht weit von hier. Kommt mit, schaut Euch die Ware an und entscheidet.«

Der dicke Kaufmann wog den Kopf von der einen Seite auf die andere und drehte abwägend die rechte Hand hin und her.

»Das klingt verlockend. Aber bist du nicht noch ein wenig zu jung, um solche Geschäfte zu verantworten?«

Caspar zog den Kaufmann am Ärmel. »Stellt mir die Frage einfach nochmals, nachdem wir das Geschäft abgeschlossen haben.«

»Frecher Lümmel«, brummte der Kaufmann anerkennend und folgte dem Jungen.

Als sie am Prahm angelangt waren, wendete Wolk den Roggen. Er war besorgt, dass die Qualität nicht ausreichen würde, um einen vernünftigen Preis zu erzielen, denn die angefaulten Stellen waren nicht zu retten.

»Einen talentierten Handelsgehilfen habt Ihr da«, grüßte der Kaufmann.

Wolk war etwas überrascht. So schnell hatte er nicht damit gerechnet, dass Caspar Erfolg haben würde.

»Ja, seht Euch an, was wir zu bieten haben.«

Der Kaufmann sah mit geübtem Blick, dass der Roggen Mängel aufwies, aber er wusste auch, dass es sehr schwer war, ihn die Fahrt über trocken zu halten.

»Trockene Ware zu bekommen, ist fast ausgeschlossen. Dennoch, was schätzt Ihr, auf welchen Preisabschlag wir uns einigen können?«

»Wenn Ihr einverstanden seid, dass wir zwanzig Teile abziehen und den ortsüblichen Preis ansetzen?«

Der Kaufmann schlug ein. Der Roggen war verkauft und Caspar ein Held.

Drei Viertel des Geldes bekam Thomas, Caspar etwas mehr als Michael, den Rest nahm Wolk als Lohn. Er hielt Thomas die Hand entgegen.

»Die Zeit des Abschieds ist gekommen. Was wollt Ihr nun tun?«

Thomas hob die Schultern. »Ich versuche, in Hamburg Fuß zu fassen. Das Geld wird mir schon dienen, eine Existenz aufzubauen, wie es der Vater aufgetragen hat.«

Wolk schlug seine Hand auf die Schulter des Jungen.

»Ihr wart eine gute Hilfe, Treidler Thomas. Auch wenn es nur flussabwärts ging.« Wolk lachte. »Der Rückweg wird beschwerlicher, aber Ihr seid gerissen genug, Euch davor zu drücken.« Er schlug ihm leicht auf den Hinterkopf. »Lasst es Euch gut gehen.«

Caspar schob sich dazwischen. »Und du, Michael? Kommst du mit zurück nach Berlin?«

Michael stand neben Thomas, legte seinen Arm auf dessen Schultern und grinste. »Wir beide werden die Stadt Hamburg in Verruf bringen.«

Zum ersten Mal strahlte auch Thomas. »Solltet Ihr Geschichten über die verruchte Stadt Hamburg hören, dann denkt an uns. Wir werden unseren Anteil daran haben.«

Auch Wolk lachte. »Da bin ich gespannt, was man sich erzählt.« Caspar stellte sich zu den beiden Jungen. »Ich würde auch lieber in Hamburg bleiben, aber ohne mich ...«, er reckte sich, »schafft Wolk es nicht.«

»Schwatz nicht! Greif dein Seil, und lass uns aufbrechen.« Wolk lächelte milde.

Caspar und Wolk nahmen die Seile, an denen der Prahm befestigt war, und zogen ihn zurück. Thomas schaute den beiden hinterher.

»Wenn Ihr meinen Vater seht, berichtet ihm von mir, und dass es mir gut ergangen ist.«

»Helft mir. Was soll ich ihm denn Gutes berichten?«, scherzte Wolk, legte sich das Seil um die Schulter, hob lachend die Hand zum Gruß und zog den Kahn die Elbe hinauf.

Caspar drehte sich noch einmal um. Thomas winkte zurück.

»Man sieht sich wieder; wenn nicht in Hamburg, dann in Berlin oder, verdammt noch mal, irgendwo auf der Welt«, rief Michael.

Um dem Abschied ein Ende zu bereiten, zog er Thomas den Hut vom Kopf und lief, Haken schlagend, davon. Thomas zögerte. Dann rannte er hinterher, aber Michael war schneller.

»Komm, lass uns ins Wirtshaus gehen und auf die Freiheit anstoßen.«

Michael schleuderte die Mütze in die Luft. Thomas fing sie auf.

Das Bier in Hamburg war bekannt für seine besondere Würze. Über 450 Brauereien sorgten dafür, dass es in der Stadt und im Umland an Gerstensaft nie mangelte. Ohne die Bestellung abzuwarten, donnerte der Wirt zwei gut gefüllte Humpen vor die beiden jungen Gäste.

Michael griff sich einen, hob ihn hoch, drehte sich grüßend in die Runde und stürzte den Inhalt hinunter.

»Wirt, das ist ein wahrer Spaß. Füllt ihn auf, den leeren Freudenbringer, bis ich nur noch grunze.«

Der Wirt brachte den frisch gefüllten Krug. »Und wieder gibt es einen neuen Freund des Hamburger Bieres.«

»Das will ich meinen«, antwortete Michael. »Wie bekommt Ihr die Würze in das köstliche Getränk?«

»Die Frage ist sehr dreist dafür, dass sie von einem Fremden gestellt wird. Eines nur darf ich verraten: Das Bierrezept ist überall ähnlich. Den Unterschied macht das Wasser. Und davon, seht Euch um, haben wir hier reichlich.«

Thomas nickte verstehend und schaute aus dem Fenster. Was er sah, irritierte ihn. Ein kleiner Junge stand am Fleet. Er schaute suchend nach links und rechts, fingerte an seiner Hose, und dann plätscherte ein feiner Strahl, kräftig genug, um mit ihm zielen zu können, auf ein Stück Holz.

Auch den zweiten Krug hatte Michael schnell geleert. Thomas brauchte etwas länger, weil er vermutete, den Grund für die besondere Würze des Hamburger Biers gefunden zu haben.

»Zwei frische!«, rief Michael. Er stellte die beiden leeren Humpen nebeneinander und schob sie an den Rand des Tisches. Er knuffte Thomas in die Seite. »Warum freust du dich nicht? Wir sind frei. Die Stadt hat nur auf uns gewartet. Da sollte man ein anderes Gesicht aufsetzen.«

»Es scheint nicht viel zu geben, was dich im Leben betrüben könnte«, antwortete Thomas.

»Was, meinst du, sollte mich denn betrüben?«

»Ach, nichts«, wehrte Thomas ab. »Habe ich dir schon mal erzählt, dass meine Mutter Socken gestopft hat, obgleich es uns nie an Geld gefehlt hat?«

»Wie kommst du jetzt darauf?«

»Ich musste gerade an sie denken. Sie scheint gespürt zu haben, dass schwere Zeiten auf unsere Familie zukommen.«

»Wo ist sie jetzt?«

Thomas versteckte sein Gesicht hinter den Händen.

»Ich habe sie getötet.«

Der Wirt brachte zwei neue Krüge mit Bier. Michael schob sie beiseite.

»Du hast Hand an deine eigene Mutter gelegt?«

Thomas schüttelte den Kopf. »Sie ist in dem Feuer umgekommen. Aber ich trage die Schuld, dass es überhaupt dazu gekommen ist.« Michael stellte die Biere wieder in die Mitte des Tisches.

»Erzähl.«

Thomas redete sich alles vom Herzen, was ihn belastete. Er erzählte von seinem Vater, der stets dafür sorgte, dass es der Familie an nichts mangelte, von der Mutter, von der er nie ein lautes Wort gehört hatte, und von Friedelinde, der jüngeren Schwester. Und auch von Erp sparte er nicht aus, und dass die Mutter noch leben würde, wenn er ihn nicht hätte zur Rede stellen wollen.

Michael war ein geduldiger Zuhörer. Er unterbrach ihn nur einmal.

»Ich war immer allein, mich konnte niemand verlassen. Ich hatte nie etwas, also konnte man mir nichts nehmen. Ich weiß nicht, wer von uns beiden eher zu beneiden ist. Erzähl weiter.«

Thomas fingerte das Amulett aus seiner Tasche und hielt es Michael geöffnet hin.

»Wer ist das?«

Thomas fiel es schwer zu antworten, er wollte nicht, dass Michael merkte, dass er den Tränen nahe war. Er schnäuzte sich.

»Marta.«

»Sie ist wunderschön.«

Thomas nickte. Dann konnte er die Tränen nicht mehr zurückhalten. »Sie fehlt mir so sehr.«

Das, was Thomas zu erzählen hatte, dauerte vier weitere Biere. Dann hielt Michael nichts mehr auf seinem Platz. Er sprang auf.

»Du musst herausfinden, was wirklich geschehen ist. Und wenn du den gefunden hast, der deine Marta getötet hat, dann musst du dafür sorgen, dass er gerichtet wird.«

»Ich traue mich nicht. Ich habe Angst, die Wahrheit könnte mich noch tiefer ins Unglück stürzen.«

»Du bist es deiner Marta schuldig. Auch wenn es schwer ist, sich der Wahrheit zu stellen, nur wenn du sie kennst, kannst du mit ihr umgehen. Sonst wirst Du den Rest deines Lebens von Ungewissheit getrieben.«

Thomas legte erschöpft seinen Kopf auf die Arme. Doch Michael zeigte so viel Entschlossenheit, sie reichte für beide.

»Ich gehöre nirgendwo hin. Niemand erwartet mich. Also werde ich dir helfen.«

Thomas schüttelte den Kopf.

»Nein. Alle, die bisher um mich waren, sind zu Schaden gekommen.«

»Ich kann schon auf mich aufpassen.«

Der Abend kündigte sich an. Die Sonne verabschiedete sich rot glühend.

»Mehr geht nicht rein!« rülpste Michael dem Wirt zu. Dann lehnte er sich auf den Tisch und sah Thomas in die Augen.

»Ich bin vielleicht nicht so klug wie du und sicherlich nicht so gebildet, aber eines habe ich gelernt. Wer große Aufgaben vor sich hat, muss stark sein. Und wo schöpft ein Mann am besten Kraft?«

Thomas ahnte, worauf Michael hinauswollte. »Dich treibt es ins Badehaus?«

»So verschieden wir doch sind, verstehen wir uns doch recht gut«, freute sich Michael und bezahlte ihre Biere.

77

Christian Hovemann hob die Nase. Es roch, als würde der Wald brennen. Er richtete sich auf, schaute nach vorn und nach hinten. Am Heck des Schiffes qualmte es tatsächlich. Breker saß am Ruder und achtete darauf, dass das Schiff in der Mitte der Elbe blieb.

»Ist alles in Ordnung?«, rief Hovemann ihm zu.

»Mmhh.«

Matthias Breker war ein Mensch, der gern schwieg. Für ihn gab es nicht viel auf dieser Welt, was es lohnte, mitgeteilt zu werden.

»Was macht Ihr denn da?«, versuchte es Hovemann erneut.

Breker lehnte über einer Schüssel, in der sich verschiedene Blätter befanden, die vor sich hin kokelten. Den Qualm atmete er in tiefen Zügen ein.

»Ihr solltet es auch probieren. Es beruhigt.«

Hovemann verzog das Gesicht. Breker hob einen Krug Selbstgebrannten in die Höhe.

»Dann nehmt wenigstens einen Schluck, damit Ihr nicht mehr so griesgrämig dreinschaut.«

Seit Tagen hatte Hovemann es geschafft, an diesem Krug vorbeizugehen, ohne ihm zu verfallen. Es erfüllte ihn mit Stolz, weil er erkannt hatte, den richtigen Weg gefunden zu haben. Er stand auf und überlegte, ob er inzwischen so stark geworden war, dass er sich zu Breker setzen konnte, wenn der sich dem Fusel ergab. Irgendwann werde ich es ohnehin versuchen müssen, dachte Hovemann und setzte sich neben ihn.

»Wir werden bald in Hamburg sein.«

»Mhmm.«

Hovemann lächelte. »Ihr habt auf der ganzen Fahrt vielleicht zwanzig, dreißig Wörter gesprochen. Davon waren mindestens fünfzehn Kommandos wie ›Leinen los‹ und ›Rauf mit dem Prahm‹.«

Breker nickte. Hovemann tauchte die Hand ins Wasser und genoss es, wie die Elbe die Finger umspülte.

»Warum seid Ihr so schweigsam?«

Breker streckte die Beine aus.

»Wird nicht genug geredet in dieser Welt?«

»Vielleicht habt Ihr Recht«, gab Hovemann zur Antwort. Er zog die Finger aus dem Wasser und trocknete sie an seiner Kleidung. »Arbeitet Ihr schon lange für Sauertaig?«

»Einige Zeit.«

Hovemann sah in das sprudelnde Wasser. »Wisst Ihr von erfolgreichen Geschäften in Flandern?«

Breker blieb still und hielt sein Gesicht der Sonne entgegen. Hovemann schaute ihn an.

»Ist er gerecht zu Euch?«

Breker richtete sich etwas auf. »Ich rede nicht gerne über Menschen, wenn sie nicht in der Lage sind, sich zu verteidigen.«

»Das klingt, als würdet Ihr mehr Vorwurf als Lob mit ihm verbinden.«

Breker schloss die Augen. Die Sonne brannte auf der Haut. »Worte sind wie Pfeile. Einmal abgeschossen, geraten sie meist außer Kontrolle. Kaum einer macht sich die Mühe, sie wieder einzusammeln.«

Hovemann atmete tief durch. Die Mischung von Waldluft und Wasser tat ihm gut. »Ihr tarnt Euch mit Schweigen, dabei sprecht Ihr wie ein Gelehrter. Es könnte Euch doch viel besser gehen. Warum dient Ihr nur als Gehilfe auf einem Prahm?«

Breker setzte den Krug an den Mund. Der Schnaps lief an seinen Mundwinkeln entlang.

»Geht es mir schlecht? Ein Gedanke gewinnt ja nicht allein an Weisheit dazu, nur weil er ausgesprochen wird.« Er setzte die Karaffe neben sich auf den Boden und registrierte den Blick Hovemanns, der dem Schnaps folgte.

»Euch ist es aber auch schon besser gegangen.«

Hovemann seufzte. »Ich bin auf der Suche nach meinem Sohn.«

Er erwartete eine Frage von Breker, ein kleines Zeichen, das Interesse zeigen würde, aber es blieb aus.

Hovemann begann trotzdem zu erzählen. »Er ist schon lange fort, und ich gestehe, dass er mir fehlt.«

»Wer den Weg nicht selbst zurückfindet, sollte nicht auf Reisen gehen«, entgegnete Breker.

Hovemann ließ sich nicht beirren. »Gemeinsam werden wir in Berlin alles Schlechte vergessen und einen Neuanfang wagen.«

Breker nahm einen kräftigen Schluck. »Glaubt Ihr wirklich daran, dass ein Mensch an irgendeiner Stelle neu beginnen kann? Und meint ihr allen Ernstes, dass, wenn es stimmen würde, der Mensch die Macht besäße, den Zeitpunkt festzulegen?«

»Es ist an einem Tag viel gesagt worden, was nicht stimmte, weil vorher zu lange geschwiegen wurde.«

»Habt Ihr es gesagt oder er?«

»Thomas ist das Wertvollste, was ich habe, aber erst andere Menschen mussten es mir sagen. Vielleicht ist es so wie mit unerwarteten Geschenken, dass man sie erst zu schätzen weiß, wenn man Gefahr sieht, sie wieder zu verlieren.«

»Unerwartete Geschenke? Meint Ihr damit Euren Sohn?«

»Gott hat ihn uns erst sehr spät geschenkt. Erst nachdem ich mit meinem Schicksal gehadert habe, weil ich meinte, Er ließe uns kinderlos. Aber dann, mit einem Mal ...« Hovemann grinste.

»Und jetzt erst, wo er erwachsen ist, entdeckt Ihr das Geschenk?«, fragte Breker.

Hovemann lächelte. »Es gibt eine Zeit, kurz bevor sie erwachsen werden, da sind die eigenen Kinder einem fremd. Sie wehren sich gegen alles, was ihnen vorbereitet wurde.«

Hinter den Bäumen, die am Ufer standen, waren erste Häuser zu erkennen. »Da vorne ist Wittenberge«, unterbrach sich Hovemann. »Ich würde gerne an Land gehen und erkunden, ob Thomas hier gewesen ist.«

Breker zuckte mit den Schultern. »Macht, was Euch treibt. Ich warte hier auf Euch.«

Hovemann betrat die Stadt. Am Brunnen saß das dunkelhaarige Mädchen und sah die Chance, Geld zu verdienen.

»Feiner Herr, wollt Ihr mich nicht mitnehmen?«

Hovemann wehrte höflich ab, bis er die Augen des Mädchens sah. Auch er verirrte sich in ihren Blicken.

»Was ist mit Euch?«, fragte sie.

»Verzeiht, aber Ihr seht einem Mädchen, das in Berlin lebte, sehr ähnlich.«

Die Dunkelhaarige unterbrach ihn feixend. »Es scheint eine neue Form von Komplimenten zu sein ... Ihr seid in kurzer Zeit der Zweite, der mich mit einem Mädchen aus Berlin vergleicht. Aber ich will Euch warnen – billiger wird Euer Spaß dadurch nicht.«

Hovemann wurde ungeduldig. »Wann war er hier?«

»Wer?«

»Mein Sohn.«

Das Mädchen verstand nicht.

»Der, der dich mit diesem Mädchen aus Berlin verglichen hat. Es kann nur mein Sohn gewesen sein.«

Sie besah den alten Mann, der ungeduldig die Antwort erwartete. »Ihr könntet Recht haben. Ein wenig ähnlich seht Ihr ihm tatsächlich.« Sie ordnete ihre grünen und gelben Schleifchen und senkte den Blick. »Vor wenigen Tagen ist er weiter. Er wollte wohl nach Hamburg.«

»Dann war er es mit Sicherheit. Hab Dank. Ich bin in Eile.«

Das Mädchen blieb zurück und rätselte, wem sie so ähnlich war, dass es die Männer zu schneller Abreise trieb.

78

Die beiden Jungen saßen nebeneinander. Jeder in seinem eigenen Trog.

»Das Wasser wird allmählich kühl.«

Thomas hatte es kaum ausgesprochen, da ergoss sich ein Schwall warmen Wassers über seinen Rücken.

»Jaahh.«

»Ich habe schon ganz verschrumpelte Finger«, klagte Michael. Dennoch konnte er sich nicht entschließen, aus der Wanne zu steigen. Zwei Mädchen bemühten sich um sein Wohl. Die eine massierte ihm den Rücken, die andere den empfindsamen Rest. Dass sie dabei blöde grinste, störte ihn nicht, solange der auf dem Brett vor ihm stehende Krug mit Wein gefüllt war. Er schaute zu Thomas.

»Was hältst du davon, wenn wir morgen nach Berlin zurückreisen?«

Thomas schüttelte den Kopf. »Du weißt doch, dass ich nicht zurückkann.«

»Vielleicht sollte ich allein fahren und herausfinden, ob du überhaupt beschuldigt wirst?«

Thomas war unschlüssig. »Wie die Stadt wohl jetzt aussehen mag?«

Er spritzte sich Wasser ins Gesicht. Dann lehnte er sich zurück. »Warst du schon mal auf der Flucht?«

»Darüber habe ich mir nie Gedanken gemacht. Auf der Flucht ist ja nur der, der weggehen muss, obwohl er gerne geblieben wäre. Ich wollte nie lange an einem Ort bleiben. Vielleicht bin ich auf der Flucht, aber anders als du.«

»Und die Liebe hat dich nirgendwo halten können?«

»Doch. Immer. In fast jeder Stadt. Und das Schöne ist, ich werde überall erwartet.«

Thomas lächelte. »Vielleicht warten die Huren mehr auf dein Geld als auf dich.«

»Ist mir gleich. Ohne mich gibt's auch kein Geld. Redlicher kann ein Handel nicht sein.«

Thomas schüttelte den Kopf. »Das ist keine Liebe.«

Michael zuckte mit den Schultern, tauchte unter und ließ Blasen über das Wasser tanzen.

»Aber hier ist es doch auch ganz schön, oder?«

Thomas schlug mit der flachen Hand auf das Wasser und spritzte es zu Michael. »Das will ich meinen!«

Die Mädchen flüchteten. Michael revanchierte sich, bis ein großer, kräftiger Mann im Türrahmen auftauchte. Er musste nichts sagen, um seinem Unmut Ausdruck zu verleihen. Er hob lediglich die Augenbrauen. Die kichernden Gesellen, die sich scheinbar aufs Beste amüsierten, weckten Zweifel in ihm, ob sie das Bestellte auch würden bezahlen können. Er kannte sich aus. Von keiner Ausrede war er verschont geblieben, wenn es darum ging, diesen Teil des Vergnügens zu umgehen. Ihm konnte man nichts vormachen. Immerhin hatte ihm der Rat der Stadt die Fürsorge über das gemeine Haus übertragen, denn er war der Scharfrichter der Stadt.

»Ich denke, junge Herrschaft, es ist an der Zeit, zumindest einen Teil der Rechnung auszugleichen.«

»Ihr geht sehr misstrauisch mit Fremden um.« Thomas zeigte auf einen Schemel und lallte: »Gebt mir meine Kleider, dann werde ich Euch beruhigen können. Der Herr neben mir ist mein Gast.«

Thomas fingerte ungeschickt in seiner Jacke. Er konnte nur schlecht sehen, weil der Wein nach dem Bier seinen Tribut forderte. Er verlor den Halt, und das Wasser schwappte hin und her.

Die Augenbrauen des Scharfrichters zogen sich zusammen. Thomas durchwühlte sämtliche Taschen, fand aber sein Geld nicht. Er sah Michael fragend an. Der zuckte die Schultern und schaute aus dem Fenster, als beträfe ihn die Sache nicht.

Der Scharfrichter verschränkte die Arme vor dem Bauch. Michael sammelte seine Kräfte und sah weiterhin aus dem Fenster. Der Dicke stellte sich demonstrativ in den Türrahmen und atmete tief ein. Thomas war zu betrunken, um zu begreifen, was vor sich ging. Plötzlich sprang Michael mit einem Satz aus dem Waschzuber, raffte zusammen, was er greifen konnte, und türmte aus dem Fenster.

Der Scharfrichter schaute belustigt zu, wie Frauen ihre Kinder an sich drückten und kreischten, als der Nackte laut schniefend über den Marktplatz flüchtete. Für ihn war der Fall klar. Er hielt sich an Thomas.

»Wollt Ihr noch weiter suchen, oder können wir das Theater verkürzen?«

»Ich hatte vorhin ... den ganzen Erlös ... Ihr müsst mir glauben.«

Der Versuch einer Erklärung nutzte nichts. Der Scharfrichter gab ein Zeichen, und zwei breitschultrige Männer zogen den Jungen aus dem Zuber, warfen ihm den Rest an Kleidern zu und schoben ihn nackt durch die Stadt. Ringsum feixten die Bürger. Notdürftig versuchte Thomas, seine Scham zu bedecken, mit der linken Hand vorn, mit der rechten hinten. »Wer so durch die Stadt geführt wird, hat seine Freuden hinter sich«, lachte ein Umstehender.

208

Der Scharfrichter öffnete die Tür zu einem Verließ, und Thomas wurde hineingeworfen.

»Wenn deine Schuld beglichen ist, bist du frei. Bis dahin freunde dich mit den Ratten an.«

Die Tür fiel ins Schloss. Thomas war schlagartig nüchtern. Wer hatte sein Geld gestohlen? Und wie hatte Michael es geschafft, zu türmen?

79

Viel blieb nicht zu tun. Der Wind trieb das Schiff voran. Breker kümmerte sich um das Ruder. Hovemann schaute weiterhin ins Wasser und den sich kräuselnden Wellen nach.

»Sind Euch auf der Fahrt nach Hamburg schon Räuber begegnet? Es wird so viel davon erzählt.«

»Was sollen sie uns denn nehmen? Die schweren Holzstämme? Um die zu bewegen, müssten sie arbeiten. Das haben die nicht so gern.«

Hovemann begutachtete die Wolken. Regnen wird es nicht, und wenn – dem Holz kann das nichts anhaben.

»Habt Ihr schon andere Waren verschifft, außer Holz?«

»Nie. Der Handel mit Holz ist berechenbar. Holz wird immer gebraucht, und es kann kaum verderben.«

Hovemann hielt seine Hand erneut ins Wasser. Stromaufwärts wurden die Prahme mühselig getreidelt. Meist von Frauen, die hintereinander auf dem Pfad neben dem Fluss liefen und die Seile um ihre Schultern geschlungen hatten. Je schwerer der Prahm war, umso tiefer versanken ihre Beine im Schlamm.

»Auf dem Rückweg werden wir uns wohl auch ein paar Treidlerfrauen besorgen. Pferde sind einfach zu teuer«, sagte Breker.

Hovemann schloss die Augen und dachte an das Wiedersehen mit Thomas. Plötzlich riss ihn eine Stimme aus seinen freudigen Gedanken.

»Sehe ich richtig? Ist das Hovemann?«

Er öffnete die Augen. Auf dem entgegenkommenden Prahm stand Wolk.

»Wo wollt Ihr hin?«

Hovemann rieb sich die Augen.

»Wolk! Mein guter Wolk. Wie ist es Euch ergangen? Und meinem Sohn … Was könnt Ihr mir von Thomas berichten?«

Die beiden Prahme schoben sich langsam aneinander vorbei.

»Ihr werdet Euren Sohn in Hamburg finden. Es geht ihm gut.«

»Habt Dank für diese frohe Kunde.«

Dann waren die beiden Schiffe wieder so weit voneinander entfernt, dass sie die Stimmen heben mussten.

»Viel Glück in Hamburg.«

Hovemann winkte. »Vielen Dank, ich werde es brauchen können. Gute Fahrt nach Berlin.«

Hovemann setzte sich zurück auf den Boden des Schiffes und seufzte.

»Wann werden wir Hamburg erreicht haben?«

»Bald«, beruhigte ihn Breker.

Als sie in Hamburg angekommen waren, wurde ihre Ladung bereits erwartet. Hovemann bekam seinen Anteil am Gewinn ausgezahlt. Der Rest wurde von Breker sorgsam in einem kleinen Lederbeutel verstaut. »Was wollt Ihr nun tun? Wo werdet Ihr zuerst nach Eurem Sohn suchen?«

»Ich werde ein Fuhrwerk kaufen. Alles Weitere wird sich zeigen. Es sollte doch mit dem Teufel zugehen, wenn Vater und Sohn sich nicht finden.«

Der Gehilfe hielt Hovemann die Hand entgegen. »Man sieht sich.«

»Was habt Ihr vor?«, entgegnete Hovemann.

»Ich werde mich bemühen, Ladung für den Rückweg nach Berlin zu finden. Das sollte mir schon gelingen.«

»Ich wünsche Euch alles Glück dieser Welt.«

»Wie immer seid Ihr sehr großzügig. Behaltet ruhig ein wenig für Euch zurück«, lachte Breker.

»Ja, das habe ich von Euch gelernt – ich sollte meine Pfeile erst aus dem Köcher ziehen, wenn ich das Ziel ausgemacht habe.«

Breker lächelte, hob die Hand zum Gruß und ging davon.

Hovemann lief durch die Stadt. Das Wirtshaus am Markt fiel ihm auf. Es stach hervor, nicht nur, weil es bunter war, sondern vor allem, weil er Durst hatte. »Ich habe einen Grund«, redete er sich ein. »Ein Fuhrwerk kauft man gut im Wirtshaus. Vielleicht treffe ich dort Leute, die Thomas begegnet sind.« Bevor er die Stufen betrat, zögerte er noch kurz. Dann drückte er beherzt die Tür auf. In der Ecke war ein Platz frei, von dem aus er den Raum überblicken konnte. Hovemann öffnete den Kragen. Am hinteren Ende spielten mehrere Männer mit Würfeln. Der Wirt war noch nicht an seinem Tisch und fragte bereits auf halber Strecke:

»Was?«

Hovemann lächelte. Er mochte die wortkargen Hamburger, die ähnlich wie Breker Angst zu haben schienen, Worte zu vergeuden.

»Wasser«, gab er zur Antwort.

»Wasser gibt's draußen an der Tränke für die Pferde.«

»Dann ein Gebräu aus …«

»Kräutern?«

Hovemann nickte. »Wisst Ihr, wer ein Fuhrwerk zu verkaufen hat?«

Der Wirt drehte sich, ohne ein Wort zu erwidern, um und ging. Es dauerte nicht lange, da setzte sich ein Mann vom Nebentisch zu Hovemann.

»Karren oder Fuhrwerk?«

»Fuhrwerk.«

Der Mann nickte. »Hab ich.«

Dann rief er nach dem Wirt und orderte, ehe Hovemann abwehren konnte, Bier für sich und seinen Gast.

»Kennt Ihr einen Thomas Hovemann?« Der Berliner Kaufmann beschrieb seinen Sohn.

Der Mann guckte ratlos. »Groß, schlank, sehr klug? Zwei junge Männer sind vor einiger Zeit in die Stadt gekommen. Sie ließen es sich recht gut gehen, konnten aber nicht bezahlen, was sie verprasst hatten.«

Dass es sich um Thomas handeln könnte, wies Hovemann von sich. Dennoch fragte er: »Wo sind sie jetzt?«

Der Mann zuckte mit den Schultern. »In den Wald gejagt wurden sie, erzählt man sich, nackt, so, wie der Herrgott sie erschaffen hat. Aber lasst uns zum Handel kommen. Vier Räder hat es, und zwei Pferde gehören dazu.«

Er hob den Humpen und forderte Hovemann auf, die Verhandlung mit einem Schluck Hamburger Bieres zu begleiten. Hovemann nippte am Krug und ärgerte sich, dass es ihm so gut schmeckte.

80

Michael hatte erst angehalten, als er im Wald vor der Stadt angekommen war. Er untersuchte die Kleidungsstücke, die er bei der Flucht gegriffen hatte. Auch das Bündel von Thomas war dabei. Er knotete es auf und zog den Habit heraus.

»Haben wir ein Franziskanermönchlein gefangen?«

Michael erschrak und sprang auf.

»Was wollt Ihr?«

Vor ihm stand ein breitschultriger Mann, dem das rechte Ohr abgeschnitten war. Hinter ihm keifte ein anderer, der Michael nicht einmal bis an die Schulter reichte, dafür aber umso dicker war: »Dich!«

Der Einohrige sah den Kleinwüchsigen an, zog die Augenbrauen zusammen, schüttelte den Kopf und korrigierte: »Alles!«

Michael sah sich um, aber einen Fluchtweg gab es nicht. »Wer seid Ihr?«

Das Messer an seiner Kehle ließ keine Fragen offen. Michael war unter die Räuber geraten. Der Einohrige stellte sich dicht vor ihn. »Schmuck, Edelsteine? Was kannst du uns geben, um dein Leben zu retten?«

Michael besaß nichts, womit er diesen Handel hätte bestreiten können. »Was für ein Glück, Euch zu treffen«, rief er daher.

»Seltsame Vorstellungen hast du von deinem Glück«, gab der Kleinwüchsige zurück.

»Vielleicht«, fuhr Michael fort, »werdet Ihr es mir nicht glauben«, und bemühte sich zu lachen. »Aber ich habe Euch gesucht.«

»Uns sucht nur, wer uns Schlechtes will. Die anderen treffen auf uns.«

Michael riss sein Hemd auf und bot die blanke Brust dar. »Nehmen könnt Ihr mir nichts, denn mein Hab und Gut ist kaum von Belang. Aber ich bin bereit, Euch freiwillig zu geben, was wertvoller ist: meinen Verstand und mein Herz. Ich möchte mich Euch anschließen. Was sagt Ihr zu diesem Angebot?«

»Das ist ein Trick. Wer hat dich geschickt?«, rief der Einohrige und nestelte an einer Keule, die er an seinem Gürtel trug.

Der Kleinwüchsige schob seinen Bauch dazwischen. »Lass ihn reden!«

Michael deutete auf sein Bündel. »Seht her. Es ist spärlich, was mir geblieben ist, denn ich bin, wie Ihr, auf der Flucht.«

Der Einohrige schaute misstrauisch. »Wie wir?«

»Ruhe!«, unterbrach ihn der Kleinwüchsige und wandte sich an Michael. »Die Geschichte, mit der du uns fangen willst, beginnt mich zu interessieren. Erzähle mehr!«

Michael behauptete, von reichen Pfeffersäcken ausgenommen worden zu sein, und mit dem Wenigen, was ihm geblieben sei, müsse er sich nun durchschlagen. »Es ist doch die Schuld der Kaufleute, wenn edle Menschen wie Ihr die Verantwortung übernehmen müsst, sie auf ein rechtes Maß zurückzuschröpfen.«

»Ja!«, bestätigte der Kleinwüchsige und nickte seinem Kumpan zu. »Wir sind nur getrieben von ausgleichender Gerechtigkeit.«

Es dauerte nicht lange, da war es Michael gelungen, den Räubern das Gefühl zu vermitteln, ihre Raubzüge wären kein Verbrechen, sondern eine edle Tat. Er legte seinen Arm um die Schultern des kleinwüchsigen Mannes. »Es ist schön, in einer schweren Zeit wie dieser Freunde wie Euch zu finden.«

Der Einohrige nickte. »Wir können Unterstützung brauchen. Aber denke nicht, es wäre eine leichte Arbeit, die wir verrichten.«

Der Kleinwüchsige blieb misstrauisch und befreite sich aus Michaels Umarmung. »Ich werde ein Auge auf dich haben.«

»Dafür bin ich Euch dankbar«, antwortete Michael, als habe er das Misstrauen nicht bemerkt, und fügte hinzu: »So werde ich viel von Euch lernen.«

Schon am zweiten Tag unterwiesen ihn der Kleinwüchsige, der Einohrige und ein dritter Räuber mit langer Nase und schlechten Zähnen in ihrem Handwerk. Sie erklärten ihm, wie Schläge mit der Keule so platziert wurden, dass das Gejammer des Opfers nur von kurzer Dauer war und somit die eigenen Nerven verschont blieben. Michael zeigte sich gelehrig. Der Einohrige überreichte ihm seine Keule, und Michael schlug wild auf einen Baum ein. Der Langnasige nickte anerkennend.

Michaels Gespür, Durchreisende zu finden, die sie ausplündern konnten, überzeugte bald sogar den Kleinwüchsigen. Doch die Beute war zu gering, denn nur ein paar Gesellen und Bauern waren ihnen in die Falle gegangen. Dinge von Wert besaßen sie kaum. Meist waren auch ihre Familien arm, so dass auch durch Erpressung der Fang nicht reichlicher wurde.

Nach einem ihrer Beutezüge setzte sich Michael gedankenverloren auf einen Baumstumpf. Der Kleinwüchsige hockte sich daneben.

»Was ist mit dir? Du siehst so aus, als sei dir der Spaß am Erleichtern der Fernhändler bereits abhanden gekommen.«

Michael zerbrach einen Zweig. »Nein, nein. Die Freude daran wird mir so schnell nicht vergehen. Aber es ist recht wenig, was

wir an Geld erbeutet haben. Ein dicker Bauch ist zwar angenehm, aber nicht die Lösung meiner Probleme.«

»Was ist dein Problem?«

Michael erzählte, dass sein Freund Thomas im Kerker säße
und die Beute niemals reichen würde, ihn auszulösen.

Der Kleinwüchsige zuckte mit den Schultern. »Wo liegt das
Problem? Wir alle hier sind Brüder. Die nächste Beute ist deine.
Dann löst du ihn aus.«

Michael war verwundert über das Angebot.

»Und ihr verzichtet auf eure Anteile?«

»Verzichten? Wer hat das gesagt? Ihr zahlt es zurück, wenn ihr
könnt – gemeinsam.«

Der Kleinwüchsige streckte die Hand aus. Michael zögerte,
doch der Räuber nickte aufmunternd. Michael schlug ein.

81

Der Wind zerzauste Christian Hovemann das Haar. Es ging wieder aufwärts. Er jagte mit seinem neu erworbenen Fuhrwerk
durch die Stadt.

»Ho, ho, ho, macht Platz, ihr lieben Hamburger. Ich habe eine
dringende Fuhre.« Die Leute sprangen aus dem Weg, sahen das
leere Fuhrwerk und den alten Mann, der anscheinend den Verstand verloren hatte. Lange nicht mehr hatte Hovemann solche
Kraft verspürt, alles durch seinen Einfluss lenken zu können. Es
war gelungen, den Handel um das Fuhrwerk besser zu bestreiten
als erhofft. Dem ersten Bier hatte er sich zwar nicht entziehen
können, aber den weiteren Angeboten war er höflich ausgewi-
chen. Auch die nächste, wichtigste Aufgabe würde er bewältigen
können – die Suche nach Thomas. Weit konnte der Junge nicht
gekommen sein, wenn es stimmte, dass er aus der Stadt gejagt
worden war, mit nichts als seinen Kleidern unter dem Arm. Ein
Junge nackt auf der Flucht – sein Sohn. Hovemanns Laune ver-
schlechterte sich, als er sich vorstellte, welches Aufsehen die Sze-

ne verursacht haben mochte. Er beruhigte sich, dass sein Einfluss den Sohn in Zukunft wieder besser führen würde.

»Ho, ho, ho, ich bin da«, schrie er, durch den Wald jagend. Die Räder polterten über die Wurzeln.

»Wir auch!«, keifte es aus dem Wald.

Die Räuber sprangen aus dem Gebüsch und stellten sich mit ausgebreiteten Armen vor das Fuhrwerk. »Brrr!«

Michael griff in das Geschirr der Pferde. So an der Flucht gehindert, bäumten sie sich auf und wieherten. Hovemann stemmte sich mit den Füßen ab, damit er nicht vom Wagen fiel. Da warf sich auch schon der Langnasige über ihn und zog ihn vom Wagen.

»Nein«, schrie Michael, denn er erkannte, wer ihnen da ins Netz gegangen war. Er konnte sich gut erinnern, wie Thomas von diesem Mann, einem kleinen Mädchen und einem Mönch in Berlin zum Prahm gebracht worden war.

»Na, hol dir das Krämerlein«, zischte der Kleinwüchsige. »Es ist allein für dich und deinen Freund.«

Hovemann jammerte und schrie: »Ihr seid wohl verrückt geworden! Was wollt Ihr von mir?«

»Die Frage ist gut. Was kannst du uns geben?«, spottete der Dicke.

Die Raubgesellen lachten. Hovemann fingerte nach dem Beutel mit den Münzen, der ihm nach dem Kauf des Fuhrwerks geblieben war. »Hier!« Er hielt ihn dem Kleinwüchsigen entgegen. »Das ist alles, was ich habe.«

Michael stellte sich zwischen Hovemann und den Dicken und griff nach dem Beutel. »Lasst uns das Geld nehmen und ihn fortjagen.«

Der Kleinwüchsige schüttelte den Kopf. »Du musst wohl doch noch viel lernen. Sieh dir seine Kleider an und das Fuhrwerk. Das ist ein reicher Pfeffersack. Aus dem ist mehr zu holen als ein paar läppische Hamburger Mark!«

»Ich habe nichts. Ich bin ein armer Mensch!«, jammerte Hovemann.

»Siehst du, wie er uns betrügen will?«, giftete der Kleinwüchsige und wandte sich an Hovemann. »Du hast noch immer dein Leben, du Pfeffernase. Denk nach, was es dir wert ist!«

Hovemanns Augen suchten Kontakt. Der Langnasige grinste ihn an, der Einohrige schlug drohend mit dem Knüppel in seine Handfläche, und der Kleinwüchsige erwiderte den Blick, dass Hovemann ihm nicht standhalten konnte. Nur Michael wendete sich ab. Hovemann sah ihm hinterher. Der Junge kam ihm irgendwie bekannt vor. Er schmeckte Blut. Bei dem Überfall waren ihm mehrere Zähne locker geschlagen worden.

»Lasst mich laufen, und ihr bekommt das, was ich auf dem Leibe trage. Dazu das Fuhrwerk. Was nutzt euch denn mein nacktes Leben?«

»Schwatz uns gefälligst nicht in unser Handwerk!«, schrie der Dicke. »Bindet ihn auf den Wagen. Wir fahren in unser Lager und beraten, was zu tun ist.«

Hovemann wurde an einen Baum gefesselt. Klagend versuchte er die Räuber davon zu überzeugen, dass niemand ihn auslösen würde, sie also nie mit Lösegeld rechnen könnten.

»Hör endlich auf zu jammern!«, rief Michael.

»Darf ich ihm eine verpassen?«, bot sich der Langnasige an.

»Nein, lass es gut sein.«

Mit einem angedeuteten Schlag zeigte der Langnasige enttäuscht, was Hovemann erspart geblieben war.

Der Kleinwüchsige trat zu Michael. »Und? Bist du zufrieden?«

Michael nickte. »Ja!«

»Und?«

Michael stand auf, goss sich einen Becher voll Bier und trank. Der Kleinwüchsige folgte ihm.

»Ich werde aus dir nicht schlau, und das beunruhigt mich. Willst du, dass wir deinen Freund mit Gewalt befreien?«

Michael schwieg. Der Zwergwüchsige fuhr fort.

»Dich kennen nur wenige in der Stadt. Für uns aber ist es gefährlich, den Wald zu verlassen.«

Michael schüttelte den Kopf. »Nein. Das ist es nicht, was mich nachdenklich macht.«

Er überlegte, ob er es riskieren könnte, zu gestehen, wer der alte Hovemann war und dass er ihn kannte. Michael nahm seinen Becher, füllte den Rest des Bieres mit Wasser auf und hielt ihn Hovemann hin. Gierig schlürfte der das Getränk.

»Michael!«, keifte der Kleinwüchsige. »Vergiss nicht – wer sich mit Pfeffersäcken gemein macht, kann niemals unser Freund sein.«

82

Das Sonnenlicht zwängte sich durch die kleine Öffnung und zeichnete den Schatten des Gitters auf den Boden. Thomas reichte nur mit Mühe daran. Er zog sich an den Stäben hoch und sah Füße vorüberlaufen. Von der Seite kamen ein Paar Schuhe näher, die er am wenigsten vermutete hatte, hier zu sehen. Es waren die Schuhe von Michael. Er duckte sich zu Thomas.

»Wie ist es dir ergangen, alter Schwerenöter? Haben dich die Ratten schon angeknabbert??«

»Michael! Ich dachte, du wärst längst fort!«

»Was denkst du von mir? Ich habe das Geld aufgetrieben und bezahlt, um dich aus diesem Loch zu holen!«

Thomas drehte sich um, weil er hörte, wie ein Schlüssel im Schloss gedreht wurde. Die Tür öffnete sich, und der Scharfrichter trat ein. Mit einer knappen Geste bedeutete er Thomas, dass er gehen dürfe.

Obwohl das Verlies das kleine Loch zur Straße gehabt hatte, musste Thomas die Augen zukneifen, so ungewohnt war die Sonne.

»Ich muss mich entschuldigen«, meinte er, als er vor seinem Retter stand. »Ich dachte, du würdest mich im Kerker verrotten lassen. Aber woher hast du das Geld, um mich auszulösen? Aus meinem Bündel?«

Michael glaubte sich verhört zu haben. »Aus deinem Bündel? Du Narr. Außer einer alten Kutte war da nichts drin. Mir haben

Menschen geholfen, die erwarten, dass wir ihnen ihr Geld zurückzahlen.«

»Schon gut.«

»Du wirst alles verstehen«, lenkte Michael ein. »Später. Lass uns erst einmal aus der Stadt verschwinden.«

Kaum waren sie durch das Spitalertor gegangen, begann es zu regnen. Thomas war verstört. »Warum können wir nicht in Hamburg bleiben? Nun sind wir doch ehrliche Leute?«

»Wir gehen zu Freunden«, antwortete Michael kurz.

Der Regen nahm zu, und langsam wurde es dunkel.

»Freunde können wir doch sicherlich auch in der Stadt finden«, wagte Thomas einen zweiten Versuch.

»Halt!«, rief Michael. Er hielt seine rechte Hand ans Ohr. Von Ferne war ein Leiterwagen zu hören.

Michael warf sich auf den Boden.

»Duck dich!«

Thomas zögerte, da wurde er schon auf den Boden gerissen. Aber es war zu spät. Vom Wagen herunter lachte es: »Ihr seid aber schnell zu erschrecken!« Der Kleinwüchsige war den beiden Jungen entgegengefahren. Sein Misstrauen war so groß wie die Summe, die er Michael geliehen hatte. Er sprang vom Wagen. »Du bist also der Freund von Michael, der seine Liebesfreuden nicht bezahlen konnte?« Der Kleinwüchsige musterte den Neuankömmling von oben bis unten. »Sei's drum. Steigt auf, ich bringe euch zum Lager.«

Die beiden Jungen kletterten auf den Wagen. Thomas versuchte, Michael festzuhalten. »Später«, wehrte der ab. »Später.«

Der Kleinwüchsige gab den Pferden die Peitsche.

»Sieh, Michael, was der Pfeffersack versucht hat, vor uns zu verbergen.« Seine Hand wurde geschmückt von einem Ring mit rotem Stein. »Wenn man nicht aufpasst. Es gibt nur noch Betrüger auf dieser Welt.«

Thomas wurde bleich und stierte auf das Schmuckstück.

»Ja, bewundere mich, was ich für ein feiner Herr bin«, feixte der Kleinwüchsige.

219

»Was ist los mit dir?«, flüsterte Michael.

»Es ist der Ring meines Vaters«, zischte Thomas zurück.

Michael hielt Thomas die Hand vor den Mund. »Still.« Dann robbte er sich nach vorn zum Kutschbock und lachte bemüht. »Und was habt ihr mit dem Pfeffersack gemacht?«

»Als ich das Lager verließ, lebte er noch.«

83

Hovemann stöhnte und versuchte, sich mit dem ganzen Gewicht seines Körpers in die Seile zu legen, um sie zu lockern. Kaum war es ihm gelungen, etwas Bewegungsfreiheit zu erlangen, eilte der Langnasige herbei und zog die Fesseln wieder stramm. »Lasst ihn uns doch einfach abstechen. Der frisst uns nur die Vorräte weg. Jedes Rindvieh wird danach beurteilt, wie nützlich es ist.«

»Nein!«, antwortete der Einohrige. »Gefangene werden einfallsreich, wenn sie zum Tausch nichts als ihr Leben anzubieten haben. Außerdem können wir das nur entscheiden, wenn alle zusammen sind.«

In diesem Moment bog unter lautem Rasseln der erwartete Wagen ein.

»Brrrr!«, rief der Kleinwüchsige und sprang ab.

Michael beugte sich zu Thomas.

»Wenn dich dein Vater erkennt, ist unser Leben nichts mehr wert. Halt dich also von ihm fern.«

»Was hat das zu bedeuten? Warum hast du dich mit diesen Kerlen eingelassen?«

»Ohne sie hätte ich nie das Geld gehabt, um dich aus dem Kerker zu befreien.«

»Lieber im Kerker als hier. Und was wird mit meinem Vater?«

»Dein Vater wäre ihnen auch ins Netz gegangen, wenn du jetzt noch im Verließ sitzen würdest. Sei froh, dass du hier bist. Vielleicht können wir ihm helfen. Ich habe einen Plan. Vertrau mir.«

»Was tuschelt ihr da, wie zwei Mädchen beim Blumenflechten? Kommt runter, damit wir unseren Neuankömmling begrüßen können.«

Michael sprang vom Wagen.

»Ist das dein Freund, der sich bestellte Liebesdienste nicht leisten konnte?«, grinste der Einohrige.

Thomas rollte mit den Augen. »Aber Hilfe können wir immer gebrauchen, und wenn du dich bemühst, wirst du unser Handwerk bald beherrschen«, fügte er wohlwollend hinzu.

Der Langnasige brachte Thomas einen Becher Bier. »Hier! Trink!«

Thomas stürzte den Inhalt hinunter. Der Kleinwüchsige schlug ihm auf die Schulter. »Willkommen!«

Michael brach einen Laib Brot auseinander, streute eine Prise Salz hinein und hielt Thomas ein Stück hin. »Du wirst Hunger haben«, rief er und redete so laut, damit es der Kleinwüchsige hören sollte. »Komm mit! Wir suchen Holz für ein Feuer.«

Thomas schaute sich um, in der Hoffnung, seinen Vater zu entdecken. Aber er konnte ihn nicht finden. Michael schob Thomas vor sich her. »Was sind das für seltsame Leute?«, fragte Thomas, als sie weit genug entfernt waren.

Michael war noch immer unsicher, ob die Räuber sie hören konnten, deshalb stieß er Thomas noch tiefer ins Dickicht. »Mach bloß keine Dummheiten!«

Thomas wehrte sich. »Aber ich muss meinem Vater doch irgendwie helfen.«

»Ich habe doch gesagt, dass ich einen Plan habe. Vertrau mir.«

Thomas nahm einen Stock und schlug ihn wütend gegen die Bäume. »Wie soll der denn aussehen, dein großartiger Plan?«

»Das wirst du schon sehen!« Michael stellte sich Thomas in den Weg und hielt ihn am Arm. »Vor allem dürfen wir jetzt nicht auffallen.«

Thomas versuchte sich zu befreien, aber Michael hielt ihn fest.

»Pass auf! Wir werden zum Anlass deiner Befreiung die Bierbecher kreisen lassen. Aber du musst klar im Kopf bleiben. Wenn alle eingeschlafen sind, befreien wir deinen Vater, nehmen das Fuhrwerk und verschwinden. Die restlichen Pferde müssen wir vertreiben, damit sie uns nicht folgen können.«

»Und was machen wir, wenn es schief geht?«

Michael zuckte mit den Schultern. »Wie sieht dein Gegenvorschlag aus?«

»Ich hab keinen«, gab Thomas kleinlaut zu.

»Also. Dann hilf mir jetzt«, gab Michael zurück und sammelte Brennholz.

Thomas hielt die Arme vor den Bauch. Michael stapelte das Brennholz darauf.

»Vor allem darf dich dein Vater nicht sehen.«

Thomas war so bepackt, dass er den Freund kaum noch sehen konnte. »Und wie wollen wir das anstellen? Irgendwann muss ich an ihm vorbei, und dann?«

Michael nahm ihm ein Holzstück ab, damit er Thomas in die Augen gucken konnte. »Du ziehst einfach die Mönchskutte an. Wenn du die Kapuze über den Kopf ziehst, erkennt dich nicht mal dein Vater.«

Thomas nickte. »Das könnte klappen.«

Als sie wieder im Lager waren, nahm Thomas die Kutte und warf sie sich über.

»Ist dir kalt?«, fragte der Kleinwüchsige misstrauisch.

»Etwas frisch ist es«, gab Thomas zurück und versteckte sich im Habit.

»Ich denke, wir sollten aus freudigem Anlass ein Fest feiern.« Michael gab sich Mühe, heiter zu klingen. »Was haltet ihr davon?«

Der Langnasige strahlte und schaute den Kleinwüchsigen an. »Ein Fest feiern ist immer gut.«

»Ein guter Einfall!«, meinte auch der Kleinwüchsige. »Aber ein dicker Bauch bewegt sich nicht gerne. Vorher sollten wir unsere Arbeit erledigen.«

Er zog sein Messer, ließ es in der Runde aufblitzen und ging zu Hovemann. Thomas wollte ihm folgen, aber Michael hielt ihn zurück: »Hilf mir lieber, das Feuer zu richten.«

Michael stocherte in der Glut. Die Funken stoben. Thomas legte ein Holzstück nach dem anderen um die Feuerstelle und bemühte sich, seinen Vater im Auge zu behalten.

Der Kleinwüchsige stellte sich vor den Kaufmann. »Habt Ihr Euch inzwischen überlegt, wie viel Euch Euer Leben wert ist?«

Aus Hovemanns Körper war die Kraft gewichen. Der Kleinwüchsige ging um den Baum herum. »Ist sich der Herr zu fein, mit mir zu reden?«

Er stellte sich vor Hovemann und spuckte ihm ins Gesicht. Der Einohrige gesellte sich zum Kleinwüchsigen.

»Darf ich dir helfen? Wollen wir ihn fliegen lassen?«

Der Kleinwüchsige grinste. »Ja, lassen wir ihn fliegen. Vielleicht fällt ihm dann ein, wie viel ihm sein Leben wert ist.«

Auch der Langnasige beteiligte sich und hielt Hovemann fest. Die beiden anderen lösten die Stricke.

Thomas lief hinter den Büschen hin und her. »Was bedeutet das?«

Michael schob die Zweige beiseite. »Sie werden ihn an den Baum hängen, um von ihm zu erfahren, woher sie Geld bekommen können.«

»Und ich soll dabei zusehen? Warum erzählen wir ihnen nicht, dass er mein Vater ist? Mich haben sie doch auch freundlich begrüßt.«

»Du kannst dich aber nicht darauf verlassen. Nur eines ist sicher. Keiner von denen würde seinen eigenen Vater erkennen. Aber einen reichen Kaufmann wittern sie sogar, wenn ein Berg sie von ihm trennt.«

Hovemann war inzwischen losgebunden. Es fiel ihm schwer, sich auf den Beinen zu halten. Kaum hatte er sich seiner Freiheit erfreut, da wurden ihm die Arme auf den Rücken gedreht und zusammengebunden. Der Kleinwüchsige machte eine Schlaufe und zog ein zweites Seil hindurch, das er über den starken Ast eines Baumes warf. Am anderen Ende zog er fest an. Aber Hovemann war zu schwer. Der Langnasige kam ihm zu Hilfe und hängte sich mit seinem gesamten Gewicht an das Seil. Hovemanns Arme bogen sich nach hinten in die Höhe, sein Oberkörper beugte sich nach vorne. Er verlor den Boden unter den Füßen. Die Füße hoben sich. Hovemann schrie. Thomas hielt es nicht länger aus. Er sprang auf, bog die Büsche beiseite und wollte seinem Vater beistehen, da streckte ihn ein Schlag nieder, und er fiel der Länge nach hin. Michael warf den Holzscheit ins Feuer und zischte. »Warum begreifst du es nicht? Du kannst ihm so nicht helfen.«

Thomas rieb sich über den Kopf. »Was soll ich denn machen, ich kann doch nicht einfach zusehen.«

»Bis heute Nacht wirst du zusehen müssen. Was hilft es, wenn wir beide neben deinem Vater hängen?«

Michael sammelte Reisig und warf ihn ins Feuer. »Lass uns um unsere Arbeit kümmern, damit nicht auffällt, dass wir uns gegenüber dem Gefangenen zurückhalten.«

Hovemann schrie erneut. Der Kleinwüchsige hatte ihm die Schuhe ausgezogen, einen brennenden Stock genommen und ihn unter das baumelnde Opfer gehalten. »Fällt dir nun ein, woher du Geld besorgen kannst?«

Hovemann war zu erschöpft, um zu sprechen. Er konnte nur noch schwer verständliche Laute von sich geben.

»Lasst ihn runter!«, rief der Kleinwüchsige.

Der Langnasige ließ das Seil los. Hovemann fiel auf die Erde und wimmerte: »Ihr habt mir bereits all mein Geld abgenommen. Mehr habe ich nicht dabei. Wie soll ich es sonst noch sagen, dass ihr es versteht?«

Der Kleinwüchsige gab ein Zeichen. Hovemann wurde erneut mit einem Ruck in die Höhe gezogen. Der Kleinwüchsige nahm den brennenden Ast und schwenkte ihn wieder vor Hovemanns Gesicht.

Das Feuer nahm ihm den Atem. Dann ergriff es seine Kleidung.

Nun war Thomas durch keine Kraft der Welt mehr zu bremsen. Er stürmte los. Michael fluchte. Thomas riss sich die Kutte vom Leibe und erstickte damit die Flammen. »Vater!«

224

Der alte Hovemann war sich nicht sicher, ob er träumte. Er konnte nicht mehr unterscheiden, ob ihm tatsächlich sein Sohn zu Hilfe eilte oder ob seine Sinne ihn an der Schwelle zum Tode verspotteten und das Leben an ihm vorbeizog.

»Schnappt ihn euch!«, schrie der Kleinwüchsige. Der Einohrige und der Langnasige sprangen herbei, griffen sich Thomas und schlugen auf ihn ein. »Hol ein Seil!«, rief der Kleinwüchsige dem Einohrigen zu. Als Thomas einer Handelsware gleich verpackt war, wurde er gegen den Baum gelegt. Der Kleinwüchsige lief um den neuen Gefangenen herum.

»Hab ich es mir doch gedacht.«

Michael trat hinzu. »Lasst ihn frei!«

»Still, Verräter!«, gab der Kleinwüchsige patzig zur Antwort. »Sonst stehst du neben deinem Freund! Ich weiß nicht, warum ich dir noch vertrauen sollte. Ein schönes Ei hast du uns da ins Nest gelegt. Du wirst viel erklären müssen. Woher kennst du die beiden? Mit welchen Überraschungen haben wir noch zu rechnen?«

Betont langsam ging Michael zum Bierfass, füllte unter den misstrauischen Blicken der Räuber vier Becher und stellte sie auf ein Brett.

»Beruhigt euch, und nehmt einen Schluck, damit die Sinne wieder klar werden, denn was sollen wir uns streiten? Ich bin einer von euch, und Thomas ist es auch.«

»Als Nächstes wirst du mich beschwatzen, dass auch der reiche Pfeffersack zu uns gehört und ich ihm den Ring zurückgeben soll.« Der Kleinwüchsige schaute Michael tief in die Augen. Gemächlich nahm er einen Becher vom Brett, goss den Inhalt auf den Boden und stellte den leeren Becher zurück. »Ich habe eine Idee. Dein Freund soll die Möglichkeit bekommen, seine Loyalität unter Beweis zu stellen, und Unterhaltung wird es uns auch bringen.«

Er ging zu Thomas, die Hände auf dem Rücken, ein verschmitztes Lächeln im Gesicht.

»Ich schenke dir das Leben, wenn du es«, der Kleinwüchsige hob den Finger und stieß ihn in Hovemanns Wams, »diesem alten Mann nimmst.«

»Niemals!«, brauste Thomas auf.

»Schade. Du bist recht störrisch für einen, der sich in solch schlechter Situation befindet. Dein Freund behauptet, du wärst einer von uns. Ich kann es nicht erkennen. Wenn wir nicht gewesen wären, würdest du im Verließ mit den Ratten verhandeln. Und nun diese rüde Absage.«

»Was verlangst du? Es ist sein eigen Fleisch und Blut«, ging Michael dazwischen

»Wer einer von uns ist, braucht keinen Vater«, spottete der Kleinwüchsige. »Wer von uns kennt schon seinen Vater?« Er drehte sich zu Michael. »Aber seine Brüder – die sollte man erkennen.«

»Vielleicht bekommen wir ihn ja doch verkauft. Und dann wäre es schade drum, wenn wir ihn – nur zum Vergnügen – verloren hätten«, versuchte Michael, die Situation zu retten. »Lass uns den Spaß bis morgen aufschieben. Die Vorfreude wird dir den heutigen Abend verschönern.«

»Du bist sehr schlau«, antwortete der Kleinwüchsige. »Auch wenn ich dich durchschaue und du nur deinen Freund retten willst, hast du in einem Punkt Recht. Häufig ist die Vorfreude auf ein Ereignis unterhaltsamer als das Ereignis selbst. Deshalb sollte sie nicht verschwendet werden.«

Der Kleinwüchsige entfernte sich langsam, um sich dann blitzschnell umzudrehen und seine spitzen Finger in Michaels Brustkorb zu bohren. »Sieh dich vor. Ein kleiner Fehler von dir bedeutet dein Ende.«

Nachdem der Langnasige und der Einohrige bemerkt hatten, dass der große Knüppel vorerst nicht zum Einsatz kommen würde, beschäftigten sie sich mit dem Bier. Sie hatten nicht verstanden, was zwischen Michael und dem Kleinwüchsigen besprochen worden war. Auch der Kleinwüchsige füllte seinen Becher auf und prostete Michael zu.

»Trink, mein …« Er zögerte. »… Bruder.«

Es dauerte nicht lange, und der Alkohol tat seine Wirkung. Michael bemühte sich, betrunkener zu wirken, als er war. Lallend hob er den Becher und torkelte vor dem Kleinwüchsigen hin und her. »Lass uns anstoßen, mein Freund.«

Die beiden anderen waren längst eingeschlafen, und auch der Kleinwüchsige war nicht mehr nüchtern. Dennoch bemühte er sich um Kontrolle. »Ich sollte lieber nicht so viel trinken.«

»Sei kein Spielverderber. Entweder wir sind Brüder, oder wir sind es nicht.« Michael breitete mit großer Geste die Arme aus. »Wenn du mir misstraust, töte mich auf der Stelle.« Er griff nach dem Knüppel, mit dem so mancher Kaufmann erschlagen worden war, und hielt ihn dem Kleinwüchsigen hin. »Hier. Tu, was dir dein Herz befiehlt!«

Der Alkohol zeigte seine Wirkung und trieb dem Kleinwüchsigen die Tränen in die Augen. Er nahm den Scheit und warf ihn weit fort von sich. »Ich bin umgeben von Schwachköpfen. Du bist der Erste, mit dem ich reden kann.« Er stand auf. »Versprich mir, dass du mich nie enttäuschen wirst.«

Michael hob die Hand zum Schwur. »Wir sind Brüder und nur unserer Ehre verpflichtet.«

»Das hast du schön gesagt.« Der Kleinwüchsige grinste. »Trotzdem traue ich dir nicht. Gib mir dein Messer.«

Michael zog das Messer aus seinem Gürtel.

»Du bist doch unter Brüdern«, äffte der Kleinwüchsige ihn kichernd nach, ging zum Fuhrwerk, setzte sich daneben und band ein Seil um die Achse. Das andere Ende wickelte er sich ums Handgelenk. Stolz auf seinen Einfall, stimmte er wenig später in den Chor der Schnarchenden ein.

Als das Grunzen flach und gleichmäßig wurde, lief Michael zu Hovemann und löste dessen Stricke. Thomas war so verschnürt, dass die Knoten ohne Messer nicht zu öffnen waren. Hovemann und Michael nahmen ihn wie einen Sack Getreide und legten ihn behutsam auf den Wagen, damit die Bewegung den Kleinwüchsigen nicht weckte.

Die Pferde wurden unruhig. Ungeduldig scharrten sie mit den Hufen über den feuchten Boden. Hovemann kletterte auf den Bock und griff die Zügel.

»Hey, was soll das?« Der Langnasige war aufgewacht und lallte. Er versuchte aufzustehen und wollte Michael von hinten angreifen.

»Pass auf!«, rief Thomas vom Wagen herunter.

Michael versetzte dem Langnasigen einen Schlag, dass er mit dem Kopf gegen einen Stein fiel.

Die Bewegung des Fuhrwerks und die Schreie hatten mittlerweile auch den Kleinwüchsigen geweckt. Er richtete sich auf, vergaß, dass er an den Wagen gebunden war, und stürzte.

»Wir müssen hier weg«, schrie Hovemann und ließ die Peitsche knallen.

Thomas bemühte sich immer noch, sich von den Fesseln zu befreien. »Michael!«

Der Wagen setzte sich in Bewegung. Das Seil straffte sich und schleifte den Kleinwüchsigen hinterher.

»Hüh, schneller!«, brüllte Hovemann.

Der Kleinwüchsige kreischte vor Schmerz und Entsetzen. Das Seil schnitt sich fest in sein Handgelenk. Hinter ihm wirbelte Dreck auf. Michael rannte dem Fuhrwerk nach, aber der alte Hovemann trieb die Pferde zu immer größerer Eile. Dem Kleinwüchsigen war es gelungen, sich zu befreien, und er rollte über den Weg. Michael stolperte. »Vater! Fahrt langsamer! Sonst kann Michael es nicht schaffen«, rief Thomas.

Die Blicke des Vaters sprangen angsterfüllt zu Thomas, dann zu Michael, der von den Räubern festgehalten wurde.

»Wir müssen ihm helfen!«, rief Thomas.

»Du Narr! Dann werden sie dich auch töten«, schrie der Vater.

»Haltet an und bindet mich los!« Thomas war elend zumute. Er konnte nichts ausrichten, gefesselt, wie er war.

Er heulte vor Wut. »Haltet endlich an!« Aber die Peitsche auf dem Rücken der Pferde übertönte ihn. Thomas versuchte, mit den Zähnen das Seil zu durchtrennen.

Die Schuld war nicht zu ertragen. Die Schuld, im Stich gelassen zu haben, was ihm wichtig war.

84

Der Wagen jagte durch den Wald. Weder der Vater noch Thomas sprachen ein Wort. Nur das Rattern der Räder unterbrach eintönig die Stille. Hovemann saß auf dem Kutschbock und starrte nach vorn. Thomas lag auf der Pritsche des Wagens. Die Fesseln brannten im Fleisch.

»Brrr.«

Thomas rollte bis an den Kutschbock vor.

Hovemann drehte sich zu ihm. Sein Sohn sah ihn wütend an, das Gesicht verheult.

»Wärt Ihr nur etwas langsamer gefahren.«

Der Vater stieg vom Bock, seufzte und setzte sich Thomas gegenüber.

»Bindet mich los!«, forderte Thomas seinen Vater auf.

»Erst, wenn du dir angehört hast, was ich zu sagen habe.«

»Es lag in Eurer Hand, ihn zu retten!«

»Er war ein Räuber.«

Thomas stemmte sich mit den Füßen ab und rutschte an der Seitenwand der Kutsche empor.

»Er war mein Freund.«

Der Vater spürte, dass das Gespräch denkbar ungünstig begonnen hatte. Er fuhr sich mit den Händen durch das Gesicht.

»Friedelinde wird sich freuen, wenn du zurückkommst.«

»Friedelinde.« Über Thomas' Gesicht huschte ein Lächeln. »Geht es ihr gut?«

Der Vater nickte und freute sich, das Gespräch von Michael abgelenkt zu haben.

»Sie ist bei Sauertaigs, die dich herzlich grüßen lassen und sich auf deine Ankunft freuen.«

»Ich werde niemals zurückkehren können. Jeder denkt, dass ich von Erp getötet und Berlin in Brand gesetzt habe.«

»Es ist viel passiert. Viele sind verdächtigt worden«, antwortete der Vater. »Es heißt jetzt, ein Geistlicher namens Nicolaus Hundewerper soll den Brand gelegt haben. Er ist in geistliche

229

Haft genommen worden und hält sich wohl im Kloster Lehnin auf.«

»Welchen Grund soll er gehabt haben, die Stadt niederzubrennen?«

Der Vater zuckte mit den Achseln.

»Trotzdem. Mir bleibt die Schuld des Mordes.«

Der alte Hovemann atmete tief durch. »Es war ein Unfall.«

Thomas fiel zum ersten Mal auf, dass die Augen seines Vaters alt geworden waren.

»Vater, ich kann es nicht verwinden, dass ich ein solches Los zu tragen habe. Sobald sich mein Herz an etwas hängt, wird mir, was mich so glücklich macht, genommen. Ich wage es nicht mehr, mich irgendwelcher Zuneigung hinzugeben, weil ich befürchten muss, dass es sich rächt. Mit mir zusammen zu sein bedeutet für das Gegenüber stets Unglück.«

»Viele Dinge werden einem im Leben genommen. Du wirst lernen müssen, zu kämpfen. Denn die Lösung der Geheimnisse, die Gott uns mit auf den Weg gibt, kann nur er dich finden lassen.«

»Ich bin bereit, Vater. Ich werde kämpfen. Und ich werde herausfinden, wer Marta getötet hat. Den Schuldigen werde ich finden und, wenn es sein muss, selbst richten.«

»Den Schuldigen?«

»Wie könnt Ihr zweifeln, dass es um Schuld geht?« Thomas sah den Vater verwundert an.

Hovemann seufzte und versuchte, sich einer Antwort zu entziehen. Gleichzeitig irritierte es ihn, dass sich sein Sohn mit der Fesselung scheinbar abgefunden hatte.

»Du hast ihn bereits gerichtet.« Der Kaufmann schaute seinem Sohn in die Augen.

»Es war von Erp.«

Thomas spürte, wie ihm der Schweiß den Rücken entlanglief. Er sah auf die unruhigen Hände des Vaters.

»Von Erp? Woher wisst Ihr das? Er wird es Euch schwerlich anvertraut haben.«

Hovemann setzte sich neben Thomas. Seine Hand näherte sich zitternd und wischte ihm eine Träne aus dem Gesicht.

»Ich bin zu spät gekommen. Da war es schon geschehen.«

Er griff nach den Fesseln und durchschnitt sie. Das Seil war noch nicht auf den Boden gefallen, da stürzte sich Thomas auf den Vater und schlug auf ihn ein.

»Warum habt Ihr sie dann in ihrem Blut liegen lassen?«

»Ich konnte nichts tun.« Hovemann versuchte den Schlägen auszuweichen. »Du musst mir glauben.« Thomas war nicht zu beruhigen. Hovemann hielt schützend die Arme vor sich. »Mein Sohn, die Last, die du in deinem Herzen spürst, trage ich auf meinem Gewissen.«

Vorsichtig legte er Thomas seine Hand auf die Schulter. Thomas ließ sich fallen, Hovemann setzte sich zu ihm.

»Ich werde dir erzählen, wie es passiert ist. Das verspreche ich dir. Ich werde nichts auslassen. Alles wirst du erfahren – später.«

Thomas war nicht mehr sicher, ob ihn diese Ankündigung freuen sollte. Aber er hatte gelernt, Unabänderliches hinzunehmen, und so wollte er glauben, wovon der Vater sprach, dass es, aus welchem Grund auch immer, keine Möglichkeit gegeben hatte, Marta in ihrer Not beizustehen. Thomas wischte sich mit dem Ärmel die Tränen aus dem Gesicht. »Wo habt Ihr sie zur Ruhe gebettet?«

»Es war uns nicht möglich, sie auf dem Kirchhof zu bestatten. Die Zahl der Brandopfer wurde mit jedem Tag größer, sodass ihre letzte Heimstatt die Wiese werden musste. Sie liegt nah bei deiner Mutter, und wir haben ihr eine Tafel gewidmet.«

85

Als der Wagen Tage später in Berlin einfuhr, wurde Thomas klar, dass ihm doch nicht alles genommen war, woran sein Herz hing. Viele Häuser waren zerstört worden. Aber es wurde gebaut. Neue Häuser waren entstanden, schöner und prächtiger.

»Lass uns durch die Stadt fahren!«, rief er seinem Vater zu. »Sie hat sich so verändert.«

Hovemann gab den Pferden die Peitsche. Die Leute drehten die Köpfe. Einige grüßten. Andere fragten sich, ob die Hovemanns denn weg gewesen wären. Sie fuhren über den Markt, bogen vor das Haus der Sauertaigs.

Da stand Friedelinde – regungslos. Sie hatte Angst, dass das, was sie sah, als Traum zerplatzen könnte.

Thomas sprang vom Wagen. Friedelinde lief ihm entgegen. Er hob sie hoch. Es gelang ihm nicht mehr so gut wie früher. »Groß bist du geworden.«

Friedelinde strahlte über das ganze Gesicht. Sieglinde schob sich neben sie. Sie brachte kein Wort heraus. Nur, dass ihr Herz den Rhythmus verlor – das merkte sie, und auch die Furcht, es könnte gleich zerspringen.

Die Kunde über die Ankunft der Hovemanns verbreitete sich schnell. Und es gab jemanden, den die Nachricht besonders interessierte: Bruder Jacobus, dem es wieder einmal gelungen war, den klösterlichen Alltagspflichten zu entrinnen.

»Ihr habt sicherlich viel zu beichten!«, rief er schon von weitem und in der Hoffnung, die neuesten Geschichten aus der Welt zu erfahren. »Da duldet der Herrgott keinen Aufschub.«

Thomas lachte. Dann wurde er nachdenklich. »Ja, Bruder Jacobus, es gibt viel zu beichten.«

Bruder Jacobus wiegte den Kopf hin und her und erschrak, als er sich sagen hörte:

»Schmutz ist nur Schmutz, wenn alles ringsum sauber ist.«

86

Die Fensterläden wurden aufgestoßen, Licht und Luft hineingelassen. Es dauerte eine Woche, bis der moderige Geruch aus Hovemanns Haus verschwunden war. Friedelinde legte sich ins Zeug. Alle Pfannen und Töpfe mussten von Staub befreit werden.

Auch Sieglinde ging zur Hand. Sie kroch auf allen vieren und wischte den Boden. Der alte Hovemann zog seinen Sohn am Ärmel. »Sieh, wie fleißig sie ist.«

Sieglinde schaute auf und lächelte.

Es klopfte. Sauertaig trat ein und baute sich in der Mitte des Raumes auf.

»Nun, da die Hochzeit unserer beiden Kinder besiegelt ist, habe ich eine Überraschung für Euch. Kommt mit, wir fahren aus, damit ich sie Euch präsentieren kann.«

Das Fuhrwerk stand bereit. Sieglinde nahm neben Thomas Platz. Die Peitschen knallten, und der Wagen jagte durch Berlin über die Spree nach Cölln. Sauertaig rief: »Schließt die Augen, und öffnet sie erst, wenn ich es euch gestatte.« Thomas und Sieglinde gehorchten, bis die Kutsche hielt.

Sauertaig sprang vom Bock. »Es ist so weit. Ihr könnt die Augen öffnen.«

Thomas sprang ebenfalls vom Wagen. Ratlos stand er vor einem Haufen verkohlter Balken, die einst die Stützen eines herrschaftlichen Hauses gewesen waren. Der Vater wurde bleich. Er sah Sauertaig ins Gesicht. »Warum ausgerechnet hier?«

Sauertaig präsentierte mit einer ausladenden Armbewegung das Anwesen. »Hier kommt es hin – euer Heim.«

Der Stolz schwellte seine Brust. »Es war sehr günstig zu haben. Sicherlich wird viel Arbeit nötig sein, ehe das Haus bewohnbar ist. Aber der linke Teil, seht selbst, ist aus Stein und leidlich erhalten.«

»Aber es ist das Haus von Erps«, wandte Hovemann ein.

»Ja, und? Es ist ein schöner Platz für frisch Vermählte, Kinder zu zeugen und den Gang ins Leben zu wagen.«

Sieglinde zwängte sich durch die verkohlten Reste des Anwesens. »Hier kommt der Herd hin. Vielleicht sollten wir den Brunnen in die Mitte des Hauses bauen. Was meinst du, Thomas?«

Thomas wurden die Glieder weich, und er musste sich setzen. »Ja. Ja, vielleicht.« Seine Gedanken waren bei Marta. Wie sollte er mit einer anderen glücklich werden? Zudem im Haus ihres Mörders. Ihm war elend zumute.

Sauertaig schlug Hovemann auf die Schulter. »Seht, er macht sich schon Gedanken, wie es aussehen soll ...« Er zwinkerte Hovemann zu und stieß ihn mit dem Ellenbogen an. »... und wo die Betten stehen werden.« Hovemann lächelte bemüht. Sauertaig ließ sich nicht beirren. »Wir werden ihm mit Holz und guten Ratschlägen beiseite stehen können. Was meint Ihr, Hovemann?«

Hovemann stimmte wortlos zu.

Auch Sieglinde war kaum noch zu bremsen. Sie schwelgte in Vorstellungen, wie sie das Haus einrichten würde, und bemerkte nicht, dass die Reaktion auf ihre Entwürfe ausblieb.

»Hier kommt die Wiege hin. Du wirst doch eine bauen, nicht wahr?« Sie zeigte in die andere Ecke des Hauses. »Der Herd soll da drüben stehen, und daneben brauchen wir eine Tür zum Garten.« Sie klammerte sich an Thomas. »Ich bin ja so glücklich.«

Sauertaig schwang sich auf den Wagen. »Kommt, lasst ihn allein. Es ist die vornehmste Aufgabe für ein Familienoberhaupt, das Heim zu planen.« Gut gelaunt stieß er Hovemann erneut an und flüsterte: »Beim Nestbau sollten Vögel ungestört bleiben.«

»Ja, mein Liebster ...«, rief Sieglinde, während sie den Wagen bestieg. »Ich will nicht stören, wenn du nachzudenken hast, aber bitte vergiss nicht – den Brunnen hätte ich gerne im Haus.«

Sie ließ sich auf den Sitz fallen. Ratternd entfernte sich der Wagen. Der alte Hovemann drehte sich noch einmal um und sah, wie Thomas noch immer regungslos dasaß.

Er hoffte auf Gott und dessen Güte und Gerechtigkeit, die Menschen in ihrem Unglück nie allein zu lassen.

Thomas ging durch die Ruine. Die Außenmauer der linken Seite war stehen geblieben. Sogar die Reste eines Hausaltars waren zu erkennen. Stark verkohlt und noch immer verschlossen. Thomas zog an der Tür. Sie fiel in sich zusammen. Er fand Papiere, teilweise so angesengt, dass sie unleserlich geworden waren, und ein Buch.

Er drehte den Kopf, um lesen zu können, was darauf stand.

»Geschäftliche Vorfälle des Kaufmannes Heinrich von Erp von der Art, dass sie aufgeschrieben gehören. 1376.«

Das Buch roch nicht nur nach angesengtem Papier und Leder, Thomas wunderte sich, sondern auch nach verbranntem Horn. Er nahm es in die Hand. Bei den letzten Einträgen befand sich ein Lesezeichen, verschmort und kaum zu erkennen. Seine Knie wurden weich. Es waren zusammengebundene Haare. Das Feuer hatte sie verschmolzen, doch Thomas konnte erkennen, dass sie dunkel waren. Dunkel wie die Nacht. Zärtlich legte er sie beiseite und öffnete das Buch. Der letzte Eintrag war vom Frühjahr 1376. Neben der Auflistung des Vermögens enthielt er auch Persönliches.

»Nun, da die Lust befriedet ist, die mich so stark im Banne hielt, ist es leer in mir geworden. Ich sehne mich nach einem Weibe, das mehr als nur den Trieb in mir stillt, das lieb an meiner Seite steht, wenn es bergab und auch bergauf die Wege zu beschreiten gilt.

Hovemann, von ihm selbst schriftlich eingestanden, steht in meiner Schuld, mit allem, was er sein Eigen nennt.

Es war ein feiner Zug von ihm, mir die Gespielin seiner Brut zu überlassen. Sie brachte mir ähnlichen Frieden wie die Tochter des Kaufmanns van Törsel. Dennoch verweigert er mir sein Juwel, das, was mein Herz in Wallung bringt und den Gefährten tief unten friedlich lässt. Friedelinde heißt das Mädchen, für das ich sterben würde, wollt' sie's nur. Ich hoffe auf die Hilfe Sauertaigs, dem ich auf seinen Wunsch den Nebenbuhler van Törsel abgenommen habe, indem ich ihn mit aller Freude in sein Unglück stürzte. Seitdem lacht Sauertaig das Handelsglück bei Holz und auch bei Tüchern, die Farbe uns ins Leben bringen. Gewiss wird er's mir über den Tag hinaus noch lohnen. So wird auch Hovemann mir folgen müssen.«

Thomas zitterte am ganzen Körper und hatte Angst, die letzte Seite umzublättern. Ein Abgrund tat sich vor ihm auf. Nichts galt mehr, was vorher sicher gewesen war. Er stand an einer Treppe und war gezwungen, sie hinabzusteigen, aber seine Beine versagten, als wären sie in Blei gegossen.

Thomas nahm all seine Kraft zusammen, blätterte weiter und fand einen Spottreim von Erps:

»Vielleicht wird einst die Hölle mein /
Um eines ist mir bange nicht /
Ich werd dort der Teufel sein. /
Ich, ich halte dort Gericht.«

Frank Goyke
Tödliche Überfahrt
Ein Hansekrimi
223 Seiten
ISBN 3-434-52809-1

Lübeck im Jahre 1445: Nach dem Tod seines Vaters Balthazar und den Morden an seinen Lüneburger Freunden ist endlich Ruhe in das Leben von Sebastian Vrocklage eingekehrt. Er hat den Bürgereid der Hansestadt Lübeck geleistet, ist glücklich verheiratet und erfolgreicher Kaufmann mit weitreichenden Handelsbeziehungen. Doch der Schein trügt: Sein Korrespondent in Bergen wird ermordet aufgefunden, Frachtbriefe sind gefälscht. Kurzentschlossen schifft er sich gemeinsam mit seiner Frau Geseke und dem Ritter Ritzerow nach Bergen ein. Die Geschäfte dort erweisen sich als mörderisch ...

Hartmut Mechtel
Der Tod lauert in Danzig
Ein Hansekrimi
214 Seiten
ISBN 3-434-52806-7

Danzig im Jahre 1626: Die mächtige Hansestadt hat sich dem polnischen König widersetzt und erfolgreich ihren reformierten Glauben verteidigt. Valten Went, Wundarzt, ist ein angesehener Bürger. Als der Kaufmann Hans Brüggemann tot in der Mottlau treibt, beauftragt ihn der oberste Richter mit den Untersuchungen: Mord!
Wenige Tage später wird ein toter Holländer aus der Mottlau gefischt. Stehen die Morde in irgendeinem Zusammenhang? Was weiß der Gesandte der Katholischen Liga? Und: welche Rolle spielt die schöne Witwe Madeleine de Marcillac ...?